上海解放

夏衍自伝・終章

夏衍 著
阿部幸夫 編訳

東方書店

上海解放

夏衍自伝❖終章――

目次

本文中、〔 〕に入れた小文字による簡単な解説は訳者による注記である。
また、＊を附した人名は「人物雑記」に記述がある。

上海解放

夏衍自伝　終章

北平から、北京へ　*1949.5-9*

一九四九年五月四日、潘漢年*、許滌新*、わたしと沈寧*の一行四人は、ホンコンからパナマの旗をかかげた貨物船に乗って塘沽《タンクー》に着きました。埠頭に出迎えたのは憑弦*同志で、かれは漢年と親しく、わたしと滌新は初対面でした。海員クラブで食事をとり、さる招待所で夜を過ごし、翌る日は汽車で北平〔1〕に戻りました。北平・天津が解放されてまだ何ヶ月もたたず、天津の街はなおうらぶれていましたが、随処にメーデーを祝う標語も見られ、時ならず『解放区の空』や『団結は力』の歌声も聞こえました。〔2〕夕暮れ時に弓弦胡同十五番地の李克農*同志の住居に着きました。克農とは一九四一年の初めに桂林で別れてから、あっというまに八年あまりも経ってますから、再会の喜びもひとしおで、話したいことだらけです。座るやいなや、克農がいいつけて写真を撮らせ、こう言います、「儂《わし》らみんなで大難局をくぐりぬけ、なんと皇帝サマのおわせし北平での顔合わせだよ、とうぜん記念撮影さ」。夜は宴をはって戦塵を払ってくれました。ホンコンを離れてから、時局ニュースを聞いてないので、弓弦胡同につくとすぐ、克農になにはともあれ今日の新聞をとたのみますと、「小鬼《しょうねんへい》」が新聞綴りをもってきましたが、あいにく六日と七日の新聞が抜けてまして、克農の口からようやく「第三野戦軍」が五月三日に杭州を解放したとのニュースだけは、聞けました。克農は酒豪で、アメリカ人から贈られたとかいう上等のウイスキーの瓶をとりだして親切に勧めるのですが、わたしら三人とも酒がまるでだめときています、結局かれは手酌ではじめました。話しは少し前にホンコンから解放区に戻った民主人士―李済深*、黄炎培*、郭沫若*らの様子や、国民党と談判したときのあれやこれやに及びましたが、ふと思いだしたらしくわたしを指さしていいます、あんたの「古くからの部下」の金山*が今次の〔国共〕談判で手柄を立てた、詳しい情況は本人に語らせようといいます。久々の再会とあって、話は尽きず、この宴は十一時にようやくお開きになりました。最後にかれがいいました、何日か前に陳毅*から知らせがあり、上海包囲の戦役がはじまったから、あんたらが北平で過ごす日々も長いことはあるまい、明日からは休めるなんて思うな、今晩はせいぜいゆっくり眠り給え。

平素、はじめて解放区にはいるとき、どんな「きまり」なのかとんとわかりません、必要な衣類や当座の小遣いは後勤部で受領すればよいのか、宿代や自動車代金は支払わなくていいのか、一切合財「お上」が供給してくれるのか、などなど、幸い潘漢年が手慣れていて、組織部[3]に到着を知らせる、中央にホンコンの情況を報告するといった件は、全部かれの按排でした。わたしはただ李克農に廖承志*に電話をつないでもらい、沈寧をかれの家で預かってくれれば身軽に南下できるとたのんだところ、承志は喜んで同意してくれたのでした。

次の日、わたし達は北京飯店の三階（いまの中楼〔現在はラッフルズ北京ホテル〕）に泊まります、潘漢年が入ったのは三〇三号室だったと思います。（なんという巡り合わせか、一九五五年の四月末、潘漢年が逮捕されたのもこの部屋でした。）

果たせるかな、この後の日々は克農が予測したとおり目のまわる忙しさでした。公けには南下する前に中央の指導陣からの指示を仰がねばならず、私的な面では三人とも多年離ればなれになっていた友人たちに会って、久闊を叙し、またかれらの現状と将来任務を知っておきたいわけでした。前者のすべては潘漢年が連絡をつけ、一日すると、漢年がまずおおよその日程を組みます、毛主席*、劉少奇*、朱徳*同志はみな香山だが、多忙をきわめ、接見の日取りは時間をひねり出さなくてはならないので、中央辦公庁が決めてから、随時に通知してもらうことにした、と。恩来*同志は市内だから、明後日には面会の約束がとれる、というわけでもう一日わたし達は自由行動ができる。朝食をすますと、漢年と同道してまず中央組織部に出向き、簡単にホンコン情況を話し、いっしょにまた弓弦胡同に行き、気がせくままに親しい友人たちの住所を確かめ、暇を作っては訪ねたいと思いました。克農は秘書に鄭振鐸*、周揚*、袁牧之*、金山、薩空了らの住所と電話番号を写しとらせたメモを渡してくれました。銭杏邨*はいまどこかと聞くと、銭は黄克誠*にひきとめられて天津にいるが、本人は南方での工作に戻りたがっている、もしあんたが会いたいと思うなら、儂《わし》が電話して会いに来させようかといいます。その日の午後、わたしは前能寺十六号に周揚を訪ねましたが、一九四六年に上海で別れて以来、三年も会っていないとあって話したいことがありすぎます。この日は主に今なお大後方やホンコンにいる文芸工作者の情況について話したのですが、恩来同志がすでになるべく早期に全国文芸工作者が一堂に会する会議（つまり後の七月に招集した第一回文代大会〔中国文学芸術工作者代表大会の略〕）の招集を決めていて、わたしにこの会議に出席できる大後方の文芸工作者のリストを作成せよと求めたからでした。まだ話しおわらないうちに、漢年が車を迎えに寄越して、晩は朱徳同志に食事に呼ばれているといいます。

北京飯店にとってかえすと、「朱老総《おやじさん》」はすでに三〇三号室にいて、漢年、克農、滌新と雑談中です。これがスノーやスメドレーが伝説的な人物と描写した将軍とのはじめての対面でして、この日の扮装《いでたち》は濃いツイードの中山服でしたが、情熱的にたちあがり、旧知の友人にでも会うかのようにわたしと握手を交わして、開口一番、「名前は夙《と》うに知ってる、楽じゃないよね、きみら文化人は」。しげしげと見ましたが、気さくで純朴で、とても風雲を叱咤し、百万の大軍を指揮する大将らしくない。六十歳を超えた方で（一九四七年の冬、わたしは『華商報』に『あなたを祝福する、朱総司令』という誕生日を祝う文章を載せたことがある）、思った以上に壮健、そして若いのです。とてもおいしい、ホンコンにもひけをとらない洋食を馳走してくれました。食後の珈琲の時、克農がまた笑い話を披露します。「国共談判のとき、張治中*将軍が双方の工作員をまねいて洋食をふるまった、食後のこと、かれがある通信員においしかったかと聞くと、答えて曰く、「洋食はおいしかったが、最後の「クスリ」がどうにも苦すぎました」」。朱徳同志はからから笑って、服務員に申しつけます、「ここにいる儂ら、苦いの怖くないから、もう一杯、苦いクスリをおねがいするよ」。

金山と袁牧之が相次いで訪ねてきました。金山は国共談判のときのあれやこれやと、一九四六年に

北京で再会した老戦士たち。左から銭筱璋、阿英、夏衍、李克農、袁牧之（1949年5月）。『夏衍』浙江摂影出版社、1993年より。

「満映」〔4〕を接収した経過を多く話しました。牧之は銭杏邨*が天津から北京に来ていて、明日の午前中に来る手筈になっていると伝えてくれます。

十一日の晩、恩来同志がわたしら三人に声をかけ、後圓恩寺胡同の〔中共〕華北局での会合がセットされ、漢年が三年来のホンコンでの工作を報告しましたが、主に各民主党派のホンコンで開いた代表会議の経過で、中に李済深さんがホンコンを離れるときのスリリングな情景などのひとくさりがありました。恩来同志は上海接収工作のとても具体的な指示をだし、さらに言います、中央は潘漢年を上海市の常務副市長に任じ、政治法政、統一戦線工作を分掌管理する、許滌新は曾山*同志を助けて財政経済を接収管理する、わたしは市の常務委員兼文化局長になって、文教系統の工作を責任者として接収管理する事に決めた、と。話は十一時近くになりました。恩来同志がかれの車で送ってくれて北京飯店に戻りましたが、途中、ふと思いだしたように、「二、三日まえ邵力子*と銭昌照*のことを話しましたが、銭はまだホンコンですか」と聞きます、わたしは「銭とは二、三度話したが、資源委員会〔5〕の物資と技術人員については手配済みとのことで、わたしがホンコンを離れた後は喬冠華*がかれと連絡をとってます」

と返事しました。恩来同志はこれは大事なことだから、明日にも冠華に連絡して銭に早めに戻るようにさせて欲しいというのでした。

十二日の朝早く、銭杏邨の来訪です。わたしは一九三七年に上海を離れてますから、かれとは実に十二年もの離別でした。かれははじめ上海で書店を開き、雑誌を出し、脚本を書いてましたが、太平洋戦争の後は蘇中抗日根拠地〔6〕に行き、さらにまた軍とともに蘇北、山東に行き、解放戦争の時期かれは威海衛から大連に行ってます。一九四九年に東北が解放されてようやく子どもたちを連れて天津までできたのでした。こうした艱難辛苦の戦時生活をおくりながら、精神はなおも旺盛で、健啖ぶりは昔のままで、老けたよ、手足が動かんよと繰りかえし口にはしますが、実のところは、わたしと同年ですから、ことしどちらも四十九歳。もちろんかれは戦野を跋渉すること八、九年だし、つぶさに苦労をなめています。そこでわたしは、きみ、身体は痛めつけられたが、思想面での収穫はわたしなんかより遙かに大きいものがあったじゃないかと申しました。かれは昔なじみを忘れず、思いもかけずわたしに大連と天津の古本屋で見つけたよと言って、広州で出版した石川達三*『生きてゐる兵隊』の拙訳本〔中文名：未死的兵〕と桂林で出版した『悲しみの町』〔戯曲、中文名：愁城記〕を呉れました。つづいて金山、袁牧之も来たので、連れだって東単の小さな料理屋で昼食にしました。

午後、中央の領導責任者が香山でわたしらを接見するから、夜の八時までに香山のさる別荘に来るようにとの通知がとどきます。随行してくれたのは王拓*同志だったとおぼえています。

晩の十時に、毛主席ひとりでわたし達を引見しましたが、主に潘漢年から香港工作についての報告を受けました。当時、ちょうどイギリスの〔スループ砲艦〕アメジスト号が南京で事件を起こした後だったので、ホンコンのイギリス当局の態度について質問したのです、わたしどもは、国共和平談判が決裂する前は、ホンコンのイギリス当局もなお「境界で線引きして管理できる」との幻想を抱いており、かれらは八方手を尽くして李任潮〔済深〕のホンコン逗留を望んだこと、やがて我が軍が渡江に成功し、南京が解放されると、かれらの態度にやや変化が生じ、わたしどもが公然と南京解放の祝賀パーティを開いても干渉しないばかりか、「穏健な紳士」をわれわれのパーティに参加させたりしたことを報告しました。アメジスト号事件については、わたし達がホンコンを離れてから発生してますので、その後かれらの態度がどう変化したか、判りませんでした。毛主席は笑いながら、

「イギリス人はアメリカ人より老練だから、動ける余地を残している限り、無駄な動きはしやしないよ。」

というのでした。わたしどもが上海接収管理の方針、政策についての指示を求めますと、全体方針については、中央から陳〔毅〕、饒*〔漱石〕に電報を打ってある、重要な点はこの工業都市をできるだけ完

香山双清別墅で南京解放のニュースを読む毛沢東（1949 年 4 月）。『解放大上海』長城出版社、2011 年より。

全な姿で残すことで、国民党に焦土政策を実行させてはいけない、具体的なやり方については恩来同志がきみ達に指示したようにやればいいといいます。一時間半くらい話したでしょうか、最後に文化方面のことでわたし達に少奇同志が最近、天津に視察に行き、気がかりなことがあるらしいから、具体的に本人から話すだろうといいます。毛主席は機嫌よく、終始笑顔で、潘漢年が報告している間にも、なんどもユーモラスに口を挟み、いささか意表を突かれたのは、かれも漢年を「小開《おにいさん》」と呼んだことでした。

　とりあえずは、その日は香山泊まりで少奇同志の接見を待つつもりでしたが、次の日早くに通知があり、今晩、恩来同志が中南海で会議をする、わたしら三人にも参加するようにとのことだったので、朝食を済ますといそいで北京飯店にもどりました。恩来同志がきめた時間は夜の九時でしたから、寸暇を割いて護国寺近くの麻花胡同（？）に廖承志をたずね、何香凝*先生、経普椿*と李湄*に会いました。沈寧はホンコンで李湄といっしょに培僑中学に学び、姉妹のように仲よかったので、かの女を廖家にあずけ、暮らし、通学などなど、とにかく「養育」全般すべて任せっきりだったのです。

　夜八時に、漢年、滌新と連れだって中南海に参じます、勤政殿だったか別のナントカ殿だったか、もう覚えてませんが、いずれにしても生涯はじめて皇帝が住んでいた場所へいきますと、茅盾*、薩空了、胡愈之*が先着していて、そこへ周揚、袁牧之、銭杏邨、沙可夫《シャコフ》*が相次いで到着、みなよく知った連中ですが、沙可夫だけが初対面でした。ほとんどが久々の再会で、しかも、許滌新が経済学者である他は、いずれも長く文芸、新聞工作に携わっていますから、解放後の文化事業には、それなりに抱負やら将来設計をもち、気分よく話しあって、時間の過ぎゆくのを忘れました。そのうち恩来同志から電話連絡が入り、民主人士たちと会談中で、もう一時間もしたら着けるだろうから、しばらく待ってほしいとのこと、このとき時計を見て、十時近いと知りました。これはまたとない集まりで、だれもがもっと喋ろうとし、多くを訊ねたいとあって、まる一日疲れすぎているのに、こうした意見交換の場が欲しかったのです。恩来同志はとにかく十二時近くに会場に駆けつけ、二時間も遅れてと、みなに詫びをいい、それからいきなり本題に入って、「きょう集まってもらったのは、早急に解決したい件で諸兄の意見を聞きたい」と申します。

第一は、新政治協商会議を近ぢか開くので、中央としては政協開会前に、文芸界の代表大会を開くことに決定した、目的は解放区と大後方との文芸界が合流集結して、団結を強めること。第二は、今後の新聞工作の件で、とくに新しい解放区での新聞経営方針と民間経営の新聞にどう対応するかの問題。第三は、上海がまもなく解放される、漢年らがすぐさま南下する手筈だが、みなに解放後の上海での文化工作について意見を聞きたい、なぜなら上海は最大の文化の中心だが、情況がまたかなり複雑なので、ここにいる諸兄はいずれも長く上海でしごとしてきた人たちだから、みんなにこの工作についての見かた考えかたを出してほしい、と。

第一の件について、周揚と沙可夫がまず文代会（文芸界代表大会）の準備経過について報告し、またわたしも周揚がわたしに書かせた当時なおホンコン、上海と、そして西南一帯にいる文芸家のリストを恩来同志に手渡しました。引きつづいて茅盾と胡愈之が発言しましたが、話したのはともに文化方面のことで、銭杏邨が演劇と民間文芸の様子を補足発言しました。そのあとで恩来同志が、大要、次のように話しました。

「この文代会は合流集結の大会、団結の大会で、団結する姿は緩やかでありたいし、緩やかなほどいい、団結したい人、すべてを集めるとよい、単に解放区の文芸工作者と大後方の文芸工作者が団結するにとどまらず、過去に政治に関心もたなかったひとにも団結をもとめ、さらにはわれわれに反対した人にも団結をもとめたい。かれらがいま現在、反共反ソでないかぎり、団結してもらいたい、差別視してはいけないし、ましてや敵視すべきでない。たとえば簡又文*や王平陵*にしても逃げていかないなら、誘いこむがいい。団結の総方針はおよそ留まりたいもの、愛国的で新しい中国で働きたいものはすべて団結すべきだし、こちらに引き込むべきで、これは「道をたずねるには先後あり」[7]の問題です。今日ここにいるのはみな新文芸の工作者ですが、新文芸の工作者は旧文芸の工作者と団結する責任がある。断言してもいいです、旧文芸の工作者（いわゆる旧芸人です）の数は新文芸の工作者よりも多いし、群衆との結びつきという点でも、新文芸の工作者よりもずっと広がりがあるし、しかも親密です。もちろん新文芸工作者の内部でも、溝を埋め、団結を強める必要がありますね。」

恩来同志は最後に、

「これは、わたし個人の意見ではない、党中央が決めた政策です。少奇同志となんども話しましたが、おおいに頑張って旧芸人と団結することをやって欲しいのは、とくに京劇と地方演劇の芸人の件です。」

というのでした。（一九七八年に文化部が返還してくれたわたしの所蔵文物とノート類のなかに、はからずも当時のメモ帳が見つかりましたので、以上の恩来同志の指示は確かにまちがいありません。）

第一の件が片付いたとき、すでに夜半一時でした。暫時休憩となり、夜食を食べ、それから新聞工作の件です。恩来同志は胡愈之と、薩空了に脇に座ってもらい、じっくりした口ぶりで話します、

「われわれは鄙びた山奥で新聞を出し、対象とする読者も主に労・農・兵と幹部だったが、都会にはいるとなれば、情況が異なる、とくに北京、上海、武漢、広州といった大都会とあっては、このために諸兄らのような新聞事業の経験者の知恵を借りたいし、意見が欲しい。解放前のああしたやり方はまずいが、解放区のようにやっても、これまた読者は馴染めないから、教育、宣伝の目的は達成できない。ほかにも、民営新聞の問題がある、『大公報』、『申報』、『新聞報』、『新民報』、それに党が指導する外郭紙がある、これはかなり複雑、かつ政策性がからむ問題で、われわれのさしあたっての考えでは北平、上海といった地方には、何紙か民間紙を残してもいい、具体的な方法は、諸兄の意見をききたい。国民党の機関紙はもちろん接収して改造し管理するが、従業人員はそれぞ

れに事情を異にしようから、より妥当な按排がいります。この件はとくに慎重を期し、粗略に片付けるわけにいきません。」

愈之、空了、それにわたしがいささか意見を述べ、恩来同志の指示に一致して賛同した次第でした。三番目の問題に移ったときは、はや払暁の二時でした。恩来同志が十五分の休憩を提案し、外にでて散歩です。前日ひとしきり雨が降り、中南海の空気はひときわ爽快でした。恩来同志がわたしに話しかけます。

「抗戦前あなた上海で十年しごととして、以後ずっと蔣管区〔蔣介石が管轄する国統区＝国民党政権統治地区〕だったから、大後方のことは熟知してますね、そこで中央としてはきみに上海に行って文教工作を主管してもらうことに決めたわけですが、全国を解放後に、なにかやりたいことありますか。」

ちょっと思案して、答えます。

「大学で電気工学をやったので、できれば本業に戻らせてください。」

かれはかぶりを振り、笑いながら、「駄目だろう」というのです。「二十年の余も放っておいて、学んだことなど忘れてしまったさ」。わたしは抗弁します。「落後はしてますが、ずぶの素人にくらべれば、それでもまだマシ……」。かれは「もちろん考慮しないではないが、わたしが見るところ、やはり文化界、新聞界の統戦工作をやるほうが向いてますね」というのでした。会議庁に戻り、引きつづき上海解放後の文化——主として文芸方面の問題が討議され、恩来同志がまず潘漢年に上海の一般情況と、わたしらがホンコンにいたときやったこれらの工作での考え方と配置、たとえば党内は劉長勝*を通し、党外は張駿祥*を通して、地下党と進歩的な文化界の按排を「臨機応変にこなした」措置などなどを語らせます。わたしもすこし補足したし、杏邨は鋭意、博物館と図書館を保護すべしと話しました。時刻がもう早くはないとあって、詳細を話しあう余裕はなく、恩来同志が結論として、以下のように、いくつかのことを語っただけと記憶しています。

一、全体の方針として七期二中全会〔8〕の決議に厳密に照らして、謙虚かつ慎重に、事を運ぶことだが、わからないことはしっかり学習すること。文化、教育等々の面では、上海は半ば外国で、あそこにはあまたの学者、専門家、さらには数多くの全国的に有名な芸術家、科学者がいるから、かれらを尊重し、かれらの意見を聞かなくてはならない。

ホンコン浅水湾旅遊（1949年春）。左より、張駿祥、呉祖光、張瑞芳、夏衍、白楊、曹禺、沈寧、葉以群、周而復、陽翰笙。前掲書『夏衍』より。

かれは杏邨とわたしに「梅蘭芳*、周信芳*、袁雪芬*……みな上海じゃなかったかな、上海にいったら、ぜひともひとりひとりに挨拶に出向きなさい、くれぐれもあの人たちを気易く辨公室に呼びだしたりしないこと、群衆への影響力でいえば、きみたち新文芸工作者よりはるかに大きいんだからね。」

二、旧政権の「留用人員」を除いて、各大学、科学機関、図書館、博物館などなどの工作人員は、どうしようもない反共份子はともかく、一律に仕事をつづけさせ、元通りの仕事と給与を維持する。こういうやり方には反対の人もあろうが、どうか、さしあたり思想工作をうまくやって欲しい。

三、接収管理するすべての機関に対して、まずは是非とも調査研究し、情況をすっきり探りだし、大勢が安定に向かってから、改組あるいは改造の問題を持ちだすこと。どうか諸兄は、この考えかたを上海に留まっている地下党の同志や進歩的な民主人士に伝えて欲しい。かれらは淪陥期に辛酸をなめ、試練に耐えてきた、だが解放されたからには是非とも大局から判断してもらいたい、個人の恩讐でとやかくいってはいけない、つまり、ひと言でいえば団結してほしい、安定させたいのです。

以上の三点をいいおわると、立ちあがって杏邨に歩み寄り、

「文物と古書籍保護の件を、きょうは討議できなかったが、漢年同志によく頼んでおきますから、陳毅同志が最善の処理をしてくれるでしょう。政局が安定してから、鄭振鐸さんに上海へ行ってたしかめて、意見を出してもらいましょう。」

というのでした。

散会して、北京飯店に帰り着くと、空が明るくなりはじめます。眠りについて何時間もしないうちに、金山が駆け込んできて起こし、何人か演劇界の友人を誘い合わせて、中山公園のレストランで駄弁《だべ》るのだといいます、これは断るわけにいきません。ところが服を着て洗面しているところへ、杏邨が来あわせます、やっとのことで北平へきて、程なく帰るとあって、どうしても琉璃廠にいってみにゃならんと申します。当時わたしは書画・碑帖の類にまったく不案内で、趣味もないところから、彼を中山公園まで引っ張ってお茶を飲み、ひとしきり世間話をした次第です。

少奇同志がどこで引見したのか、もう思い出せませんが、話した時間は短く、専ら政法、経済方面の事柄でした。覚えているのは潘漢年に、青幇《チンパン》・紅幇《ホンパン》の連中が一九二七年のように悶着を起こすだろうかと、訊ねたことでした。潘が、「わたしは杜月笙*の息子の杜維屏*と付き合いがあります」と答えます。しかも一九四八年にホンコンで、漢年とわたしは杜月笙を訪ねたこともあります。「われわれが香港を離れる前でしたが、杜月笙はわたしらに保証してくれましたから、必ずや分を弁えるはずです」。さらにかれが了解しているところとして、「黄金栄*たちの幇《くみ》も騒ぎを起こすことはないはずです」と付け加えます。少奇同志は潘漢年に、

西柏坡の毛沢東（1948年）。前掲書『解放大上海』より。

とりあえず連中を策動させず、一定時期、観察してからのことにしようと陳毅と饒漱石に伝えるようにといいました。去りぎわに、ふと思いだしたようにわたしに、「天津で解放後、旧劇をいくつかまとめて禁演にしたが、あれは問題だな」というのです。

「京劇と地方演劇については、ひとまず禁止しない、芝居を禁じれば大勢の旧芸人が失業し、騒ぎになる。古い芝居は封建・迷信を宣伝するが、そんなもの怖くもない、それは何百年も宣伝したが、それでも結果として共産党が天下をとったではないか。演劇の改革は確かにやるべきだが、焦ることはない、きみら、要点をしっかり摑めばいい、そんなことは放っておいて、天下が落ちついてからにすればいい。」

五月十六日に汽車に乗り、津浦線経由で南下します。この時はもう三人きりでなく、ひとつの「隊伍」でした。わたしらに同行されたのは盛丕華*さん（後に上海副市長に任命）と、息子の盛康年*、そして周而復*と、お一人みなが楊秘書*と呼んでいた若い人、さらに五、六名のわたしとは面識のない民主人士たちです。わたしらの安全のため、中央はさらに警備兵を一班派遣してくれました。盛丕華さんとは一九四六年に上海でお目に掛かってまして、早くから地下党と連繫のとれている良くできた紳士です。かの楊秘書はあまり口をきかず、だれも紹介してくれませんが、見るからに教養のあるインテリ份子です。乗った車輛は旧式の一等車で、一連の貨車の後に連結されます、鉄路は修復されたばかりとあって、動きは遅く、酷く揺れましたが、途中で停まりません。次の日に済南に着くと、そのとき山東省長だった康生*を頭に、十人近い人が駅で出迎えます。降りたつと潘漢年としっかり抱き合い、潘がわれわれを一人ひとり紹介します。かれはわたしの手を握って、

「まだ覚えているかい、わしら一九二八年に上海でお会いした、あのとき僕は趙容と名乗っていた。」

趙容という名前は知ってます、当時かれは閘北《ザッポ》区委の書記で、後に中央委員になったが、以前どこで会ったかはっきりしませんでした。

下車してようやく、前方の線路で事故がおき、済南で一日休息すると知ります。康生はとても丁重に駅に近い洋館に案内します、ここはもと省政府のオフィス・ビルで、マーシャル調停のとき、ここで中共代表団と交渉したのだそうです。部屋は広々して、みな一人部屋です。康生と潘漢年は早くからいっしょに工作にあたり、一九三六年にはモスクワで再会してました、そのうえ盛丕華のような党外の賓客もいるので、晩は康生が盛宴で歓迎してくれました。かれはあの楊秘書にもきわめて丁重で、会食するにも自分の近くに連れてきて席に着けます。後で潘が教えてくれましたが、なんとかれこそ毛主席の息子の毛岸英*でした。食後、われら一行は丸一日も汽車に揺られ、いいかげん飽き飽きしていたのですが、でも康生が京劇の夕べを用意してくれていました。演しものが何だったか、きれいさっぱり忘れてしま

いましたが、この「新生劇団」という劇団は、済南解放のとき国民党軍の捕虜によって構成されたと聞きました。

上海、解放・光復・再生　*1949-1952*

済南で一日半ぶらつき、引きつづき汽車で南下しますが、徐州まで来てまた、前方のレールに問題が生じ、間もなく修復可能とか、となると車中で待つしかありません。潘漢年、盛康年と三人でプラットホームを散歩していて、ふと徐州市政府の安民布告があり、裏面の署名に市長曹荻秋*とあるのを見つけました。荻秋なら「社聯」(=社連)のメンバーで、漢年もわたしも工作上の繋がりがありましたから、わたしらがこうして駅でもぞもぞと大餅をかじっていると知ったら、かれもきっと康生がしてくれたようにわたしらを招待したでしょう。汽車は南下するほどに故障がふえて、停まったり動いたりをつづけて、二十三日の暮れ方にようやく丹陽に着きました。楊帆*(そのころ華東局の社会部副部長)が大勢連れて出迎えてくれ、わたしらを臨時招待所に案内してから、漢年、滌新とわたしに付き添い、第三野戦軍指揮部がおかれている小さな洋館に出向いて陳毅同志に会いました。建物は大きくありませんが、花木がしげり、地方紳士の別荘の趣です。小振りな応接間に腰おろしたとき、カーキ色の軍服を着け、丸坊主に剃りあげた「儒将」がすぐに奥から出てきてわたしらと熱烈に握手をかわします。これこそ淮海戦役で五十五万の国民党軍を包囲殲滅した陳毅同志でした。

楊帆の紹介も待たず、大声でいいます、

「何日も待ったよ、幸いきみらはみな老上海だから、上海の情況は話さなくてもいいだろう。」

第三野戦軍の儒将・陳毅（1949年春）。前掲書『解放大上海』より。

五月の下旬、南方はもう暑い、かれは扇子をとりだして、扇ぎながら話します、

「きみら北京からきたのだから、上海接収についての方針、政策、人事配置もすでに承知のはず、こんな小冊子を刷ってみたが、おもに市内での紀律と党員の遵守規則だから、読んでおきたまえ。中央がきみらに、なにか新しい指示をだしたかどうか、逆に聞かせて欲しい。」

そこで、潘漢年が毛主席、恩来、少奇同志のわたしらに与えた指示を報告しました。話の途中に、機

密係が入ってきて電話ですといい、奥の部屋で電話してきて、いいました。

「呉淞《ウースン》を包囲したよ、国民党は上海に数個軍の敗残将士を残すだけで、もう戦さなどやれはしないから、好きなときに上海を手中にできるのだが、ここに止まって動かないのは、おもに接収を担当する幹部に思想工作をするためだ。上海はいいところだが、泥溜まりでもある、華やかで、冒険家のパラダイスで、田舎ものが市内にはいると、目が眩む。きみたち、時間を捻りだして、それぞれきみらが所管する部門の幹部に上海の情況を、およそ留意すべき、そして用心すべき事情を教えておいて呉れよ。わたしが行って話すより、きみらの方がずっといいんだ、きみ達には感性、知識があるから。」

話が一時間にもならないのに、指示を求める緊急電話がなんども入ります。かれは立ちあがります。

「わかった、指示してこよう。きみたち、まずは休んでてくれ、さっき聶鳳智*からの電話だと、明日は移動できるから、今晩はゆっくり寝てほしい。」

楊帆がついてきたが、丹陽という土地は広くないのに、ここに千人を超える接収要員が集まっているので、街に出ただけで、たちまち知り合いにぶつかります。わたしたちは十字路で別れました。楊帆は潘漢年に付き添って饒漱石と舒同*に会いに行き、許滌新は曾山*をさがしに行きます。わたしは路上で黄源*にぶつかり、于伶*も上海から来ていると知り、連れだって于伶に会いに行きますと、たちまち、文教接収管理委員会の幹部が集まりました。華東局の決定で、文教接収管理委員会は陳毅が主任、わたしと韋慤*、范長江*、銭俊瑞*が副主任です。もともとの決定で、范長江が新聞、放送、出版の接収管理の責任者、銭俊瑞が教育の接管責任者、わたしが文芸――おもに映画を分掌管理するわけでしたが、このとき范長江と銭俊瑞はまだ北平に留まってましたから、文教接管委員会は取りあえずわたしが実質上、担当しました。文教接管委員会の指導グループは于伶、黄源、陸万美*、鍾敬之*、向隅*で、さらに何人か、唐守愚*、姜椿芳*、徐韜*らが上海に潜伏していたのです。黄源によれば、かれらは丹陽で一ヶ月ほど学び、しかも劉暁*同志と地下党が提供した資料をもとに、接管すべき機関についておおよその分担ができていました。このグループは全国各地から集まっていて、わたしはほとんどをよく知ってますが、初対面の人も少なくはありません。陳毅同志が明日にも移動するだろうといったので、久闊を叙したり相互紹介する暇はありません、時間を切り詰め、要約して、中央の指導者が文教接管工作にだした指示を、次のように伝達しました。

「ぼくは上海を離れて三年になります。この三年間の変化は大きく、おそらく把握できない新しい情況が多々あるでしょう。そのうえ、ペンを走らせ、新聞を作れというなら、まあまあやれもしましょうが、行政工作の経験と来たら皆無でして、こういった新しい任務にたいして、こんな大店《おおだな》を接管するなんて、まことに力不足を感じています。しかも、范長江、銭俊瑞のご両所がしばらくは駆けつけられませんので、諸兄のお力にすがるばかりです。」

翌る日の朝早く、舒同を捜しました。かれは第三野戦軍の政治部主任で、華東局の宣伝部長に内定してましたから、単なる表敬訪問でなく、工作上、業務上の報告であり指示を請うたのです。かれはとても丁重で、また文教部門の接収工作で中央は新しい指示をだしたかどうかといったような質問をし、小一時間は話しました。ただかれの江西訛りが聞きとれず、どうやらわたしの話す浙江訛りも聞きとりにくいようでした。話している最中に潘漢年からの使いが来て、すぐに陳毅同志の寓居に行けとの知らせです。駆けつけますと何人かがノートを手に陳毅と潘漢年の講話を聞いています。この人達はみな軍人で、面識がありません、みな緊張した表情ですから、わたしが躊躇っていると陳毅がそばの席を指さして座れといいます。そして、

「いま話しているのはきみと関係ないが、聞いてていいぞ」

といいました。わたしは畏まって傍に座ります。話の内容はやはり市内紀律の問題で、すべてについて事前に指示を仰げ、事後も報告せよ、判らないことはむやみに手を出すなといった類いのことで、最後にこの方面のことはすべて潘〔漢年〕副市長の指示を仰げとのことでした。

かれらが行ってしまうと、陳毅はわたしの表情がいささか硬いと見てとり、莞爾と笑って、われわれ兵隊たちの講話だの、任務の伝達は、どうしても「許さぬ」だの、「許可しない」だの、「必ずやれ」……とかになるが、きみら文化人には違うよ、「どうか、畏まらんでください」。これで、三人とも笑いだし、かくしてわたしもタバコにしました。まず陳毅が切り出します。

「今日の午後、上海へ進軍するので、詳しく話してられない、きみが来たら、これだけ伝えておこうと思ってね。文教管理委員会は儂が主任になってるが、実際の工作はきみに任せる。儂の名を出したのは、きみが工作しやすいためだ。儂の名は、言うこと聞かない連中をなんとか押さえ込めるだろう。きみは交際が広く、情況にも通じているし、おおぜいの大物文化人と付き合いがあるから、思いっきりやればいい、なにも怖れることはない。これだけ話しておきたかったわけさ。」

起ちあがってから、また思いだしたらしく、

「韋慤という老先生だが、知らんだろう、われわれの古い付き合いでね、いろいろ手伝ってもらったし、上海では声望もあるので、副市長兼文管会副主任になり、名前がきみの前になるが、かれも名前を出すだけで、日常工作はやらない。でもかれを立てて、重要なことではかれの意向も確かめてほしい。」

こうした話をひとしきり、この時期に伝達されて、わたしは特別に言葉の重みや思い入れを感じました。何年経ってもずっと心に残っています。

応接室を出ると、総務担当の同志が入り口で待っていて、カーキ色の軍装と、拳銃、それに革ベルトが支給されました。この軍服を着ることは、隊伍にはいることでしょうから、以後、経歴書に記入するときは、「入隊時期」の欄に、「一九四九年五月二十四日、丹陽にて。」と記入することにしました。

防空のため、接収担当の隊伍は華東局の機関にくっついて、その夜のうちに丹陽を発ちました。二十五日の正午に南翔につくと、汽車が止まってしまう。前方のレールに故障ありとか、そこで楊帆、于伶と駅周辺を散歩しました。南翔という土地には三人とも来たことがあります。そのまま歩いて近くの町で懐中電灯を買いたかったのだが、このとき商店はどこも店を閉じ、人通りさえ見あたりません、通りの軒下は前線から下がってきた負傷者ばかりで、医療看護の人たちが慌ただしく食事を与えていました。負傷兵は、見たことがあります、淞滬《しやんはい》戦争、八一三〔9〕の抗戦初期、広州撤退〔10〕の時と、すべて見てますが、このように紀律の守られた負傷兵をみたのは、これがはじめてです。湿った敷石の地面に横たわりながら、喚くでなく、傷みを伝える声すら聞こえないのです。わたしらのような実戦経験のないものが、いまこうして勝者の格好して上海に入るのも、まさにこの人達が、上海解放のため、黙々と鮮血と生命を差しだしてくれたからです。

そのまま南翔で暮れ方まで待っていると、公路上に上海の市内乗合バスが何輛となくふいに到着し、前方でだれかが声あげます。

「地下党が車だして、俺たちを出迎えてくれたぞ。」

押しあいへしあい眺めると、乗合バスのほかに、ジープも何輌かいます。接収の隊伍は本来、政法グループ、財経グループ、文教グループとグループ分けができているのですが、この時ばかりはどっと押し寄せ、足並みも乱れます。浦東《プートン》訛りの運転手がステップに立って大声で叫びます。「上海は解放されたぞ！」「解放軍、歓迎！」。拍手あり、歓呼あり、この場面は感動的でした。

「解放軍万歳！」

「共産党万歳！」

「上海は解放されたぞ、万歳！」

やっとのことでグループ分けして乗車し、暮れなずむなかを上海へと突き進みました。八時前後に、上海西部の交通大学〔11〕に着くと、解放軍が校門を固めていますが、校内は人影がなく、わたしたち文教グループが一階の大教室に居を定めました。ここには戦闘の痕跡は見られませんが、机や椅子が乱雑に積まれ、床には蓆《むしろ》がいくつかあります。どうにか落ちついたのは九時を廻っていましたが、炊事班がまだ到着していないとかで、晩飯が駄目になりました。わたしという人間には奇妙な習慣があり、外出しさえすれば、飛行機にせよ、汽車にせよ、たちまち食欲がおおいに出ます。ところがこの日ばかりはずっと空腹《はらぺこ》を感じません、おそらくは興奮しすぎたためでしょう。五月下旬、江南ではちょうど梅雨どきで、しかも蒸すように暑く、蚊がやたらと多く、みなが押しあいながら地べたに横になるのですが、まったく眠れたものではない。やっとのことで夜明けが近づき、起きて顔洗おうと思い、水道の蛇口を捜しますが一滴の水もありません。このときメガホンを通して伝達事項が聞こえてきました、蘇州河以南はすべて解放したから、各隊、出発準備せよ、ただし天潼路以北には敗残の匪賊が頑強に抵抗しているから、各グループはその場に集合して、出発命令を待て、という。このときみんなが空腹を感じてました。誰からでた消息か知りませんが、この先のそう遠くない通りに何軒か店屋が開いていて、なにか買えるかもしれないというのです。でもだれもお金がないし、市内での紀律もわかってます、「売り買いの公平」、「針一本、糸一筋、人民から取ってはならぬ」。

軍管会トラックで上海入りの夏衍（前列右、1949 年）。前掲書『夏衍』より。

　わたしは急に思いだします。北京を発つとき、金山が駅まで送ってきて、銀貨二枚を押しつけて、これは国共談判の時、国民党代表団が発給した当座の費用で、持ってれば「役に立つ」かもしれないといったことをです。この二円を預けて通りへ探りに行ってもらったところ、果たせるかな残り物の油餅《ヨウピン》をどっさり買ってきました。うまいことに文教グループの人数はそう多くなく、どうやら、肚子《はらぺこ》問題は解決しました。

十時まで待って、ようやく出発命令を受けましたが、空はどんより曇り、わたしらが交通大学で蚊に咬まれている間に、またひとしきり雨が降り、路は泥濘《ぬかる》み、車はのろのろ、市区に入っても、全身泥まみれの解放軍があちらこちら通りを巡回警邏に当たり、男女おおぜいの市民が解放軍に湯茶の接待をしている情景が見られました。上海に十年の余も暮らして、上海人は「兵隊」を恐がり、とくにかれらが兵をトラと怖れ、孫伝芳*の北伐軍を怖れ、日本の皇軍を怖れ、湯恩伯の蒋介石軍を恐がったものでした。しかしいまは一夜にして、豪雨に打たれても民家に入りこまず、通りに野宿する解放軍を見て、かれらは感動しました。これこそが民心というものです。中国共産党と人民解放軍はこうして自らの実際行動で民心を摑んだのでした。

文管会の機構はとりあえずフランス租界ジョッフル路の元国民党の上海市教育局におかれました。一段落すると、華東局秘書長の魏文伯*から通知があり、われら華東局の機構は瑞金路の元国民党の励志社があった三井ガーデン[12]に置かれ、今晩の八時に陳毅同志がそこで各グループの責任者から情況報告を受け、指示の聴取をしたいとのことでした。文管会の市中入りした幹部は旧教育局会議室で上海に残留していた地下党と合流し、文化、教育、新聞……系統と仕事を分けました。わたしはこのとき接収工作がこれまで以上に並大抵なことでないこと、まさに恩来同志がいったごとく、文化方面では、全国的にみても、上海は「半ば外国のようなもの」で、接収する面の広がり、それぞれの情況の違い、政治性の強さを感じてました。ですから、どうしても、解放区と地下党双方の幹部の緊密な合作、慎重な進め方があってはじめて、任務を達成できると感じもするのでした。しかも、教育工作を分掌する銭俊瑞は当時なお北京にありで、潘漢年のいうところでは、かれは教育部に留まって仕事するかも知れぬと申します。しかも上海における大・中・小各学校の接収任務がこれまた十分に煩雑かつ重大でした。唐守愚同志の統計によれば、大学は四十数校、公立あり、私立あり、教会《ミッション》の経営あり、全国に名の知れた復旦、交通大、同済、曁南、それに聖約翰《セントジョーンズ》、東呉、滬江……と、すべてがこの土地に集中していましたし、校長や教授には全国いや世界に名の知られた専家《エキスパート》、学者が少なからずおります。中学、小学にいたっては、なんと数も一段と多く、人数もさらに多く、情況はもっと複雑です。幸いこの方面には進歩的なエネルギーが大きく、地下党がすでに力を入れて工作がすすみ、とくに党が指導した「大学教授聯誼会」には百名あまりの著名教授が参加しておりました。「一二九」[13]以降、「復旦」と「交通大学」は「民主の堡塁」とよばれていたので、この方面の工作は韋慤同志が分掌し、実際工作は李亜農*、唐守愚、戴白韜*、舒文*に頼りましたので、手が放せました。

もちろん新聞、文化方面の任務も楽ではないのですが、范長江が六月はじめには上海に来られるだろうとあって、接収のはじめのころ、新聞方面の工作もわたしが責任とるしかありません。解放前、上海には二十社の大新聞、四、五十を数える小さな新聞、さらに大小さまざまな雑誌、通信社、放送局、出版社がありました。このなかには国民党が経営するものもあれば、民族ブルジョアジーがやっているものもあります、中文新聞だけでなく、外字紙もありで、おおよその輪郭をわたしらは知ってますが、解放前夜の変化（組織変更や偽装などなど）もありで、地下党と新聞界の進歩派人士に頼るしかありません。丹陽にいたとき、地下党が編纂した「上海情況」という、新聞界についての詳細な調査資料に目を通していましたし、またわれわれ接収隊伍のなかにも「上海バンドの生き字引」と呼ばれた惲逸群*同志、それに山東の『新民主報』や『大衆日報』の幹部で編成した隊伍がいましたので、范長江が到着する前に、接収管理し、かつ『解放日報』を創刊する主要部分の工作は、惲逸群と杭葦*らの同志に担当してもらいました。

　文化方面のことになると、わたしと于伶がかなり熟知してましたし、地下党にも相当な力量がありましたが、この方面でも以前わたしらがあまり承知していない部門、たとえば博物館、図書館、それに工部局[14]がやっていた極東では評判の高い交響楽団等々もあります。幸いなことに姜椿芳が上海に留まっていたので、かれを接収の隊列に組みこんでしまいました。

　その晩、陳毅同志が三井ガーデンで会議を招集し、上海市軍事管制委員会所属の軍事、政務、財経、文教の四系統の責任者がすべて参加しました。軍事接収管理委員会主任は粟裕*です。政務接管委員会主任は周林*（後の市政府秘書長）で、副主任は曹漫之*です。財経接管委員会主任は曾山、副主任は許滌新*、劉少文*です。文教接管委員会主任は陳毅が兼ね、副主任は韋慤とわたし、それに范長江、銭俊瑞です。上海は当時、最大の工業都市で経済の中心でしたから、財経方面の接収班は人材を集め、正副主任以外にも、駱耕漠*、孫治方*、龔飲冰*、顧准*、呉雪之*、徐雪寒*……と、いずれも当代一流のメンバーでした。開会にあたって陳毅同志は簡単に挨拶しただけで、ついで軍、政、財、文の順に各系統の報告ならびに各自の接管構想を聴取します。軍事と政務はわりに簡単でしたが、財経系統は事項が多く、情況が複雑で、委員会の下に十四、五の部門（軽工業、重工業、物資流通、郵便電信、航行運輸などなどのように）があり、報告の途中で絶えず口を挟み質問するものもいれば、ある具体的なことで陳毅が政策面での指示をだしたりしたので、文教に番が回ってきたときは、もうかなりの時間になっていて、わたしが発言しようとすると、陳毅が、時間も遅いからここまでにしようと止めます。「きみらの件は日を改めて話そう。文化芸術方面のことは簡単ではないから、きょうは論議しない。重視しないからではなく、この方面のことにわたしが関心があるからだよ。」と、わたしに言われました。

「明日から接収をはじめるが、〈先ず接収し、管理はゆるゆる〉とすることに留意してほしい。きみたちが相手にするのは大部分がインテリ階級で、教授、専家《エキスパート》、文学者だよね、情況がはっきりしてないのに杜撰《ずさん》に管理するわけにはいかぬだろう、まずは安心してもらう、それから腹を割って、友人として付きあうことで、高みから見下すようなことは万が一にも許されない。この考えかたを、きみから文管会のすべての工作人員に話してほしい。対等に向きあうだけでなく、謙虚に慎み深くおねがいするとね。何日かしたら、文教界の知名人士をお招きして座談会を開きたいと考えてるが、きみ、とりあえず招待したい方がたの名簿を用意してほしいね。」

さてここで、市内に入ったその日の私事について、すこし書き足しておきます。二十七日に文教接管会総部がもと国民党の市政府教育局〔陝西北路、新閘路口の上海ユダヤ学堂〕に進駐し、地下党の同志たちと合流し、劉暁、劉長勝ら同志達の手配により、新聞、教育の両部門をそれぞれに配置し、それぞれに予定した住居に進駐させた後、まず新聞部門の同志と『解放日報』発行の件（この方面のことは丹陽で十分に準備した）で話しあいを済ませると、以前から「ひとつ処に落ち着かない」ことで定評のある于伶を旧教育局に「腰据え」させ、自分はジープを頼んで、午後四時頃だったか、離れて三年になる「重華新村」[15]に帰りました。そのころまだわたしには警備員が付けられていなかったし、また接収の初期に、責任担当幹部は単独行動が許されない決まりがあることも知らなかったので、陸万美*にひと言、「二時間で戻るよ」といっただけで匆々に出てしまい、ジープが重華新村街口の「梅龍鎮」を通ったときに付近住民の警戒心を引きおこそうとは思いもしませんでした。前の晩の大雨のなかでさえ解放軍は街路で野宿しているのに、軍装をまとい、拳銃を提げた「軍人」が、なぜ、単独で「民家に押し入る」のかと訝しがる眼差しがわたしに注がれます。妻ももちろんこの身づくろいをみて、とても驚いたようでした。沈旦華[16]は十二歳になっていて、梅龍鎮近くの弘毅小学に上がっていたので、この学校の先生・生徒は、もちろんかれの父が解放軍の軍官であるくらいは知っていました。家のなかが平穏無事とわかって、安心し、行水をつかい、着替えの衣類をもって、夕方にはジョッフル路の旧教育局に戻りました。地下党をやりつけていると、ちょっと家に帰ってみるなんてごく当たり前のことですが、文管会の保衛工作責任者にはこれが「冒険」行動と映ったのでしょう、かれらはすぐさま公安局の楊帆に報告し、次の日早くに、楊帆が慌ただしくやってきて、年若い軍人を紹介して、こう申します。今後はかれがあなたの警備員になります、外出時には必ず帯同してください。かれが安全を守ります、どんなことでもかれにやらせてください、それからあなたには車を与えます、これは上級の決定です。わたしは難色を示しました。

「要らないよ、上海という土地柄はよく知っているし、家だって上海にある、自宅に帰るのに警備員を帯同するのかい？」

楊帆は四角四面に答えます。

「いけません、あなたは普通の幹部じゃありません、これは是非とも守っていただきたい制度です。丹陽での幹部集団学習に参加されてないので、ご存じないかも知れませんが、文管会の副主任は、大きな標的なんです。」

かれは声を殺して言います。

「お伝えしておきます、国民党は逃亡にあたって、上海に一千人を超える特務を潜行させました。」

本当にそれほど危険なのか、まだ信じきれなかったが、規則を守らないわけにはいきません。わたしは警備員を帯同し、大きな自動車に乗って、厳めしくも身を守られる「標的」になってしまった。何という巡り合わせでしょう、このクライスラー・セダンを操る太っちょの運転手に、この車の以前の主人はだれかときくと、これは陳訓悆*の自家用車だったという答えが返ってきました。この件でわたしは嬉しくなりました。一九四五年に『建国日報』[17]を調査し猛々しく発禁にしたのが、まさにこの陳訓悆でしたから、これもまた小さいとはいえ「因果応報」といえましょう。

二十八日に、軍事管制委員会主任の陳毅は正式に国民党上海市政府を接収しました。これは上海の歴史における一大事件で、周林同志に生き生きとした回想があります。

　この日の午後、およそ八十平方メートルの市長執務室で、陳毅市長が執務椅子に座り、囲むように着席したのが潘漢年副市長、淞滬警備区司令員の宋時輪*と小生、および沙千里*、周而復、劉丹*らであった。熊中節*が趙祖康*代理市長を呼び入れて、陳毅市長と向きあって座ってもらう。陳毅市長がすぐさま爽やか且つ軽やかに旧市政府を接収する儀式を挙行すると宣言し、趙祖康代理市長が旧市政府の印鑑を陳毅市長に引き渡した。陳毅同志は手短かに挨拶した。

「趙祖康先生は旧市政府の人員を引き連れて白旗を掲げ、人民解放軍に旧市政府の官防印鑑を引き渡し、公文書類を保存された。かかる行動はまことに賞讃に値します。今後とも市政府の接収工作が恙なく運ぶよう、いっそう協力いただくことを希望し、併せて趙先生には工務局にてご指導をお願いいしたい。」

これが、プロレタリア階級の政治家、将軍にして詩人の陳毅市長が上海接収を主管した一幕の真実の歴史記録です。上海市軍事管制委員会の接収工作はここから始まりました。趙祖康さんを時を移さず任用したことで、もともと国民党市政府に職を奉じてきた行程技術、医療衛生、市政管理各部門の専門家たちを、最大限に安堵させることができたのです。

何日かして、文管会は旧教育局から漢口路・九江路の停刊中の新聞社（『正言報』でしたか）に引っ越しました。工作は正常化し、趙行志*同志が文管会の辨公庁主任になり、同時にわたしには秘書の葛蘊芳*が配属されました。当時はまだ二十何歳かの若い女性でしたが、かの女の夫の徐景賢*がやがて「文革」中の「大将」になろうとはまったく思いもしませんでした。

文教方面の接収任務は煩雑かつ重大でしたが、次に書く台帳のようになります。

一、高等教育方面――大学・高専の院校が二六校、教授・講師・助手・研究生・職員・作業員が合計で二七九六人、学生が八一〇九人。

二、中・小学方面――公立の学校と教育機関の合計が、五〇三箇所、教職員・作業員の合計が五五一七人、生徒が一七万六四一二人。

三、新聞・出版方面――接収と軍事管制の実施は併せて五八箇所、うち新聞社・通信社は二五社、書店・印刷工場が三〇箇所、従業員は二三一四人。

四、文芸方面――接収の合計が一三箇所、うち映画が九社、劇場が四箇所、従業員は一七三人、技術人員が一六五人。

上海入りに際しての政策として、およそ私立の大学、中・小学と、民間経営の文芸部門は、一律に接収もしないし、軍事管制もしないというものでした。新聞方面の情況はとくに複雑ですから、接収工作は殊のほか肌理《きめ》こまかく慎重を期します。たとえば『新民晩報』は過去にわたしらと連繋がありますから、解放後も通常通りの発行で、一日も停刊していません。『文匯報』は解放前に国民党に封鎖されましたが、厳宝礼*、徐鋳成*が復刊に際して援助を望んだので、文管会としても用紙と印刷の面で金銭援助をしています。上海には幾社となく英字新聞がありますが、『チャイナ・ウイークリー・レビュー』〔密勒氏評論報〕主幹パウエル*はわが地下党と繋がりがあったので、通常通りの発行。英文『チャイナ・プレス』〔大陸報〕はもともと孔祥熙*の経営で、解放前夜かれらは「臨機応変」の措置を執り、社告を出してその全財産をアメリカ人アルマン*に譲渡して経営を任せ、「アメリカ商人《ビジネス》」の看板を掲げています。でも入念に調査して、確かな証拠を握り、いわゆる「譲渡」はまったくの誤魔化しと証明されたので、最後は軍管会に通報して決済をあおぎ、六月はじめに没収しています。六月の中旬でしたか、范長江が上海に到着し、暫くわが家に寄留したので、新聞・出版方面の接収工作は、主にかれと惲逸群が受けもちました。

映画方面の情況はこれまたさらに複雑でした。抗戦に勝利してから、国民党が汪カイライ政権所属の映画部門を接収し、接収した製作所建物、設備、技術人員を利用して、「中央電影一廠」、「中央電影二廠」、軍事統制委員会系統に入る「中制〔中国電影制片廠〕撮影場」、そして三民主義青年団系統の「上海実験電影廠」、さらに映画の製作・上映・輸出業務を管理統制する「中央電影企業総管理処」と「電影審査委員会」を設立していました。政策からすれば、こうした産業と機構はすべて接収すべきですが、これらの製作所の芸術・技術のメンバーはごく少数を除いて、ほとんどは国を愛する人たちで、しかも解放前夜に、地下党および進歩派の映画工作者たちと連繫していたので、わたしたちはまず接収し、ゆるゆると管理する方針をとり、それぞれの機構に連絡係を派遣はしましたが、かれら自身で臨時管理委員会を組織し、器財の点検、帳簿の記帳に責任をもち、政治時事の学習を進めさせることにしました。こうした接収機構はこの年の九月、十月になって整理・改組が始まったと記憶しています。

当時の上海にあった二社の、わりに規模の整った私営の映画会社――「崑崙」と「文華」についてですが、前者は創業以来ずっと党が直接に指導してきたもので（責任者の蔡叔厚*は党員、任宗徳*と夏雲瑚*はともにわが党と長いこと合作してきた歴史を有する）あり、後者の責任者は民族ブルジョアジーで、そこの多くの監督や俳優はみなかつて「苦幹劇団」の劇団員であり、長く地下党と連繫してきたので、文管会ではそれが早期に制作を再開できるよう力を入れて援助しました。映画界といえば、とくに創作部門のもののなかに、三〇年代から、わたしどもはさまざまな統戦工作をやってきて、わりに浸透しており、解放前夜にも、地下党および張駿祥を介して、深い働きかけをしてありましたから、「中電」、「中制」撮影所の芸術・技術部門の人員までもが、心弾ませて解放を迎え入れたのです。映画方面の接収工作は主として于伶、鍾敬之*、蔡賁同志が担当し、上海に留まっていた地下党の徐韜、池寧*、張客*もまた電影処の工作に加わりました。

　政法、財経とくらべて、文管会の任務は軽いと思われがちでしたが、でも、まずは「雀は小なりといえども、五臓六腑ことごとく具わる」し、次にはこの方面には全中国いや国際的にも知れ渡った専門家、学者、作家、芸術家がごっそりいます。当時の常用句でいえば、まことに「インテリの山積み」ですから、情況はなんとも複雑。そこで、陳毅は多忙を極めながらも、たえずわたし達に指示をだします、「焦っちゃいかん、粗暴はもっと駄目」。インテリと付きあうには、とにかく「賢者には礼をつくし、士にはへりくだれ」、「こちらが尊重するから、かれらもわたしらを尊重できる」でなくてはいけないと、かれはいいます。文化界を招いて座談するにあたって、かれと潘漢年とで招請する参加者リストを入念に検討し補充していたのを、はっきりと覚えています。陳毅はいいます、これは文化界との顔合わせであり、党の政策についての話しあいであり、誰にも安心して仕事してもらうのだから、団結の面の拡がりがあるほどいい。きみたちみたいな老上海が胸襟を開いてほしい。過去になにか思想的に、感情面で、紛糾があったからといって、先入観を持ってくれるな、過去に罵ったの、嘘ついたのは、いずれにしても過ぎ去った話だ、きみたちが権力の座に着いたからといって一矢報いるなぞは絶対に止めてほしい。新しい中国のために働こうというなら、だれもが団結すべきだ、社会的にも同等と認められているなら、こちらを招いてあちらを招かなければ、だれだって腹が立つ。これこそ昔の人がいう「独りがそっぽ向けば、満座が白ける」〔前賢先哲の逸話集『説苑』「貴徳」より〕ということさ。さらにこうもいいました。接収工作を「接、管、清、改」の四文字に概括した人がいるが、つまりはまず接収し、ついでは管理し、それから整理しなおし、改造する、この順序で一般的に宜しいが、文化界にあっては、整理・改造は、ことのほかに慎重を要すると思うから、拙速は駄目だし、せっかちはもっと不可《いけ》ない、急げば故障もでるし、大事を誤る。統戦工作にあたってはとくに知識人には、まず友となり、心を語り、かれらが本心を話せるようにし向け、耳に痛いことも聞かなくてはいけないし、聞くに堪えない雑言はまだいいほうで、怖いのはかれらが喋りたいのに話さなくなること、心を開かないことだ。彼はさらにいいます。――蘇北や皖南ではね、儂は地主や、大金持ちや、封建紳顕に対しても、同じようにやってきた。「信じ切れないなら、阿英や陳同生*にきいてみたまえ。」

以上のような話は、「文化大革命」後に見つけだした筆記本《ノート》から写しとったもので、間違いないでしょう。わたしらは上海での文教接収工作を、こうした指示に従ってやりました。後にいく度となく批判にさらされ、お前は「団結を口にするが、改造を言わなかった」、「知識人を持ち上げて、労農幹部を見下した」などなど言われましたが、わたしはずうっと、この方針が正しく、党の政策と人民の利益に合致すると信じてきました。

いまこうして回想しますに、一九四九年五月の上海解放から、同年十月の中華人民共和国成立までのこの何ヶ月かが、わたしの一生のなかで、任もっとも重く、工作もっとも多忙な時期でした。文教管制委員会副主任のほか、なお上海市委員会常務委員と、宣伝部長、上海市文化局局長をやりました。華東軍政委員会が成立するとまた常務委員になり、文教工作を分掌しました。毎日、払暁から深夜まで、大小の会議、文化芸術界の人びととの面会、個別の相談と新たに接収した文化機構の按排工作、市委員会の宣伝部長として、日常的に区委員会や群衆団体に出向いて時事報告もしなくてはなりません。これまで、わたしがいちばん嫌だったのは広場で大衆に向かって「訓示する」ことでしたが、いまいる持ち場に放りだされてからは、肩に責任がのしかかり、仕方なく陳老総と区の老幹部に学んで、面の皮を厚くしてやるしかありません。幸いというか、この年わたしも四十九歳とあって、体力気力は充実し、毎日四、五時間も眠れば、疲れも感じませんでした。

もちろん、書生っぽが政治をやるのです、身についてないことが多々ありました。

はじめにぶつかったのが「制度」問題で、いくつかの難解、かつ興味深いことを挙げられます。ひとつは文管会が漢口路に移転してまもなく、馮雪峯*がわたしを文管会に訪ねてきて、なかに入ろうとして門衛に阻まれ、伝達室にくると、こんどは帳簿記入を迫られ、ここにいたって雪峯が激怒し、諍いの発生です。葛蘊芳がすぐさまわたしに伝え、わたしが階下に降りてかれを辨公室に招じ入れたのですが、かれは開口一番、「きみらの役所はまったく近寄りづらいな」で、詫びるしかありませんでした。その後わたしは警備と伝達室に注意をし、わたしの友人は誰彼問わず通せんぼは不可んといいますと、かれらは不服で、「これが制度です」と言い返しました。もう一件はやや喜劇性ありで、たしか六月中旬です。華東局副秘書長の呉仲超*同志が人事担当幹部を寄越して書類に記入を求めました、わたしの姓名、籍貫、性別、入党・入隊時期までは記入しましたが、つづく「級別」欄が、わたしには書き込めません。入党して二十年あまりになりますが、これまで自分の等級を知らないのです。その人事幹部は不審に思ったらしく、よく考えてほしいというのですが、わたしは「本当に知らないよ」というしかありません。相手は、「ではあなたは月々何斤のアワを受領してましたか」と訊ねます。これまでアワを食べたことはないし、受けとったこともないと申しました。かれは一層困惑し、ではあなたの生活は誰が支給していたのか、食事やら、住居やら……といい、わたしは、わたしの生活は原稿料と印税で賄い、皖南事変後に南方局がわたしに桂林を撤退してホンコンに行かせたときに、組織が航空券を買ってくれたこと、及び、一九四六年に恩来同志がわたしをシンガポールに行かせたときに組織が旅費を支給してくれた以外、わたしはずっと自力更生で、売文を生業《なりわい》にしてきたといいました。この間、相手はただ質問するだけです、では上海に来る前、あなたは党内でどんな職務を担当したか。これならすぐ答えられます、ホンコンでは南方局分局のメンバーで、香港工作委員会の書記でした、と。かれは疑念を抱いたままその書類を持って行きました。後で潘漢年が伝えてくれましたが、華東局と市委員会はきみをその党歴、過去と現在の職務にもとづいて「兵団級」(18)と評価したそうですが、もちろんわたしには兵団級がどのような職業上の地位なのか、いまひとつわかりませんでした。解放の初期、幹部の待遇はなお現物支給制で、これは解放区から踏襲されてきたもので、あの特殊な情況下にあって、これも他に方法がないまずまずの制度ではありましたが、接収工作のなかで、元の技術・芸術要員すべてに「適用する」となると、かれらに「給与を保証する」ことの間に矛盾が発生しました。やはり「留用人員」がもっていた「給与を保証する」ことと党政幹部への現物支給の間には、とても大きな距たりがあったのです。大学学長、教授、専門家、技師、名優は、一律に「給与を保証さ」れ、国民党の金元券を古くからの解放区の人民元と換算し、さらに新しい人民元と換算すると、かれらの毎月の収入はいずれも二百元から五百元とまちまちです。そして解放区から来た者と地下党の党政幹部は、かなりの期間やはり現物支給制で、のちに給与制に改めましたが、それでも「低賃金水準制」でした。つまり市長、部長、司令員の収入が技師や演技者より低いものが多いのです。こんなわけですから、党政幹部や業務人員の間には、異論も出ました。一例を挙げましょう。ある時、陳老総が劉伯承*同志を家での食事に招き、潘漢年とわたしが同席しました。食後の閑談になって、このお二人の大将軍が家計の苦しさを口にします。陳毅同志は子だくさんで、係累も多く、手元不如意といい、劉将帥は開明書店が出している「二十五史」を買おうと思ったが、値段を聞いただけで、買いたい気持ちを抛棄したよというのです。陳毅同志がユウモアたっぷりに言いました。

「老潘《らお・パン》は小董《しゃお・トン》に頼ればいいし（董慧*夫人の父は香港の財産家です）、きみはきみで印税・原稿料がある。きみらは金持ちだが、われわれ兵隊やってるものは、袂を風が吹きぬけるからな。」

しかし、別の角度から見れば、給与を保証されている人については、それなり別の見方もあります。彼らは言うでしょう、あなた達はお上が手当てした洋館に暮らし、車もあれば、オフィスも付いている、金のかからない秘書もいれば、出張旅費は精算払い、でも、こちとらは？　電車に乗るにも、電話一本掛けるにしても自腹、ですからね。

解放を歓迎し慶祝する盛り上がりのさなかですから、だれもが自覚して政策を受け入れ、表面上は平穏無事でしたが、今日から回想してみると、労農幹部とインテリとの間の痼《しこ》り、あるいは矛盾でしょうか、これには解放初期のこの二つの制度の併存が、かなり関係ありと思います。

もちろん、上海解放は、蔣介石とかれの後ろ盾たるアメリカ政府には甘受できるわけがなかったから、まずは飛行機を差し向けて爆撃し、機銃掃射し、ついで六月の下旬、国民党は公然と上海を軍事封鎖すると宣言しました。上海は工業都市だが、上海の石炭・石油・綿花から何百万住民の食糧は、そのほとんどを外地から運び込んでいるので、アメリカと蔣介石の連合が港口を封鎖しさえすれば、物資の供給は絶たれ、さすれば上海の工場は操業をやめ、人民は飢えに苦しむと考えたのです。当時の外国放送は上しきりに、「二黒と二白（石炭、綿とコメ）がなければ、上海の大混乱は必至」と「予言」します。上海に潜伏する国民党特務《スパイ》も、「八月十五日には蔣介石が月餅を食べに戻るはず」などなどとデマを撒き散らしました。そのうえ、ちょうどそのころ、上海は台風による暴風の襲撃にもさらされて、この難局に直面して、華東局と上海市委は速やかに反封鎖の緊急措置を制定し、中央と後方の支援と、上海人民の団結奮闘に支えられつつ、非常な困難にさらされながらもついに克服したのです。

六月のはじめ、周揚と阿英からの手紙を相次いで受けとりました。文学芸術界の第一回代表大会が、七月はじめに北平で招集されることに決まったから、わたしに早急に準備して、華東と上海の二つの代表団が六月二十日前後には北平に来て登録できるようにしてほしいといいます。まさに接収工作がもっとも緊張を迎えている時期とあって、食事や睡眠の時間さえとれない忙しさのなか、さらにこういった時間に追われ、手の着けようもない煩雑な、かつ政策性を求められる任務を背負い込まされるのは、はっきりいって困難なことでした。文芸処は再度、小会合をもちましたが、いちばん手こずったのは代表者名簿の件で、「団結は面の拡がりを持つほどよい」し、「ひとりだけそっぽを向かせ」てはいけない、これが党の政策ですが、具体的な人選となりますと、そう容易《たやす》くはありません。ひとつは解放区からの人と蔣管区からの人と、新文芸工作者と、鴛鴦蝴蝶派と、さらにはいわゆる旧芸人の間で、上手《うま》く配分しなくてはならないこと、二つには、それぞれの職業分野の代表定員を上手く比例させせなくてはならないことでした。加えて八年を経た解放戦争が、たとえ愛国を同じくする、民主陣営内でも、人と人との間に急には解きほぐしようのない思想的、感情的なしこりを多く拵《こしら》えていて、なかには「もし何某が参加するなら、わたしは参加しない」といった類いの考えさえ聞こえてくる始末です。こうした情況を陳毅と舒同に報告すると、この人達の意見は、第一回文代会準備会が提案している各界の代表的な人物は必ず招聘するとして、それ以外は幅広く党外の人たちの意見をきき、団結の必要を強調し、事細かな思想工作をしようというのでした。
　于伶、黄源と手分けして文学、演劇、音楽、映画、美術各部門の代表的な人物と相談したところ、結果はまずまず、みな「過去にあまり拘泥せず、将来に望みを託そう」との方針に賛同してくれます。わたしは文管会の日常工作に忙殺されているとあって、陳毅同志の同意を得てですが、華東代表団は阿英が団長になりました（北京着までは陸万美が担当）。上海代表団は馮雪峯が団長に任命され、陳白塵*が副団長になりました。覚えていますが、華東団はほとんどが解放区からの代表で、陸万美が引率して、六月十六日にまず南京に着き、蘇北・皖南一帯の代表と合流して、十八日に北平に入りました。上海団は二十五日に上海から北上し、この団には巴金*、陳望道*、呉組湘*、靳以*、李健吾*、陳中凡*、倪貽徳*……と多くの著名人がおり、とくに梅蘭芳、周信芳、袁雪芬がいたので、駅頭で壮行する人がひしめき水さえ漏れない雑踏ぶりです。ちょっと付け加えます、結団当初、馮雪峯が建議して巴金、梅蘭芳を正副団長にと推挙したが、かれらに固辞され、次に馮雪峯はわたしに名前を貸せといいましたが、最後はやはり陳毅同志が断を下し、馮・陳の正副団長が任命されたのです。

第一次文代会の毛沢東、周揚、茅盾、郭沫若（左より、1949年）。『憶周揚』内蒙古人民出版社、1998年より。

　第一回文学芸術界代表者大会は七月二日に北平で開幕し、前後十八日間開かれたのですが、わたしは参加していません。開会する少し前に、茅盾が送って寄越した発言原稿（論じていたのは国民党統治地区における十年間の文芸工作について、です）を受取り、意見を求められました。わたしは匆々にパラパラと目を通し、電報で「完全に同意」と返事しました。

七月、八月のふた月、接収工作は繁忙期で、文教接管委員会の常務副主任として、各グループの事情に係わらないわけにいきません、それにわたしは文芸方面の具体的工作も分担していました。とくに映画の方面で、孤島の時期に「中華電影」〔原文は華影。日本と汪カイライ政府との合弁〕に参加してきた人について、「逆賊に附いた」とするかしないかの件では、党内でも意見が割れていました。幸いなことに陳毅同志が明確な指示を与えました、「凡そ敵カイライが経営する文芸機構で仕事してきたにしても、敵カイライに協力して愛国民主人士を迫害したりしていないものは、祖国反逆のかどで断罪したりしないでよろしい」。そういうわけで、映画部門の工作はいっさい于伶、鍾敬之に引き渡して担当してもらいましたが、でも新聞、出版、放送などの部門での接収工作は事情が込みいっているばかりか、政治的な意味あいが強く、当時わが家に寄寓していた范長江がわたしを捉まえて放しません。毎日深夜まで何事によらず相談を持ちかけ、時には「東の空が白む」まで話しこみます。かてて加えて陳毅同志までが、銭俊瑞は北平に残ると決まったから、教育部門のこともきみ、唐守愚、戴白韜、舒文とよく相談し、同時に党外人士の考えをできるだけ聞いてやってほしいというのでした。こんなわけで、この二ヶ月というもの、わたしはまさに張天翼*描くところの『華威先生』よろしく、一日じゅう東奔西走して、席を温める暇なしでした。八月末から九月初めになると、接収工作もとりあえずは一段落でしたが、またこのころになって、市委は中央統戦部の通知を受けます（同時に、わたしは徐冰*からの手紙も受けとります）。内容は新たな政治協商会議を九月下旬に招集すると決まった件で、それに付随して華東地区代表の定足数、および統戦部がこれだけは参加させてほしいといってきた部分代表の名簿が届きました。この名簿は華東局と上海市委常任委員会が討議を重ねて、最終決定しました。総定員数については中央が規定していますが、華東、上海には知名人が殊のほか多く、そんなところから一部の民主党派と商工業界の代表的な人物については、中央統戦部の了解を求めたうえで、それぞれ労働、青年、婦人、文化の系統と特別招請代表として参加することにし、実質的に華東と上海の定員を増やしました。ちょっと説明しておきますと、周信芳、白楊*、趙丹*らは、いずれも中央が当選を求めて指定してきた名簿に入っていたわけですが、「文革」のさなか上海の造反派が北京からやって来てわたしを「批判闘争《つるしあげ》」にかけたとき、この連中を政協代表にしたのは、お前が「独断で推挙した」のだと反論もさせずに断定し、これで一週間も事態をもつれさせましたが、まこ

政協（第一次）発足準備の大物文化人（1949 年）。前列左より、艾青、巴金、史東山、馬思聡、後列左より曹靖華、胡風、徐悲鴻、鄭振鐸、田漢、茅盾。撮影者は蔡楚生。『鄭振鐸』文物出版社、1990年より。

とに笑止の沙汰というしかありません。

長い間の習慣となっていた、毎日眠る前に静かに今日一日のことを考えてみる時間すらとれないほど、七月、八月の二ヶ月は多忙を極めたので、ノートに当時の自分の思想活動を書き付けておくなど、できるわけがありません。この辺りについて経験した人ならだれもが覚えてることですが、八月中旬から九月中旬にかけて（新政治協商会議開催前夜です）、毛沢東同志は『幻想を捨てて、闘争を準備せよ』など、一連の論文七篇[19]を発表し、アメリカ帝国主義になお幻想を抱いている「民主的個人主義者」を痛烈に批判しましたが、当時の環境下でこれは、必要だったといえます。これらの文章を読んでわたしの心ははげしく揺れ、愛国、愛党、そしてアメリカ帝国主義に反対の激しい感情を持ち、市委宣伝部の名義で、文教団体や地区委員会を招集しては、繰りかえし「白書」を批判する報告会、座談会をやって、「民主的個人主義者」への辛らつな批判をしました。言うまでもなく、労働者、農民、兵士のなかに民主的個人主義者がいるはずはなく、かかる思想を持つものは、まさに彷徨し、動揺している、西洋のブルジョア階級思想の影響を受けているインテリゲンチャだけだ、というわけです。抗日戦争以来、わたしは一貫して統戦工作をやってきて、知識人を団結させるという問題で経験、教訓がなかったとは申しませんが、人民による民主専制を強調することを前提に、話をし、文章を書くには、政治問題と思想問題のあいだとか、敵対矛盾と人民内部の矛盾のあいだにある区別をはっきりさせることが、とても難しいことでした。ですから、「理にかない、利もあり、節あり」[20]のなかの「節」の字を忘れてしまいがちで、この目まぐるしい転変のなか、愛国的で正直なインテリを誤って傷つけもしました。インテリを軽視し、差別視し、ないしは信用しない考えかた、やりかたは、わが党内には根深く長く、これまた複雑な原因がありますが、それにしても今般の民主的個人主義批判の思想闘争は度が過ぎました、この点についてはわたしも感じるところ無しとか、反省するもの無しというわけではありません。

インテリには団結してほしい、学者や専門家を尊重しよう、人材は大事にすべしという問題で、陳毅同志は要所をしっかり摑まえていましたから、これを頼りに、上海の文教接収工作では、さほど重大な誤りを犯さなくて済みました。しかし具体的な問題に接するとなると、考えを決めかねて、ときには一歩さがって避け、ときにはまた心にもない議論をしないでもいられません。上海解放後まもなくでしたが、わたしははじめて幹部たち（ここで指摘するのは宣伝、文化系統の幹部です）の知的水準が低すぎることに気づきました。あるいは常識不足のことと言っていいかもしれません。宣伝部や文化部の処クラス〔級の上下は一般に部↓司・局↓処↓科の順〕以下の幹部と話していても、ほとんどのところ話が通じません。一般的に、政治的な名詞や述語は知ってますし、口に出して話もしますが、ひとたび業務上の問題となりますと、ごくごく普通の名詞、人名、書名、地名でさえ、「これまで聞いたことないよ」と知識面が狭すぎて、当時、これがほとんどの情況でした。そこで、わたしは宣伝、文化系統の幹部座談会を招集し、みんなに毛主席の七期二中全会〔前出、訳注8〕での講話を学習するよう呼びかけたのです。なぜかというと上海入りしてから環境は大きく変わり、これまで熟知していた一連のやりかた一式が役に立たないのです。そこでもっと本を読むこと、これまで知らなかったことをもう少し学んではと奨めたのですが、こんなことをいくら話しても、関心を呼びはしません。こんなわけでわたしの一存で、宣伝部と文化局の科長レベルの幹部（区委は含まず）に常識テスト〔21〕をやりました。初級中学程度を目安に五十問出題し、一題が二点で、全問正解者は百点になります。要求は高くなく、六、七十点が多数を占めてくれるよう望んだのですが、テスト結果には驚かされました。八十点以上を取ったのはわずかに二人で、六十点以下がなんと七割を占めたのです。「五四」運動は何年に起きたかといった程度の問いにさえ、答えられたのは寥寥たるものでしたから、常識問題で噴飯ものだったことは言うまでもないのでした。まあ、わたしとしても前もって受験者の「面子《メンツ》」くらいの配慮はあり、答案は無記名、テスト結果も指導の参考にするだけと決めておき、公表しませんでした。ただ後で模範解答を発表し、それぞれに胸算用できるようにしただけで、事は終わりました。これはわたしの思いつきで、一存でやったことなので、事前に上司の指示も求めず、事後に報告もしませんでしたが、何日かすると陳毅が訊ねてきて、顔あわすなり、

「テストのこと、姚溱*（当時、市委宣伝部副部長）から聞いたよ、こういうテストやってみるのはいいことだ、ただ、きみら文化人のやり方は小細工にすぎるよ、儂にやらせれば答案に名前書かせるし、テスト結果は公表する、いちど面子をつぶさせて、やっと己の無知を分からせてやれるから。」

というのです。つづけて、きみは探りを入れてみたのだろうが、この後どうするのかね、と聞かれまし

た。もともとそこまでは考えてなかったので、咄嗟には答えられません。すると、補習班をつくり、何人かを勉強に行かせてはどうか、どうしようもないのは職を外してもよいというのです。これは難しいと感じました。工作がこうも忙しいと、大勢のものに生産から離れて学習させるのはまだやれません、おいおいやるとして、せいぜい工作に精出してほしいと勧めます、としか言えませんでした。陳毅同志はすこし考えてから、舒同と相談して、外省から何人か移動させて、きみらの隊伍を強化しようというのでした。こうしたことは当時としては些細なことで、知ってる人間も少なく、わたし自身だれから苦情が出ることでもないと心にとめもしませんでした。あに図らんや、後に華東局で整風（思想や作風の点検・矯正キャンペーン）があり、ある人が急に感情的になって発言し、「テストした」のは「知識人の気概を良しとし、労農幹部の尊厳を叩いた」というのです。もちろんわたしは承服できませんが、当時の情況下では、弁解も凫《けり》つけることも困難でしたから、「やり方に過ちがあった」とだけ認めたのでした。

これ以外にも、もっと手を焼くことが少なからずありました。当時、文芸界には上から下まで通用する統一スローガンがありました。

「文芸は労・農・兵のために奉仕する。」

だれもがそういい、だれも疑問を口にしませんでしたが、解放後の上海で、党外のある老作家がわたしに、なんとも返答に苦しむ問題を出しました。つまり労・農・兵以外に、文芸は小ブルジョア階級のために服務してよいかどうかの問題です。これまでわたしは一貫して蔣管区で工作してきたので、書いた戯曲はいずれも小市民に見てもらうものでしたから、とくに意に介さず、「構わないでしょう」と答え、さらに毛主席の『延安の文芸座談会における講話』[22]をとりだし、その中の一節を指さして、毛主席もはっきりと話している、文芸が服務する対象は四種類の人びとで、第一は労働者、第二は農民、第三が兵士、「第四は都市の小ブルジョア階級勤労大衆および知識人である」と。そしてさらに「かれらは、やはり革命の同盟者であり、かれらは長期にわたってわれわれと協力できる」といってますよ、といいました。この作家は胸をなでおろし、嬉しそうに、それなら僕も書きたいもの、そして書けるものが書けるというのでした。そのとき、わたしは典拠を明示し、「講話」の精神に照らしてこの作家仲間に答えたもので、

時代所遺留下來的豐富的文學藝術遺產和優良的文學藝術傳統，我們是要繼承的，但是目的仍然是爲了人民大衆。對於過去時代的文藝形式，我們也並不拒絕利用，但這些舊形式到了我們手裏，給了改造，加進了新內容，也就變成革命的爲人民服務的東西了。

那末，什麼是人民大衆呢？最廣大的人民，佔全人口百分之九十以上的人民，是工人、農民、兵士和城市小資產階級。所以我們的文藝，第一是爲工人的，這是領導革命的階級。第二是爲農民的，他們是革命中最廣大最堅決的同盟軍。第三是爲武裝起來了的工人農民即八路軍、新四軍和其他人民武裝隊伍的，這是革命戰爭的主力。第四是爲城市小資產階級勞動羣衆和知識分子的，他們也是革命的同盟者，他們是能夠長期地和我們合作的。這四種人，就是中華民族的最大部分，就是最廣大的人民大衆。

我們的文藝，應該爲着上面說的四種人。我們要爲這四種人服務，就必須站在無產階級的立場上，而不能站在小資產階級的立場上。在今天，堅持個人主義的小資產

・11・

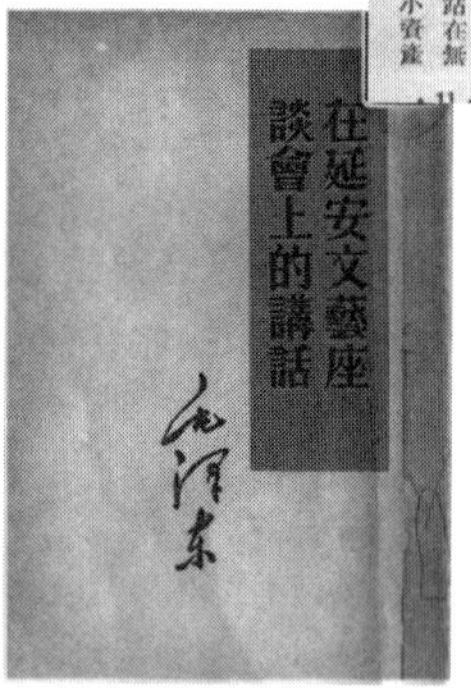

『文芸講話』北京第一版（1953年3月）とその原文（労農兵＋プチブル・知識人を明記）

語ったあと、なんの蟠《わだかま》りもなく、この言葉がいかなる「後腐れ」を引きおこすかなど思っても見ませんでした。しかし間もなく、この言葉が上海の文芸界に知れわたり、かくして当時、天津で工作していた阿英同志が手紙で、北京文芸界では、きみが上海で文芸は小ブルジョア階級のために服務すべしと「提唱している」と「取り沙汰され」ているよと書いて寄越しました。つまり今後ももっと用心深く発言せよと婉曲に忠告してくれたのでした。

　話すときに不用心なだけでなく、この時期さらに「モノ書くときにも不用心」という件がありました。これはわたしが『新民晩報』に「灯火閑話」を書いたことで、後に短い文章のなかで、この辺りを書きました。〔23〕

「全国が解放されて、わたしは記者にはならなかったが、編集者だの記者だのをやりつけたものとして、いっときでも筆を棄てるとなると、俳優が舞台に登場しないのと同様、むずむずして仕方ない。上海解放後、『新民晩報』が引きつづき発行され、超構*同志が「なにか書いてくれないか」といってきたとき、陳毅同志から許しをもらったので、喜んで同意したのです。わたしが雑文を書くのは、「自己満足」するだけでは勿論ない。しかも陳毅同志がわたしよりずうっと全般を見渡していて、書けよと励ましてくれたうえで、さらに、少し自由に書いたらいい、党八股を民営新聞に持ちこみなさるなよ、党の機関紙の規格から少しぐらい逸れてもかまわぬ、といってくれました。特に忘れられないのは、「ペンネームでもいい、署名を固定する必要はない、秘密は守ってやるよ」

といってくれたことでした。超構同志は特設欄を用意してくれて、「灯火閑話」という欄に、いつも四、五百字、一両日おきに一篇だったと思う。上海はそのころ解放されたばかりとあって、市民の思惑は混乱し、闇市が横行し、潜伏している特務が絶えずデマを飛ばしていた。そこでそのころ書いたものは主に民間報道の立場から、いささかなりと当時の時弊を匡正したいというものだった。当時のわたしは四十九歳、気力体力にあふれ、工作こそ多忙ながら、それでもたゆまず書きつづけます。同年九月には北京の第一回政治協商会議に参加してるが、汽車に乗って書き、会議場で書き、ほとんど一篇ごとにペンネームを変え、以来一九五〇年の四、五月まで、おおよそ百余篇に達したでしょう。なぜもっと書かなかったのか。ひとつには多忙、次には「秘密」が守りきれず、次第に広まり、四の五のいう人がいたりして、自主的に店終いしたわけだった。」

いちゃもんにはあれこれあって、わたしが原稿料を貪っているというものもあれば、党の「高級幹部」が民営新聞に文章を書くのは組織や紀律を蔑《ないがし》ろにした自由主義だとするものもありでした。「高《カオ》幹《カン》」の二文字を耳にしたときはいささか驚きで、つまりわたしは已に普通の党員でなく、高級なる幹部だったのです。

こういった自覚を伴わない自由主義は、どうも日常生活にも出てしまいます。わたしという人間は冗談好きで、とくに旧知の古い友人には、気ままに話します。とある文芸界の集会で、趙丹と顔合わせたので、かれの肩を叩きました。

「阿丹、その様子じゃ、二枚目役のくせに髯《ひげ》も剃ってないだろ。」

趙丹はにやりとします、

「そういう部長どのだって、手を拡げすぎてやしませんか。」

こういったことはどうやら一度や二度ではありません、また趙丹だけでなく、白楊や秦怡*らにもこうでした。かれらはみな三〇年代から艱難をともにしてきた古くからの仲間で、こうしないとかえって余《よ》所余所《そよそ》しくなってしまいます。でもこうしたことで何度も批判されようとは思いもしませんでした。あなたはいま部長、局長であり、そんな態度で非党人士を遇する（かれら当時まだ入党せず）のは、まったく荘重さを欠き、地位を損なうというのです。わたしが頭も下げずに、抗弁するものですから、おそらくそれらも広まったのでしょう、あとで馮定*同志から懇ろに忠告されました。

「今後はやはり慎重にされたほうが宜しいです、環境が変わり、これまでは地下党でしたが、いまは政権党ですから、一般大衆への影響には慎重にねがいます。」

かれの好意は本当によくわかりましたが、政権を預かる党だからどうしても「見栄」はりたいのでしょうか。こうなるとどうもピンと来ません。

こういったことには、随分とぶつかりました。わたしとしても落ちついて反省してみるしかないのですが、これは歴史の転折期における社会の風潮であり、革命の新しい風潮に逆らうことはできないと徐々にわかってきました。そこでこちらも努力して順応し適応しようとしたので、やがて次第に慣れてゆきました。ただいくつかの「規則」にはどうも馴染めません、いや始終、窮屈に感じます。たとえば外出には必ず警備員を帯同すべきこと、外での会議や友人宅で喋ってくるのにも必ず警備班に前もって連絡すべきこと、――さらには仲間の奥さんでも「你的愛人《きみのいとしいひと》」なんて呼ばなくてはならないことといった類いでして、前者については服従あるのみですが、後者には最後まで「頑なに抵抗し」ました。

あのころは、新風もあれば、「旧風」もまたありで、文化の系統には少なからず「留用人員」がいて、この人たちはわたし宛に報告し、手紙をしたためるとき、冒頭に「謹んで上申します」と書こうとし、末尾では自分の名前の前に「職」〔職務上の卑称〕の字を被せようとします。この旧官僚社会の作風には、わたしとしても決然として批判し排斥しました。

八月末になって、接収工作は取りあえず一段落しました。陳毅同志が「逸園」[24]で何千人も参加させて大報告会をやり、三ヶ月を要した接収工作の終結を宣言したのが、九月三日だったと覚えています。第二段階の管理と建設工作が間もなく始まります。この報告会は主に旧市政府から留用された人員に思想工作をすることで、まずはかれらの懸念を解きほぐし、安心して仕事してもらうこと、次に、みなに学習を、党の方針・政策を学習してもらうこと、同時になにも気にせずに、業務と経済管理方面の知識と経験を、解放区からやって来た幹部に伝えてほしいと求めたのです。

講話のなかで、最も重要な点はやはり聴衆にもっとも受けた一節でした。かれはあまたの事実を列べて、国民党と共産党、旧市政府と新市政府を対比させて、共産党が現実のなかから真理を追求し、誠心誠意もっとも広汎な人民に服務するのだという方針を強調したのです。かれはいいました。

「政党とか、政府とかの良し悪しを見分けるには、単にその宣言を読むだけでは駄目、人民大衆に対するその態度をよく見なさい、党についても、政府についても、指導者にしても、すべてそうすべきです。指導者については、その能力を見るだけでなく、さらにその品性を見極めなくてはいけないね。」

かれは声の調子を高めます。

「まずはじめに見てくれよ、わたしや副市長、秘書長たちを、わたしらを見て、やっぱり国民党の連中のあんな「五子登科《みうちのしゅつせ》」〔25〕みたいですかな。儂らが職権乱用してますか、腐れきってますか。市政府の工作がうまくいかなければ、まず私らが責任とる、そこであんたらに番が回る。上海に進軍したこの部隊を「三野」〔第三野戦軍〕と呼ぶが、これは野戦軍の〈野〉でね、決して野蛮の〈野〉じゃない。都会に来れば、文明《エチケット》が必要で、野蛮でいられない。儂からもう一度、申しておきますが、市長、局長から一般職員に到るまで、責任に軽重はあっても、政治的には一律に平等です。あんたらが間違ったこととすれば、儂はそれを批判していいわけだし、儂に正しくない点があれば、きみらも儂を批判して宜しい、これでこそ民主といえる。国民党もこれまで口では民主をいい、アメリカ人もかれらを民主政府としてきたが、考えても見てくれ、きみらこれまで市長に意見を出せたかね？ 解放になってまだ三ヶ月、あんたらはまだ話したいことがあるのに話そうとはしてないようだ、いま私は正式に申しあげておくが、言いたいことはぜんぶ話せばいい、少しぐらい間違ったこと言っても構わないが、でもほんとのこと話してほしい、事実に即してきちんと処理したいから。」（要約）

これはきわめて率直、かつ生き生きした報告で、会場には歓呼と拍手の音が途切れません。当時わたしは詳細を記録したのですが、ノートは「文革」中に押収されてしまいましたが、かれの肺腑を抉る発言は、以来ずっと胸に焼きついたままです。

ここで、陳毅同志が六月上旬に、上海の知識份子に語った講話について補記します。わたしは一九七九年五月に上海解放三十周年を記念して、上海の『解放日報』に『心底からわれらのよき市長を追慕する』と題した文章を書きましたので、いまその何節かを抄録します。

上海は、帝国主義者の政治、経済、文化各方面の根拠地であるにとどまらず、国民党もこの地を二十年の長きにわたって経営した。この故にわれわれは、上海の文教界を接収管理するにあたって具体的方策を立て、かつ地下党の同志が提供してくれた材料によって、この方面の情況もおおよそは把握していたわけだが、具体的な人事問題に接してみると、まったくのところすぐに対応に悩まされた。上海はまさしく龍虎の隠れ棲む地で、政界では、清末民初の老政治家がいて、日本とカイライの時期には二股かけ、三足の草鞋を履く人物もいた。学術界では、学問に長じ、専念する学者もいれば、売名に奔り、衆を使嗾して甘心を買う「有名人」もいるというわけで、学校を一校、新聞社を一社……接収するとなると、対応の難しいことばかり浮上する。かかる問題のため、一日、市委宣伝部、統戦部、それに文化局の面々、おもに「文化接管委員会」の一同が、陳毅同志の指示を仰いだ。われわれの報告を聞いて、かれがいった。「きみらがいう対応が難しい人というのは、いずれも有名人で、〈知名の士〉ときいている。この人たち、一つには蔣介石にくっついて台湾へ行かなかった、次に香港へ行かない、三つにはアメリカへ行かない、となれば、これはなお愛国心を持つということの表明だ。愛国心があって、具体的に反共行動をとらないなら、みな登用すべきだ。かれらの生活上、学習上、また研究工作のなかでの考慮すべき問題があるにしても、重用してよい人だっているだろう」。

この件はわたしらにとって大いなる教育であった。この指示に基づいて、われわれはすぐに各方面の有名人が揃って参加する座談会を招集し、陳毅市長に報告をお願いした。この会については、一九四九年六月六日付け『解放日報』に次のような記載がある。

「上海市政府は六月五日午後二時、仮称キリスト教青年会に文化界を招いて座談会を挙行、これは上海解放後、文化界ではじめての盛大な集会であり、また上海文化人が多年待ち望んだ日でもあった。来会せし者は科学、文化、教育、新聞、出版、文芸、演劇、映画、美術、音楽、遊芸など各界

上海の代表的な劇場、蘭心大戯院（ライシャム・シアター）。1866 年建設。『近代上海繁華録』商務印書館、1993 年より。

の代表で次のとおり。呉有訓*、周仁*、陳望道、周谷城*、潘震亜*、羅宗洛*、陳鶴琴*、茅以升*、鍾偉成*、楊銘功*、馮徳培*、涂羽卿*、曹未風*、金仲華*、陳石英*、徐森玉*、周予同*、蔡尚思*、張孟聞*、楊衛玉*、馮亦代*、楊剛*、李平心*、謝仁冰*、張大煒*、趙超構、浦熙修*、王徳鵬*、張明養*、馮雪峯、巴金、郭紹虞*、梅蘭芳、周信芳、黄佐臨*、陳白塵、熊佛西*、陳鯉庭*、呉蔚雲*、趙丹、藍馬*、石揮*、黄宗英*、秦怡、袁雪芬、劉開渠*、龐熏琴*、張楽平*、陳烟橋*、陳秋草*、周小燕*、譚抒真*、沈知白*、董天民*、など百六十二名。……陳毅市長は熱烈な拍手のなかで立ちあがり講話をした。陳毅市長はまず反動統治下にあって正義の闘争を堅持した文化界に、心からの慰労をした。しかる後、目前の革命情勢および上海解放の重大な歴史的意義を分析し、最後に共産党の文化・教育など各種の政策について、詳細にわたる説明を行い、文化界人士の団結合作と、新中国の共同建設を歓迎するとした。」

この集会で、陳毅市長は一気に四時間喋ったが、この話はまことに深長にして具体的、かつユウ

上海で最も有名な遊楽場、大世界の賑わい。舞台や映画館、商店やレストランが設けられ、一日に二万人を収容した。前掲書『近代上海繁華録』より。

モアと味わいあるものだった。この報告を聞いてから上海文化界には、「陳毅マニア」になったという人がいたが、作り話ではないと思う。陳毅市長の講話のあと、過去にこれまで公の場では話しをしない多くの学者が口を開いた、たとえば昨年物故された呉有訓院長だが、この席で、国民党が繰りかえしかれを台湾に行かせようとしたが、最後まで巧みに拒み通した経緯を披露した。聞くところでは、さる一流外科医が、この陳毅市長の演説を聴いて、是が非でも入党したいと決心したそうだ。

上海の文化教育を接収する工作では、文芸団体と遊楽場所がとても難しい問題だった。上海はもとより消費都市だから、何十という劇場、映画館、寄席、遊楽場所があり、こうしたところは当時いずれも垢や汚れを内包する処とされてきた、その故に、この件を上手く片付けるについて党内外の意見は割れていた。ある者はある種の芝居を禁止せよといい、ある者はアメリカ人経営の映画館は一律に没収だといい、またある者は「見せしめの刑罰」として、遊芸社会の明らかな反動份子を捉まえてしまえという。この件に関して陳市長は極めて穿った指示をした。

「上海には何十という劇場、寄席、それに大世界《ダースカ》といった類の遊芸場所があり、直接間接に、およそ三十何万人がこれを頼りに生計をたてている。もし強面《こわもて》でやれば、こうした人たちにたちまち生活問題が発生してしまう。ここのところ何年か、われわれには他人様に見せられる新しい演しものがない、相も変わらず『白毛女』〔26〕ひとつっきり。来る日も来る日も『白毛女』だけというわけにはいくまいから、おいおい改めていくしかない。本当に労・農・兵の要求に合致したものをこしらえるとなると、十年はかかるだろう。もし今日日《きょうび》、何でもかんでも反対・排斥してしまったら、痛快この上ないが、これでは三十万人の食い扶持がなくなってしまう。食えないとなれば、みんなで市政府へ請願に来るにちがいない。その時きみが再び労・農・兵を語ったところで、頭の鉢をぶち割られるのがおちというものさ。なにもかも反対し排斥し、あれこれ批判するのは、容易《たやす》いが、実際の情況からはじめて、おいおい改めるのは、容易じゃないのだ。」

われわれはかれの指示を拠りどころに、穏健妥当な方法をえらんだ。当時、こう聞くものがあった、曲芸界には血の負債をもつ連中もすこしいるし、いまでもなお疑わしい動きをしているものもいるが、どうしたものか、と。陳市長は即答した、その材料を事実通りに書き出してくだされば、政法部門に処理させよう。

接収の全過程では、一つの芝居も禁止しませんでしたし、さらに本一冊禁止していません、それぞれに自覚があって、戯曲界では周信芳が音頭をとって、好ましくない芝居は自主的に演らない、という

「公約」を取り決めました。たとえば『子殺しの報い』、『大劈棺』[27]といった類の芝居が、二度と舞台にかかることはなくなりました。この大転換の時期です、具体的な問題で掌握しきれないものも数多くあり、党の内外から意見もかなりありました、たとえば范長江を責めて、なぜ引きつづき外国語新聞を継続して出させているのか、と。またある人は陳市長に手紙を書き、アメリカ映画の上映禁止を求め、会議でわたしの「手ぬるさ」を批判し、京劇界ではとっくに「猥褻もの」を演らないのに、なぜ『水着美人』[28]みたいなアメリカ映画を常時上映させるのかと何人にも言われました。陳毅と潘漢年に指示を仰ぐと、潘は、ぼくも『水着美人』をホンコンで観たが「黄色映画《イエロー・ムーヴィ》」とはいえないだろう、わが国にだって楊秀瓊*のような「美しい人魚」がいたじゃないか、というのです。陳毅はさらに痛快に、禁止することはない、そんな道学者は吠えさせておくさ、でした。こうして、アメリカの古い映画は引きつづき一九五〇年の六、七月まで上映されましたが、抗米援朝[29]のころになると、映画館従業員の反米感情が激しくなり、ついには自主的に上映中止を約束したのです。思いだしますに、上海文化界の思想改造運動は、一九五〇年十二月、中央が『学校における思想改造と組織整理工作についての指示』をだしてから正式に開始されてます。それまでは、いくつかの末端機関で煮詰められ試されだしたのですが、この過程で、某々機関の要求が急ぎすぎたり高すぎたり、加えて情況を把握せずに、安直に手筈を決めたりして、それ故に一部知識份子の感情を傷つけたりしたことも、少なくありませんでした。

この年の九月二十一日から三十日まで、中国共産党、各民主党派、各人民団体、各地区、人民解放軍、各少数民族、国外華僑およびその他の愛国份子の代表で構成された中国人民政治協商会議第一期全体会議が北平で挙行されました。わたしは華東区〔30〕の代表として九月五日に華東代表団について北平に行き、まず六国飯店に宿をとりました（華東区代表は十五人、候補代表は二人、すなわち陳毅、許世友*、周興*、管文蔚*、梁従学*、孫仲徳*、夏衍、沙文漢*、龍躍*、張林*、韋慤、李堅真*、張福林*、季方*、李伯龍*、計雨亭*、劉民生*。そのほかは均しく党・政・軍・民代表団に分別されて入りました）。北方はまさしく天高く気爽やかな季節で、「時は維《こ》れ九月、序は三秋に属し」、「勝れた友は雲の如く、良き友は座に満つ」〔31〕で、どこもかしこもまことに開国の気概ありでした。会議は全国人民代表大会の職権を代行し、臨時憲法として機能する「共同綱領」を通過させ、中央人民政府委員会を選挙し、毛沢東が中央人民政府主席に当選し、朱徳、劉少奇、宋慶齢*、李済深、張瀾*、高崗*が副主席になったのです。会議は中国人民政治協商会議第一期全体会議宣言を採択し、「中国人民は自分の敵に打ち勝って、中国の様相を一変させ、中華人民共和国を打ち建てた」。「中国の歴史は、これより新しい時代をきりひらく」と、荘重に宣言しました。

十月一日。中央人民政府委員会は第一回会議を挙行し、中央人民政治協商会議の「共同綱領」を政府の施政方針とし、周恩来を政務院総理兼外交部長に任命すると、一致して決議した。この日、首都の三十万軍民が天安門広場で集会し、盛大に建国の大典をとりおこないました。朱徳総司令が開国の大典で閲兵式を執り行い、中華人民解放軍総本部の命令を読み上げ、人民解放軍が速やかに国民党のすべての残党の武装を一掃し、なおまだ解放されていないすべての国土解放を発令しました。
この度の会議はわずか十日間でした。討議を要する、また決定を出すべき事柄が数多くありましたが、でも事前に真剣な協議と準備があったので、会議はきわめて順調に運ばれました。十月一日に、五星紅旗が天安門にゆっくりと昇っていくのを見たときは、万感胸に迫って、涙がこぼれるほどでした。わたしらの、五千年の文化を有する古い国が、数えきれない苦難の末に、ついに太陽が東に昇るが如く、再び起ちあがったのです。わたし自身はついにこの日を見られましたが、しかし、この嬉しい知らせをどうやったら犠牲になった同志たちに伝えられるでしょう。

鄭漢先*、龐大恩*、何恐*、童長栄*、洪霊菲*、それから柔石*、馮鏗*……

わたしは、これら英雄的に身を捧げた烈士を、心に抱きしめます。

十日間は慌ただしく過ぎました。この間、たくさんの旧友に会い、また数多《あまた》の新しい仲間と知りあいました。北京に着いた翌日、阿英といっしょに郭沫若、茅盾、そして周揚を訪ねました。話したいことは山ほどもありますが、かれらの部屋はどこも人がぎっしりで、余所行きの挨拶しかできません。ただある晩、寝ようとすると、柳亜子*がノックして入ってきました。この愛国憂民の南社詩人も古い友人といってよく、これまで、ホンコンにいても、重慶でも、たとい時局がきわめて難しいときでも、いつでも爽やかで楽観的だったのに、この国を挙げて喜びに沸く日に、なにやらどうも憂鬱そうです、二こと、

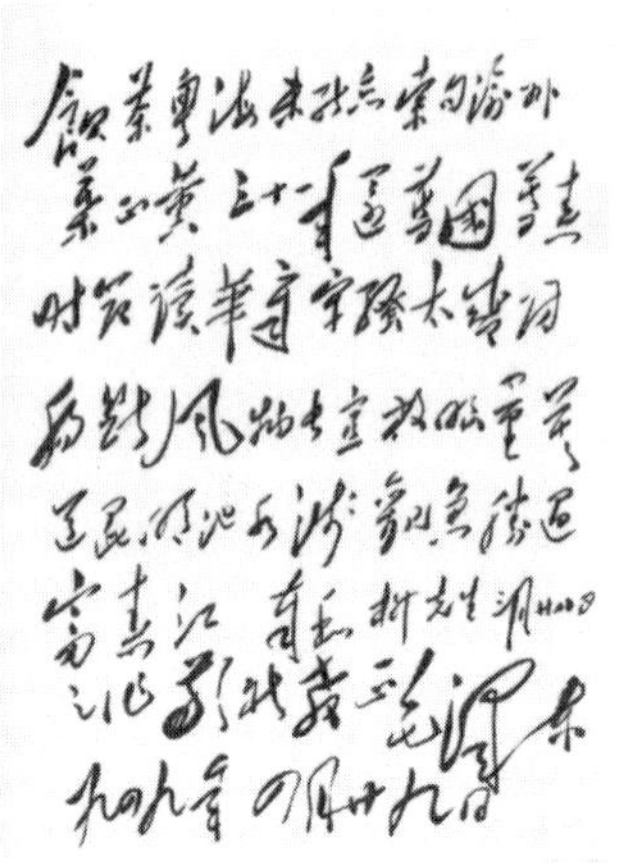

毛沢東「七律」第二十二、柳亜子先生に和す、1949 年夏

三こと挨拶があってから、わたしに上海解放のあと蘇州へ行ったかというのです。もしあのあたりの情勢が穏やかなら、呉江に戻って隠士になりたいというのです。これには吃驚《びっくり》させられました、「一たび雄鶏　ときを唱《つ》ぐれば　天下白む」〔32〕いま、なぜこのような考えがでるのでしょう。かれは某々の人事按排に不満なのだと率直にいいます、責めるような口ぶりで、李任潮〔済深〕がなぜ副主席になれたのか、きみ達まさかかれの二十年代の歴史を忘れたわけじゃないよね。こうしたことに、もちろん口挟むわけにはいきませんから、話題を逸らそうと、なにか新しい作品はお出来でしょうかとか、柳無忌*も北京じゃなかったですか、など、訊ねます。でも、相変わらず滔滔と某々人事への不満を語りつづけるのでした。後にこのお方が毛主席と唱和した詩を読んで、ようやく「不平たらたら」の原因がわかりました。けっして「出るに車無し」〔33〕でも「食らうに魚無し」にあるわけでなく、「道《い》いたもうなかれ昆明の池の水浅し、と」という詩句の真相に至っては、周恩来同志が当時の情況を話してくれて、はじめてよくわかりました。浪漫主義の詩人と現実主義の政治家の間には、やはり大きな距たりがあるようで、亜子先生はまことに無邪気すぎました。

会議の期間、わたしは文芸界以外の、多くの名の知れた新しい友人と知りあいましたが、なかに梁思成*、呉晗*、侯徳榜*、朱洗*……らがいました。梁思成と知りあったのは周恩来同志の引き合わせで、国の徽章を討論する分科会の席で、思成さんは国章のデザイナーのひとりでした。恩来同志が「きみ、梁任公〔梁啓超〕に感服してたんじゃなかったですか、それにかれの夫人〔林徽因*は詩人にして建築家〕は有名な詩人ですよ」といってくれたのです。初対面とて多くは話しませんでしたが、その卓越した知識はとても印象的であり、わたしも早くから著名な建築家であることは存じていたのですが、古典文学と古代建築にかくも淵博な造詣と熱情をお持ちとは思いませんでした。これまでわたしは間違った考えかたをしておりまして、「五四」以降の知識人と作家はだれもが民族の伝統を軽蔑していると思いこんでいたので、ですからかれが、しきりに継承と創造の関係を強調することに、おおいに啓発されたのです。

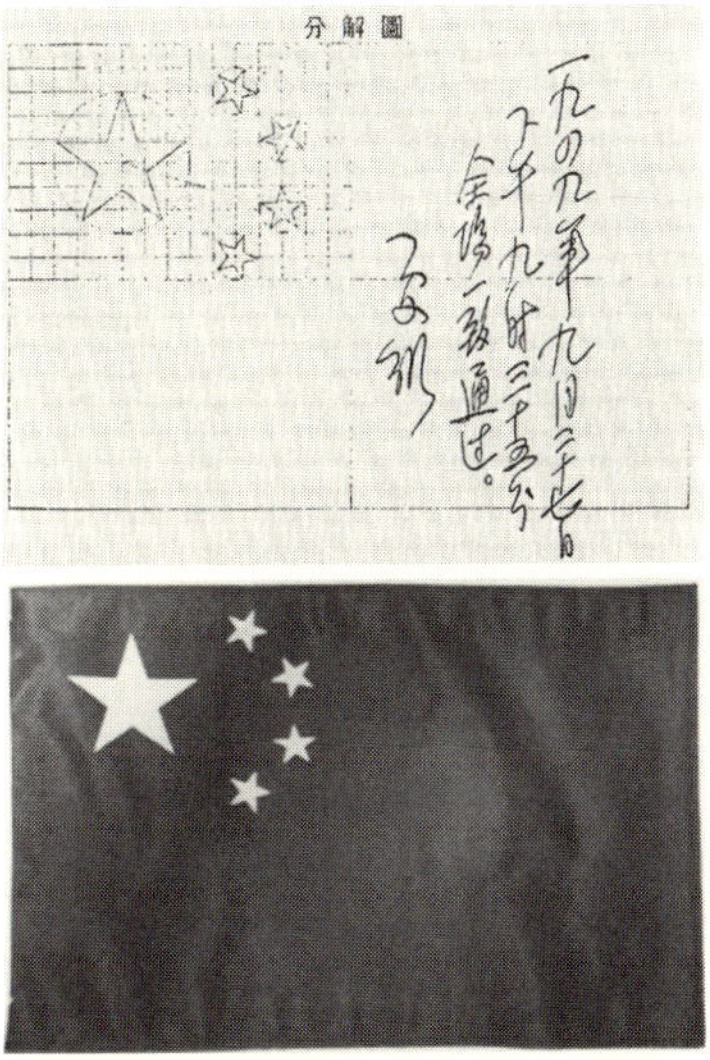

国旗制定　五星の方向を決める分解図（夏衍自著）1949年。前掲書『夏衍』より。下は実際の国旗。

このことと関連しますが、阿英がいつもわたしを琉璃《リユウリ》廠《チャン》や隆福寺《ロンフースー》へ連れだしました。古書店でかれは居続けて帰るを忘れ、借金までして古書と碑帖を買いに行き、まるで新大陸でも発見したかのように「揚州八怪」や斉白石を気に入ってしまうのです。ホンコンにいた時こんなことを聞いたことがあります、ピカソは張大千がフランスへ絵を学びに来たのがどうしても解せないとか、なぜならかれは中国絵画こそ世界でもっとも好ましい美術と思っているからだ、と。いま鄭板橋〔鄭燮〕、金冬心〔金農〕、李復堂〔李鱓〕、高翔を見るとき、絵画という問題で、わたしも過去に民族の特色を無視した虚無主義の影響を受けていたと感じた次第です。

　呉晗を知ったのは郭沫若の紹介です。郭老に会いに行ったとき、ふたりが朱元璋〔明朝の創始者、洪武帝〕をどう評価するかでやり合っている最中でした。呉晗はわたしより若いので、いうまでもなく郭老より後輩です。しかし学術のことでは自説を堅持して、「権威」の前でも譲りません。史学にはずぶの素人のわたしですが、朱元璋という小坊主出身の皇帝に好感を持つはずはなく、ただ傍らに座って拝聴しておりました。郭老はいつもながら豁達で、弁じ立てたあと、笑いながらいいます、

「きみが挙げた論拠については、わたしも仔細に研究しましょう、きょうは〈引き分け〉としましょう。」

　呉晗の博覧強記と科学的な態度に感銘は深く、なんどか語り合ううちに、とてもよい友人同士になりました。

　開国の大典から間もなく、毛主席が各大地区[34]の責任者が参加する座談会を招集し、陳毅同志がわたしに行けといいました。当時、各方面の野戦軍が西南、西北へ進軍していたので、主題は軍事問題でした。朱徳、劉伯承、陳毅、鄧小平*の話が西南への進軍から長征へと及んだとき、毛主席がひとしきり意味深長な話をしました。こうです――私はかつて、長征は宣言書である、拡声器であるといったことがある[35]、だが紅軍が長征に追いこまれたという傷ましい教訓を絶対に忘れてはならない。いまわれわれは建設を

はじめようとしているが、この教訓を忘れて「前の亀が泥沼に嵌っているのに、後の亀が同じように這いずっている」とすれば、さらに大きな誤りを犯すことになる。

かれはいいました。

「建党して二十八年、われわれは二度、大きな誤りを犯した、ひとつは一九二七年の右で、もひとつは六期四中全会後の左（一九三〇年の王明路線）だ。右へ左へ揺さぶられて、だれもが元気をなくしてしまった。だから是が非でも経験を総括し、教訓を受けとめなくてはならない。」

かれは、タバコをくゆらせながら、語気を強めました、

「右往左往する根っこは、いずれも教条主義にある。今後はなにがなんでも、二度とやらかすわけにはいかない。」

集会は深夜に及んで散会しました。

幾日かして、劉少奇同志がわたしにひとつの任務を与えました。新中国の成立を慶祝して、ソビエト連邦がファジェーエフ*を長とする代表団を派遣してきたので、少奇同志はわたしと蕭三*に上海までこの代表団に随行せよというのです。とても丁重な言いつけでした。

「今日、帝国主義国家はそろってわれわれに反対し、国際上はソ連一国だけがわれらの仲間だ、新中国が成立し、ソ連がまっさきに友好代表団を送ってくる、その団長であるファジェーエフはまた

有名な大作家です、だからわれわれとしてはこの代表団接待のしごとを、上手くやり遂げる必要があり、仕事上のしくじりは許されない。肝に銘じてほしいのだが、党員同士の関係を上手くやるのは、何とかなるでしょうが、党と別の党の関係、とくに国家と別の国家の関係を上手くやるのは、手易《たやす》いことじゃありません。

三〇年代、東アジアでもっとも豪華な映画館であった大光明電影院（グランドシアター）。前掲書『近代上海繁華録』より。

われわれとソ連の関係は是非とも上手くやらなくてはならない、これが当面の国策です、なにがあろうといい加減にしないように。ソ連が東北に進撃してたとき、わが方の大連にいたさる指導幹部がソ連の人との関係を緊張させてしまったことがあった。ソ連側から問題提起があって、この幹部は処分を受けることになった。」（その時、少奇は名指しはしなかったが、この処分を受けた幹部とは後に華東局宣伝部副部長になった劉順元*同志だったと、後で知りました。かれは大連でソ連軍の大国による偏狭な民族主義《ショービニズム》と民衆攪乱行動を排斥して、処分を受けたのです。わたしは後に具体的な情況を知ってから、順元同志に対し敬佩の念が生まれました。）

少奇同志がつづけます。

「きみには今後、外事工作をやってもらうつもりでいる（当時、恩来同志はわたしを外交部アジア局長にすると内定していた）、だからこれがきみの初仕事だ。この件でもすでに恩来、陳毅同志と相談ずみで、きみと蕭三が随行し、上海に着いたら、直ぐにわたしらの考えを饒漱石に話してほしい。まあひと言でいうとこの接待工作を是非上手くこなして欲しいということだ。できる限りかれらの要求を満足させてください、面倒が起きたら、きみが責任取るんだから。」

これまでにわたしは少しだけ外事工作をやったことがありますが、ただそれは個人と個人の関係にすぎず、こうした政府の代表団をそつなくもてなすなど、わたしにはまことに荷が重いことです。わたしは考えました、これは少奇同志がみずから与えた任務だし、上には陳毅同志の指導と指示がある、それに蕭三というソ連通との合作ではないか、と、まったく気楽に引き受けた次第でした。でも後からわかったのですが、有名文化人から成る代表団〔ファジェーエフ、シーモノフらの作家と赤軍歌舞団などで構成〕を接待するのは、一般の公的代表団を接待するのにくらべて、厄介なことが多いとか。なぜなら中国人でも外国人でも、文化人には特有の習慣やら要求やらがあるからです。華東局と上海市委および広大な一般大衆の協力援助のもと、上海での接待工作はさほどの大過もなく、あの人たちはただ何日かを過ごしただけで、まずは平穏に過ぎてゆきました。実を言えば、面倒な問題も少なからずありました。たとえば彼らは時をえらばず、大光明電影院で公演するにあたり、かれらが満足するピアノがほしいとあって、補給工作を受けもつ呂復*同志など足を棒にして駆けまわらせられました。また当時は空調《エア・コン》設備などもとよりありませんが、かれらは楽屋の温度はぜひ十三度から十六度のあいだに保持してほしい、などなど指定してきたり、これらはすべて後の話です、おおくは語りますまい。

わたしと蕭三はこの代表団に随行して十月十一日に北京を離れて上海に帰り、一週間ばたばたしてから、中央に接待工作の報告を書き、十月中旬には正常なしごとに戻りました。

「知」は力なり　*1956*

この年の十月三十日（農暦九月八日）は、わが四十九歳の誕生日でした。憂患の時節にうまれ、革命と戦乱のなかで育ったのですから、歳月の流れ逝くを忘れるうちに、百年の半ば近くまで来ていました。まさに、老いの「已に」至るを知らずの感あり、です。

一九一九年、十九歳の年に五四運動に参加してから、あちこち躓きながらも三十年を跋渉してきました。一九二七年の入党ですから、これまでですでに二十二年の党歴で、哀悼もあれば、歓楽もまたあり、工作のなかで少なからず間違いもありました。あまたの先輩、親友が戦闘のなかで斃れていったのに、わたしばかりは「大難局を切りぬけ」て、地球の東から旭日が昇るのを見ることができたのですが、さて将来への展望となると、なお任重くして道遠しです。嬉しいことに、「手前味噌」ながらまだ鋭気は残ってます。陸游は晩年の詩作で、

一歯　已に揺るるも　猶お肉を決し
双眸　渋すと雖ども　尚お書に耽る〔36〕

と書いてますが、わたしは歯もぐらつかず、ふたつの瞳にしてもまだ小五号ないし六号活字の本が読めます。

孔夫子は「三十にして立ち、四十にして惑わず」といったが、わたしは不惑の年も過ぎたというのに、静かに考えてみると、三〇年代には左翼教条主義に影響されてまっすぐに「立て」ず、四〇年代は恩来同志の指導のもとで仕事して、すぐにも矯正できるものと「惑」いました。いままた新社会に踏みこんで、「惑う」ことがかえって増えたと感じているところです。「不惑」という語は『論語』「為政疏」の「不惑は、志強く学広く、疑い惑わざる也」からきてますが、『辞海』の解釈によれば、「問題が起きた時にはっきりさせることができて疑わない」ことという。新社会に踏みこんで、多くの新事物にぶつかって、不惑で通すことは容易いことでないと、しみじみ感じているところです。

思想の面で、上海解放後に、最初にぶつかった問題は知識についての考えかたの件でした。具体的には既述したあの基層幹部に対する「知識テスト」です。『レーニン文学論』（人民文学出版社版一三八頁）がきちんと言っているのを覚えています、「文盲現象は政権を奪取し、旧国家機構を破壊する任務のなかでは許されようが、政権を奪取した後の経済・文化建設の時期には、もうまったく許されないものだ」。以来ずっと愚昧は不民主と独断の根源のひとつと思ってきました。「知識テスト」の後で、ずいぶんと「不平不満」を耳にしたし、一種姿を見せない抵抗・拒絶にもあって、すこし「惑い」もしましたが、それでも自分の意見を貫きました。それから次の年、私は文華電影《えいが》公司《がいしや》が撮った蕭也牧*の『われら夫婦の間』を推薦してます。また自身、やがて解放後ただ一作しかない多幕劇『考験』〔＝試練、あるいはテスト〕を書き、劇中人物の口を借りて「不満」を言いました。〔37〕

——きみの話すことと来たら、

「素人の目には玄人だが、玄人の目には素人としか映らないね」

さらにもう少し、一九五六年に、わたしはなおまた青年作家研修班で「知識こそ力なり」と題した講演をしました。〔38〕もちろん、あの時期、抵抗は凄いものでした。『われら夫婦の間』は批判にあって上映中止、『考験』は上海人民芸術劇院で舞台稽古までしましたが、柯慶施*が公演中止を命じ、「知識こそ力なり」は「批判する」声が止まず、以来、十年

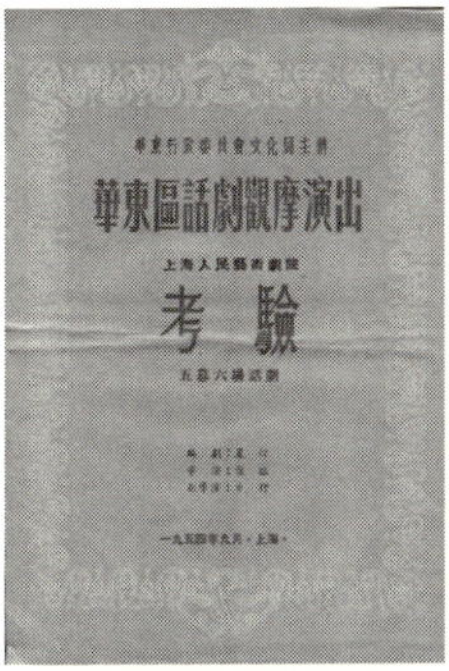

上:『考験』試演時のパンフレット(1954年9月)
下:『考験』単行本(人民文学出版社、1955年)

の大災害のあとも「余韻」絶えることとなしです。

次が、これまた前述した「文芸は小ブルジョア階級のために服務してもいいかどうか」の問題で、この件では、最初からやはり主張しつづけてきたのですが、どうも反対する風が吹きすさび、「惑い」だしました。学は広くなくして志また強からずですから、疑わず惑わずはまったくもって容易じゃありません、心ならずも「自己批判」してしまいました。

抗戦の前後、新聞記者を十二年間やってましたし、上海接収の初期にはいくどとなく范長江や惲逸群と新聞づくりについて話しこんでいますので、率直に言って、解放後の新聞工作には違う考え――少なくとも馴染めないと言えばいいでしょうか――を持ってます。かつて、こんな短文も書きました。[39]

「ホンコンから北平、上海に帰ってきて、新聞を読みますがいささか馴染めません。発行は遅れる、ニュースは単調、社論や寸評が少ない、さらにいちばん奇異に思えるのは、紙上に広告一本見いだせないことである。」

北平や上海で、その日の朝刊がお昼にとどく、ひどいときには午後になってようやく読むことができる。ニュースは、新華社一社のみ、外国通信社の電送原稿は一律に採用せず。わたしはずうっと新聞は党と人民の耳目であり代弁者であってほしいと思ってましたから、中国の大きさと、国際間の変化の激しさから、外電を利用せず、また「本報電」や「特派取材」なしで（当時まだ内部発行の「参考消息」

もなし）、読者はどうしてニュースに疎くならないで済むでしょう。もちろん外電にはしばしばデマ中傷の辞もありですが、ならばなぜあの「白書」批判のように、一般大衆に分からせ且つひとつひとつに反駁しないのでしょう。政策や方針は、党や政府の公式文書で読めばいいが、でもなぜ代弁者である党の機関紙が、幾日も乃至は一週間も社論一本ないのでしょうか。見ざる、聞かざる、言わざる、これでどうして耳目《みきき》し喉舌《だいべん》する任務を全うできるでしょうか。広告を掲載しないについては、わたしのような政治経済学をやらなかった人でも、これはある種の生産を重視し、流通は二の次とする表現と読みとれます。この「惑うばかりで一向に解けない」問題で、惲逸群と范長江に教えを請うたところ、一瞬躊躇《ためら》ってから、惲がいいました。

「むかしの『申報』なら毎日が六、七丁《ちょう》建て〔十二乃至十四頁〕だったが、いまの『解放日報』はペラ一丁きりだから、ニュースも少しきり、ほかのどんな方法があるかね。」

范長江は余計なこと言うなと咎めるように、北京の新聞でさえペラ一丁だから、もちろん上海が例外であり得ない、それにねといいます、外国通信社の出稿を認めないのは、軍管会の命令なんだよ。そこで、わたしは、

「アメリカの新聞センターが毎日デマを飛ばして、上海では大勢の留用人員を大虐殺しただとか、

上海では毎日々々何千何万人という飢え死にが出ている……云々と流している、こういう途方もない大嘘を暴きたてて、広大な一般大衆の義憤をかき立ててもいいのじゃないかな」
と主張したのですが、長江は首を横に振り、こういう問題で地方新聞は音頭とれないよといいました。当時の新聞には天気予報も載りませんから、その後で上海が強い台風に襲われたとき、何の準備もないままに、被害甚大となりました。ある会議でこの問題を持ちだしたところ、アメリカ／蔣介石連合の飛行機がしょっちゅう爆撃してくるから、気象予報を出せば敵に情報提供してしまう、との回答でした。どうやらこれなども科学知識欠如の問題でした。長江の河口にはアメリカの軍艦がいて、上海一帯の気象なんぞ、彼らは的確にキャッチしていたに決まってます。台湾の天文台にしても、上海一帯の気象なぞ測定できたでしょう。

　思想や感情面のことは別にするとして、日ごろの暮らしの問題もありました。外出には、警備員を帯同し、最寄りの場所での会議でも、足で歩くな、車に乗らないと不可ないというのです。非道《ひど》いことに、重慶、ホンコン、丹陽では兄弟づきあいしていた古い仲間まで、わたしの名を呼ぼうとせず、部長だの、局長だのと呼ぶのです。あるとき総政治部の馬寒冰*が北京から上海にやってきました、わたしがかれを誘って話そうとしますと、かれは門を入るなり直立不動で敬礼し、大声で叫びます。

「報告、馬寒冰、命を奉じて来たのでありまーす。」

これにはまた吃驚《びっくり》させられました。この種の、わたしに束縛と不安を感じさせる事情が多々あり、解放区から来た同志の言によれば、これは「制度」であり、目的は「安全」、「機密保持」、そして「上下別あり」なのだそうです。まさかこのすべてが新社会の新気風というわけでもないでしょうに。こうした事どもに、ながいこと思い「惑い」ました。

党の制度と社会の風潮は違背反抗しがたいものでした。わたしは努めて自分を抑え、新しい気風にあわせ、やがてようやく馴染むようになりました。情況に適応して態度を表明する文章を書くことを覚え、広場で大勢の民衆に「報告」することを覚え、ずうっと続けることで慣れっこになり、惑いつつも「不惑」になったのです。

わたしが外交部アジア局局長に任命されるという一件は、新聞に報じられる前に陳毅同志の知るところとなり、責めるような口ぶりで言われました。

「上海には、きみにやってもらいたいことがまだ沢山ある、いま中途で投げ出すことはできないぞ。」

これは総理が決めたことですといいますと、

「これは好都合だ、儂から総理に話そう。」

もちろん上海にはいささか未練もありで、その後、章漢夫*と陳家康*（かれはアジア局副局長）から、手紙で何度も督促があったのですが、名前は出したままですが、着任しませんでした。

ソ連代表団に随行して上海に戻る前、李克農のお声がかりで廖承志、潘漢年とわたしがかれの家に招かれ、桂林時代の思い出話に花を咲かせました。克農がわたしに、あの頃は環境が非道かった、でも目標がひとつだけあったよな、と話しかけます。

「国民党の頑固派への反対だから、きみは野生馬みたいに飛び跳ねてよかった。だがいまは環境が変わり、執権政党の指導幹部であるからには、きみという野生馬にも轡を嵌めなくてはね。」

この話について、当時はきわめて不満で、桂林でもホンコンでも、工作には基本的に規則に従っての行動でしたから、「じゃじゃ馬」とはいえないと思ったのでした。そのまま今年の初冬になり、ある厄介な仕事で陳老総に指示を仰いだとき、かれは事細かに処理方法を指図した後、ふと感じるところがあったらしく、儂を一介の武骨ものと思うなよ、儂は粗忽のなかに精緻さありだからな、というのです。事をするには気迫も要れば、同時に忍耐も要るよ。複雑な環境下での工作には、こんな二句を知っておくといいぞ。

「人を害するの心は　有るべからず、
人を防ぐの心は　無かるべからず。」〔40〕

気楽に話してくれたのですが、わたしにとってこの二句は、深い啓発になりました。歩いてきた道を振りかえるとき、わたしのような政治に経験の乏しいものにとって、「文士がマスコミに関わる」のは容易でなかったし、「文士が政治に参与する」となるとさらに薄氷を踏まなくてはならないのだと、わりに醒めた目で感じもしました。

＊　＊　＊

『旧夢』はここにて一段落、のつもりです。ここにわたしの前半生の足跡を記録しました。仲のよい何人もの仲間が五十歳から先は「華蓋」の運[41]に任せろといいます、でもわたしは運命がすべてを支配できるとは信じません。喬冠華が「性格こそが運命さ」といってくれた[42]が、これならわたしとしては、まあ道理あり、です。十年の大災害はわたしの身体に障害を残しましたが、これはわたしの性格と信念を変えなかったばかりか、悪夢から醒めて、かえってわたしに勇気を与えたようです。わたしは楽観主義者です。いく度も死線を越えてきたのは、僥倖といってもよいでしょうが、でも長いこと痛めつけられながらも初一念を変えないのは、わたしが祖国、人民、全人類の解放について、頑《かたく》ななまでの信念を抱いていることに原因するものです。わたしは独り秘かに、「文革」の末期（一九七四年初頭から一九七五年秋にかけて）に独房で、読書と反省の機会をもてたことを喜んでいます。そしていま、五四時期に提起された「科学と民主」というスローガンを思いだしてもいます。新中国が成立して十七年も経って、なぜ今更、まだファシズムよりももっと野蛮で、もっと残酷な災害に遭遇してしまったのか、なぜこの一場の内乱が十年もの長きにわたって持続できたのか？

わたしは苦痛のなかから回答を手に入れました。科学が社会発展の推進力であるという思想が中国人民の心に根を下ろしていないのです。二千余年に及ぶ封建家父長思想が民主革命の深まりを阻碍しているのです。解放から十七年、はじめは無差別に資本主義を否定し、資本主義上昇期の進歩的なものでさえも排除しようとし、六〇年代にはまた「プロレタリア意識を高めてブルジョア意識を打破する」、「ブルジョア意識と闘い、修正主義を批判する」[43]といったような科学的でないスローガンを持ちだしました。十七年の間、真剣に封建主義を批判したこともなければ、またわたしたちは封建という名の大きな山はとうの昔に引き倒されたと思っていたわけです。その結果でしょう、封建家父長の勢力は、むしろ「我自《われひとり》　巍然《たかくそびえ》　動かず」[44]だったのです。一九五七年以後は、人権、人格、人生、人道のすべてが忌まわしいもの、ブルジョア階級が専有する名詞となり、「法もなければ天道もなし」で、帽子を被せられて街を曳きまわされ、起居動作すべてが罰せられ、私設の法廷で、供述をでっち上げられる、そのすべてが「革命的な行動」になりました。

深く内省するのは苦痛なものです。わたしらのような「五四」の洗礼を受けた者が、ついには波に流されるままに、次第に「従順な工具」になり、独立して思索する勇気を喪失しました。もちろん晩年をむかえて「今は正しいが昔は間違っていたと覚り」、目覚めがはじまり、どうやら無知蒙昧ながらも少しはましに生きていくことはできるでしょう。わたしはやはり屈原の言葉で、この書物の結びとしたいのです。

「路は漫々として其れ修遠なり、
吾れ将に上下して求め索《たず》ねん。」[45]

一九八四年冬

訳注

〔1〕北平（ペイピン）は北京市の旧称、また別称。沿革をさぐれば明初に都城とされた。近代では一九二八年六月二十日、中華民国が北平肇（都城は南京）、侵略日本が一九三七年十月十二日に北京に戻し、日中戦争で惨勝した国民政府が一九四五年にまた北平に戻し、新中国が誕生する前夜、一九四九年九月二十一日の第一回全国政治協商会議が「北平を中華人民共和国の首都とし、北平を北京と改め」た。

〔2〕『解放区の空』は劉西林が一九四三年に創作した歌曲。冀魯（河北）地方の民歌の曲調をアレンジし、そこに詩を塡めたもの。『団結は力』は一九四三年六月、牧虹作詞、盧粛作曲、晋察冀辺区で、日本軍による残酷な「三光」（焼き尽くし殺し尽くし奪い尽くす焦土戦術）と闘う八路軍と民衆を謳う。

〔3〕「組織部」の頭に「中央」の文字を載せると理解しやすい。中共中央に直属する事務部局に宣伝部、統一戦線部、組織部などが並存し、人事関係を統括するのが組織部で、政治局員が管掌する。この当時は彭真。なかなかに権威ある、権力の集中している存在。事のついでに、「中央」つまり「中共中央」は中国共産党の中央組織（指導組織）の総称で、中央委員会、中央政治局、中央軍事委員会、中央紀律委員会などを纏めてそう呼ぶ習わしになっているらしい。これが中国政府つまり国務院という行政機関

を政治指導する。「中央」は中南海に所在する。ここには国務院も所在し、広義には国務院までひっくるめて「中央」という指導部と考えられよう。

〔4〕（株）満州映画協会の略称。日本が中国東北に作りあげようとした脆弱なカイライ国家「満州国」を映画という文化面から補綴しようと昭和十二（一九三七）年八月、新京特別市（長春）に創設した国策会社。資金はカイライ国と満鉄（南満州鉄道）が折半で出資、設立の趣旨は関東軍（日本陸軍）の原案をもとにした。後年、アナーキスト「大杉惨殺事件」の元憲兵将校甘粕正彦を理事長に迎えている。満州の地に日本映画が基地を持とうとしたのは古く大正末期に始まる。満鉄の映画班がそれで、これが満州映画製作所となって動き出す。内地でこれを後押ししたのが写真化学研究所（PCL）、のちの東宝映画であった。そうした「満映史」のかずかずは佐藤忠男『キネマと砲声／日中映画前史』、山口猛『幻のキネマ満映』、辻久一『中華電影史話』、また中国側の資料には胡昶／古泉『満映——国策電影面面観』などがある。昭和二十（一九四五）年八月、日本の敗戦によって満映は崩壊し消滅するが、器材と共に北へ移った中国側関係者は袁牧之を代表として東北電影公司を創り、多くを失った長春の満映撮影所は、八路軍の進出と共に、人気男優の金山らが接収に協力、間もなくあの名作『松花江のほとり』が産まれた。

〔5〕国民政府の資源委員会は、民国期の蔣介石政権内で工業建設を一手に担当した部署。行政院の直属で広く権限を行使したから、中共としては責任者（銭昌照）ともども、そっくり継承することに専念、事態はその通りに推移した。

〔6〕江蘇省の揚州・泰州・南通など敵日本軍の懐にもっとも深くはいり込んだ抗日根拠地、皖南事変以前は「蘇北」と称していた。

〔7〕中唐の文人学者、四門博士に任じられた韓愈の〈師説〉にあることば。……学術技芸には専攻あり、

とつづく。
〔8〕中共第七届中央委員会第二次全体会議の略称。一九四九年三月五日から十三日まで河北省平山県西柏坡で開催。〈郷村から都市へ〉と、中共の重要政策が画期的に大転換を遂げた重要な意義を持つ。この会議のあと、中共中央は北平に遷った。
〔9〕盧溝橋で始まった戦火が上海に飛び火し、日本の海軍陸戦隊が中国軍と交戦した日で、日本による中国全面侵攻がはっきり姿を見せた日、一九三七年八月十三日のこと。日本政府はすぐさま陸軍の上海派遣を閣議決定。一九三二年一月二十八日の淞滬抗戦を第一次上海事変とし、「八一三」を第二次上海事変と区別する。
〔10〕「保衛大広州」「保衛大武漢」のかけ声も虚しく、一九三八年十月二十一日にまず広州が、次いで二十八日には国民政府の所在する武漢が日本軍に占領された。夏衍には広州撤退にまつわる抗戦陣営の動揺を小説にした作品『春寒』をはじめ、ルポルタージュ『広州在轟炸中』『粤北的春天』などの佳作がある。
〔11〕上海交通大学の前身は十九世紀末に、招商局・電報局両局の督弁だった盛宣懐が徐家匯に創設した南洋公学である。これは北洋大学堂と並んで中国人による初の大学創設であり、南洋大臣が常駐する上海ということからの命名であり、南洋（いまでいう東南アジア）つまり海外に雄飛する人材育成を主眼とした。その後合併・吸収でおおきくなり、いまは理工系に重点をおいた総合大学。日中戦争期には日本軍によって支配され、戦火で新しい校舎を失った東亜同文書院に転用され入りこまれていた。
〔12〕三井花園《ガーデン》は辣斐徳路《ラファイエット》〔いま復興中路〕、邁爾西愛路《メルシエ》〔茂名路〕、金神父路《ロベール》〔瑞金二路〕でかこまれた一角。英字新聞「字林西報《ノースチャイナ・デイリーニューズ》」の社主でイギリス系ユダヤ人のモリス氏の邸宅、馬立斯花園で、日本の上海占領時代にその四号館が三井洋行上海支店長宅（三井花園《ヴィラ》）に流用されていた。戦後は蔣介

石国民党の三民主義青年団、励志社上海辨事処などがそれぞれの号館に構えた。励志社とは黄埔軍官学校系列の軍人服務機構で、政府首脳、官員、軍官の身心保養に務めた所。ここに党華東局そして上海市委が置かれた。いまは瑞金賓館。

〔13〕「一二九運動」は、カイライ満州国の基盤を強化すべく、日本軍部が、まず華北の分離分断を策した。一九三五年十一月に冀東カイライ自治政府をつくらせ、十二月には冀察政務委員会を成立させた。つまりは公然たる華北侵略である。これに危機感を強めた中国民衆は激しく反発し、十二月九日、北京の学生数千名による愛国抗日デモがおきた。「一二九」こそが抗日救亡運動の新たな起点である。そして翌一九三六年の「抗日七君子事件」へと繋がっていく。

〔14〕上海工部局《ミニシパル・カウンシル》　上海の租界を管轄した権力組織。イギリス租界、イギリス・アメリカ租界、共同租界を運営する市政機関。警察、人事、徴税、土地管理、市政建設すべての権力を集中させた。一九四一年に太平洋戦争が勃発し、工部局は日本軍に接収・改組され、四三年には租界が消滅、終息した。なおフランス租界は一八六二年に工部局を離脱し、独自の別組織である公董局を組織している。

〔15〕重華新村は戦勝後に重慶から上海に戻った人員を入居させた新村。夏衍の家の地番は静安南京西路一〇八一弄五一A。南京西路、江寧路口にあり、賑やかな梅龍鎮広場と向きあう一角で、「地理絶佳、出入り方便《べんり》」という。二箇所の出入り口をもつ地番の選択は、往年の白色テロの恐怖を身体で知るかれらしい。

〔16〕沈旦華　夏衍（沈端先）の長男、沈寧の弟。電子科学のエキスパートになる。抗戦期、母の蔡淑馨と三人で上海に在住。抗戦後期に母と重慶に辿りつく。上海の留守宅暮らしを経済的に支えたのは夏衍の翻訳料で、たとえばゴーリキーの『母親』（沈端先＝孫光瑞訳）は「沈寧のために翻訳した」と語っている。印税の回収は鄭振鐸が交渉をひきうけ、毎月六〇元くらいあったとか。淪陥上海での三人暮ら

しについて、沈寧が訳者に話してくれたことがある（一九九三年七月二十七日）。書き残すことにする。――「向こう隣は電信局に務める日本人、ベランダが隣り合い、遊び場もいっしょ、点心をベランダ越しに投げてくれる、お菓子も呉れる。毒入りじゃないかと心配したこともある、でも、おいしい。子どもに優しい日本人だった。学校では日本語教育、母も日本語教師をした。これも生活。お米が足りない、行列して一回だけ、印を付けられる。消えないから二度買いできない、洗い落とす手段を一生懸命考えた。」

〔17〕一九四五年の戦勝直後に、『救亡日報』を名称変更し、十月十日の双十節を期して『建国日報』として上海で復刊した。担当したのは当然ながら夏衍で、かれは上海・広州・桂林と「救亡日報」を手がけてきたし、重慶では『新華日報』の総編集（代理）とあって、最適任だった。だが十二回発行した段階で、国民党上海市党部の命令で発禁。この時の担当官が南京『中央日報』社長で、蔣介石の私設秘書を務めたこともある陳布雷の五弟、陳訓悆だった。（『ペンと戦争／夏衍自伝』「七、〈建国日報〉と〈消息〉月二回刊」参照）

〔18〕「兵団」は配下に数個師団を擁する軍最大の組織で、その長官クラスの処遇をするということになる。

〔19〕一九四九年八月五日にアメリカ国務省が発表した「中国白書」（アメリカの中国問題に関する白書、ならびにアチソン国務長官がトルーマン大統領にあてた書翰）に対する中国側の公式反駁文を、新華社が報じた「論文七篇」のうち五篇は『毛沢東選集』第四巻に以下の題名で掲出されている（カッコ内は元の新華社原稿）。「幻想を捨てて、闘争を準備せよ」（八月十四日）「さらば、スチュアート」（八月十八日）、「なぜ白書を討論する必要があるか」（八月二十八日「四評白皮書」）、「〈友情〉か侵略か」（八月三十日「五評白皮書」）、「観念論的歴史観の破産」（九月十六日「六評白皮書」）。五篇か、七篇か、ある

いはそれ以上か、研究者の意見も割れているようだが、発端になった十二日付け新華社編集部による反駁文（十三日「人民日報」トップ記事）は胡喬木の執筆らしい。またもう一人の「二喬」（国際問題専家の喬冠華）も討論執筆に加わった……云々というが未詳。

〔20〕「当面の抗日統一戦線における戦術の問題」（一九四〇年三月十一日）で毛沢東が示した三原則。頑迷派との闘争にはいくつかの原則があり、自衛のためには「道理がある」こと、勝利のためには「有利である」こと、休戦のためには「節度がある」ことで、とどめを刺すなといっている。

〔21〕「常識テスト」の内容は、「共同綱領」（中国人民政治協商会議の共同綱領）、「上海市人民代表会議」、「七期二中全会は」、「インドの首都は」、「太陽系の九惑星とは」、「魯迅・郭沫若・茅盾の名著は」等々ごく普通の事項を出題しただけだったという。（徐慶全『名家書札与文壇風雲』より）上海市宣伝部、処・科クラスの文芸幹部に課したこのテストは一九五二年夏で、夏衍はさらに一九五四年にも華東局上海の文芸単位と、上海文化局が直轄する各文芸隊の幹部に「文化テスト」をした、参加したのは二十四機関、六百七十余名。結果の公表はそれぞれの機関の上層部に任せた。テストの内容は政治問題ではたとえば「ジュネーブ会議とは」「周恩来とネール印度首相の会談は」「中国憲法の性質」、歴史問題では「王安石」「李自成」「ディエン・ビエン・フー」「グアテマラ」、文芸問題では「呉敬梓」（『儒林外史』の作者）「杜甫」「ドボルザーク」「チェーホフ」「魯迅」「茅盾」「艾青」の作品は？　といった設問で、得点が伸び、九十点以上が四十九人、八十点以上が百六十四人、不合格は百七十二人に留まったという。——陳堅／陳抗『夏衍伝』による。

〔22〕一九四二年五月、延安での毛沢東講話。日本では簡略化して『文芸講話』と慣用する。岩波文庫、竹内好訳本の「解説」参照。

〔23〕陳銘徳が南京で創刊した『新民報』は抗日戦争期とあって他紙と同じく、時代に翻弄される。夏衍

が上海で一百に余るペンネームを用いて投稿し、二百二十余篇の冴えた短文を書いた頃は『新民報晩刊』と名乗っていた時期であろう。『新民晩報』と改称するのは一九五八年から。引用の文章は「迎新憶旧《しんねんをまえにおもいだすこと》」と題する、一九八二年十二月二十九日の文章。ペンネームのベスト一〇は、鍾培、呂宏、黄賁、一芹、李益、辛茹、佩芝、陳東、王中、朱名。

〔24〕逸園の旧ドッグレース賭博場。囮の兎が電気仕掛けで先行し、六頭の犬がそれを追って走る。モリス花園つまり三井ガーデンに隣接し、大規模、大人数の集会ができた。

〔25〕子ども五人が続けざまに立身出世する。五代のとき漁陽の人で竇禹鈞の故事に基づくが、これを現今の国民党官僚の腐敗にあてはめ、カネ、家、車、女、体面のすべてを一身に集める醜悪な権勢欲を批判する言葉にするもの。

〔26〕一、「歌劇」の『白毛女』は陝北の民間伝承をもとに、延安の魯迅芸術学院で集団創作した。一九四五年初演。悪徳地主が小作人を死に追いやり、山に逃れた娘の喜児《シーアル》は苦しみの余り髪が真っ白になる。やがて八路軍に成長して故郷に戻った幼馴染みの青年と、地主を打倒する感動のオペラは、一世を風靡した。主題歌「北風吹いて」を歌えない中国人はいないという人気。二、五一年には映画化され、国際映画祭で特別栄誉賞を受賞。三、日本の松山バレエ団によるバレエ公演が白眉と、中国でも評判になった。

〔27〕『子殺しの報い』（殺子報）は清末の事件「通州事案」をもとにした伝統戯曲の劇目。南通の寡婦が僧侶と通じ、倅《せがれ》の官保がこれを嫌悪する。恋に狂った母は倅を殺し、娘の金定に始末させるが、官保が塾に来ないことを訝った教師と金定が事態を密告する。一九五〇年、文化部禁演リストに指定。『大劈棺』（棺桶を裂き割る）は明清伝奇「蝴蝶の夢」、馮夢龍の明人小説「荘子休鼓盆成大道」（荘周、妻を亡くして大道成る）にもとづく。荘周が死んだふりして妻王氏の貞節をためす筋。棺を曝いて他人の脳

と入れ替えるという封建社会の迷信と、エロチックな仕種を合わせもつ演目で、文化部が台本の修正に手こずり、各地で暫時停演。

〔28〕「水着美人」（Bathing Beauty, 1944）レッド・スケルトン演じる音楽家がエスター・ウイリアムズ扮する美人水泳コーチに一目惚れしたところ……、という他愛もない筋。中文原語『出水芙蓉』は、池に咲く睡蓮の花の意で、女性の美しさを表現する絶妙好辞《ほめことば》。日本公開は一九五二年、邦題は『世紀の女王』。

〔29〕「抗米援朝」（米は米国＝アメリカ、原語は「美」）は日本や韓国では「朝鮮戦争」「朝鮮動乱」という。今日の研究では、南北に分断されている朝鮮半島を北朝鮮の金日成《キムイルソン》が統一（祖国解放）しようとして、スターリンの了解のもとに南進した戦乱とされる。一九五〇年六月のこと。韓国軍が国連軍（実質的にはアメリカ・イギリス軍）の強力な援護で、中朝国境に近い鴨緑江に迫ったとき、中国人民義勇軍（七十八万の志願軍）が北を支援してアメリカ軍と対峙する情況ができる。建国してわずかに一年の新生中国としては、まさに国家の存亡を賭けての北朝鮮支援であった。韓国軍につづいて国連軍が北進した十月八日、中国人民革命軍事委員会主席毛沢東は中国人民志願軍に「すみやかに朝鮮領内に出動せよ」と命令した。ついで一月十九日、志願軍に「朝鮮の一山、一水、一草、一木を愛護しよう」という呼びかけを忘れていない。

〔30〕華東区は、中国国家級の行政単位である華北、東北、華東、中南、西南、西北の六大行政区分の一つ。当時は上海市、江蘇、浙江、安徽、江西、福建、台湾、山東の各省を包括する地区を指した。

〔31〕初唐、王勃の文章「滕王閣の序」より。

〔32〕毛沢東『浣渓沙』第二十三首、和柳亜子先生、一九五〇年十月。読み下しは竹内実訳を拝借。もとの詩形は李賀詩『致酒行』の「雄鶏一声天下白」である。

〔33〕毛沢東『七律』第二十二首、和柳亜子先生、一九四九年夏、を参照。

〔34〕前出〔30〕の六大行政区でなく、政治協商会議を例にとれば、西北、河北、華東、東北、華中、河南の六解放区と、内蒙古、北平と天津の二市、それに未解放地区を指すらしい。

〔35〕「長征は宣言書であり、〔宣伝隊であり、〕種まき機である」と毛沢東が語ったのは、一九三五年十二月二十七日、陝北瓦窰堡でのこと。江西の根拠地を脱出してから逃避行さながらの行程を歩き通して十二ヶ月、二万五千華里におよんだ「長征」は、一九三五年十月の陝北入りで完結し、国共合作から第二次国内革命戦争が重大な転機を迎え、新たな段階にはいることとなった。それを確認したのが十二月十七日からの瓦窰堡における中共中央政治局拡大会議で、一九三五年は政局激動の時であり、日本の対中国侵略がはっきりしたいまこそ、抗日民族救国統一戦線の確立が急務であり、それは中共が主導すると正確に分析し、これからを見通した。中央の決議は洛甫（張聞天）が起草した。その二日後の党活動者会議で毛沢東は「日本帝国主義に反対する戦術について」（論反対日本帝国主義的策略）なる報告を行ったそのなかで、「長征」の果たした役割を順序立てて鮮明にしたもの。

〔36〕南宋の愛国詩人陸游、七十九歳の作より。『剣南詩稿』「巻四十七」所収。〈新涼書懐・四首の四〉。詩の全体像は以下の通り。山川遺迹晋唐余、水竹相望許洛居、一歯屢揺猶決肉、双眸雖澁尚耽書、郊原夜夜駆耕犢、村店時時秣蹇驢、客問若為娯老境、吾児未與短檠疎。因みに、家畜を飼育し、晴耕雨読、夜なお孜孜として灯火にしたしむ陸游は夏衍にとって同郷（杭州）の大先輩である。

〔37〕劇本『考験』は、一九四四年以来、戦後はじめて、十年の空白を経て夏衍が書き下ろした。『人民文学』一九五四年八月号の巻頭を飾ったが、初稿は一九五三年夏。明けて五四年三月、中共中央は、強い中国、社会主義的工業化と農業の集団化を急ピッチで推し進める「過渡期の総路線」キャンペーンを展開する。夏衍の「知へのこだわり」は、この劇本に結晶し、この月に修正本。上海人民芸術劇院の黄

佐臨副院長が賞讃し、演出監督を手がけた。また上海、北京、四川、内蒙古、旅大、山東、江西の各地で公演されたという。抗日戦、解放戦と生死を共にしてきた盟友が、新中国建設の工業戦線でどのようにリーダーシップが発揮できるか、戦争で実績はあっても、新時代の建設には絶え間ない新知識の吸収・導入が求められる時代にさしかかっていた。シナリオは二人の対立が深刻化していったさまを活写する、いささか宣伝劇《プロパガンダ》めいた風合いあり。雑誌発表時の「前書き」が、その間の事情を伝える。これは一九五四年二月の中国共産党第七届中央委員会が開催した四中全会の「公報」からの抜粋である。たまたま毛沢東は休暇で欠席、劉少奇が報告したが、この休暇とは、高崗・饒漱石事件の処理がからむとされる。「前書き」はそのまま五幕六場の趣旨そのものである。

「……とくに中国新民主主義革命が勝利したことで、党内の一部の幹部は、ある種の危険きわまりない傲慢な気分をはびこらせている、彼らは仕事上の若干の業績に脳みそが有頂天になり、共産党員として本来持つべき謙遜した態度と自己批判の精神を忘れさり、個人の働きを誇大視し、個人の威信を強調し、自らを天下第一とし、人さまの機嫌取りと褒め言葉だけ耳に入れ、人さまの批判と監督は受けつけない。批判するものには圧力を加え報復し、甚だしきはじぶんが所轄管理する地区や部門を個人の資本《もちもの》か独立王国とさえ見なしている。」

「知」を理解しない、進歩を受け付けない陳腐な指導者への、なんとも痛烈な発言である。上海公演では新しい時代の演劇として公表。だが陳毅市長のあと上海を任された柯慶施が北京からの風聞を気にしてかこの劇を否定し、公演に難色を示したのは一九五六年のことであった。

〔38〕「知識こそ力なり」はいまではイギリスの哲学者ベーコンのことばと紹介されているが、当時はソビエト・ロシアの同名の月刊大衆科学雑誌『ズナーニエ・シーラ』знание-сила にあやかった中文版雑誌とかかわる。共産主義青年団中央委員会の肝いり。中訳名「知識就是力量」なる題字は周恩来が揮

毫し、一九五六年三月創刊。その創刊と軌を一にして、夏衍の全国青年文学創作者会議での講演は『文芸報』同年第九号（五月十五日）巻頭に掲載された。なお同誌は十六年の休刊ののち一九七八年に復刊、さらに二〇一四年には李源潮国家副主席によって一段とリファインされた（というが、未見）。

〔39〕「〈今日談〉代序」一九八一年執筆。〈今日談〉は「人民日報」第一面を飾る貴重な言論のコラム。『今日談』「第一集」一九八一年一月刊。人民日報評論部編、人民日報出版社。

〔40〕この俗諺は、『菜根譚』前集一二九による。

〔41〕「華蓋」は天蓋のこと、仏像や導師にさしかける、上から吊す傘のこと。魯迅の『華蓋集』「題記」にいう、「この運は、僧侶にとっては幸運なのである。そのわけは、頭に華蓋をいただくから、当然、悟りを開いて一山の開祖となる兆しだからである。だが、俗人にはよくない。華蓋が上にあれば、すっぽりかぶさってしまい、障害にぶつかるだけのことだ。」つまりは八方ふさがりだというのである。

〔42〕「性格こそが運命さ」は、古代ギリシャの哲学者ヘラクレイトスによる箴言（『断片』一一九）「性格は人間のダイモン（運命／運命の支配者）である」に由来するとされることば。以後、英語の格言になったり、文化人にしばしば愛用されてきた。たとえば巴金の小説『家』で、雨傘を抛りだして片付けない三弟に、「何度いってもきかない、青山は改め易くも、本性は移し難しか」と兄の覚民がぼやく。この〈江山易改、本性難移〉などがあてはまる。

〔43〕原文は「興無滅資」（無産階級を興し資産階級を滅ぼす）、次いで「闘資批修」、「闘私批修」（私心と闘い、修正主義を批判する）。一九六七年頃の文革キャンペーンのスローガン。九月下旬に毛沢東の華北、中南、華東地区視察があって、十月はじめ「人民日報」に打倒走私派のこの標語が根本方針として登場した。

〔44〕毛沢東詞『西江月』第三首、井岡山、一九二八年秋、より。

〔45〕『楚辞』「離騒」より。漫漫（曼曼）は、はるかにとおいさま。修遠（脩遠）は、はるかにとおいこと。上下は、でこぼこ道をのぼりくだること。求索は、さがしもとめる。ここですぐに想起されるのは魯迅が、最初の小説集「吶喊」につづく第二小説集「彷徨」の巻頭題字がわりに、この「離騒」句を引用したこと。理想というかユートピアを模索するというか、あれこれ彷徨するが捜しあてられず、日も暮れかかって不安に駆られる心情が伝わる。夏衍の場合に即していえば、ここでいちど自分の五十年の半生を見つめ直す、その決意表明と受けとってよい。そしてこの『懶尋旧夢録・増補本』は、まっさきに「新たな跋渉」すなわち野こえ山こえ川わたり、満身創痍を覚悟の再出発を自身に課したことを記す。

新たな跋渉

跋渉――野こえ山こえ川わたり　*1949-1952*

一九四九年五月に従軍しての上海解放から、一九五五年七月に国務院文化部に転出するまで、わたしは上海で六年仕事しました。市内進駐したばかりのころは、中共中央華東局宣伝部と上海市委員会宣伝部は併せてひとつの機構で、わたしが副部長になり、部長は舒同でした。一九五〇年には上海市委宣伝部部長に就任しています（市政府文化部長を兼任）。一九五二年夏、わたしはまた華東局に転出して宣伝部副部長をやりますが、当然ながらかなり多くの肩書きだけの職務――たとえば華東文聯〔文学芸術界連合会主席〕主席、上海人民芸術劇院院長……などなどを兼任しました。上海はわたしが長期にわたって仕事してきた土地柄ですが、形勢が変われば、工作も変わり、「身分」でさえも変化が生じます。わたしという人間には適応性がかなりあって、先の両者は直ぐに適応できたのですが、「身分」となると――文人、記者、地下党員から、政権党の「高級幹部」に変わったわけです、やはり「官僚」になった

上海人民芸術劇院の三院長。初代院長となった夏衍（中央）、副院長黄佐臨（右）、副院長呂復（左）、1950年。前掲書『夏衍』より。

ということは、なんとも身に馴染まない感じにさせられました。わたしらのような情けない知識份子としては、これまで「官僚」を嫌悪し、とくに抗日戦争時期に国民党の官僚たちとの交際がありまして、かれらの役人風、官僚口調には反感をもってます、もちろんあの頃はあれは旧社会で、それは国民党統治時期だったと思っており、今日では、社会制度が変わり、共産党が権力を掌握している時だから、官と民は当然ながら地位は平等であるだけでなく、役職にある者はいっそう人民のために服務すべきと思っています。こういう考えかたは党の文件にも、指導陣の講話のなかにも実証されています。上海解放からいくらも経たない、一九四九年六月七日、陳毅同志が一般大衆大会で、党の幹部が一般大衆と緊密の連携し、ほんとうに人民のために服務するということの問題を、繰りかえし強調しましたから、宣伝部長と文化局長を命じられたわたしとしては、役人になったとしても、身分や地位に変化が生じようとは思いもしませんでした。わたしは清末に生まれ、民初に成長し、旧社会の人間関係についてそれなりの理解がないとは申しませんが、現在から考えますと、社会制度は改変されたが、風俗習慣は必ずしも同一歩調では改変されていませんから、その人自身に役人になった感じはないにしても、他の人（下僚と同僚）は、まったくもってあなたを役人と見なすでしょう。解放初期、身近に警備員を連れ、外出には必ず保衛処に連絡を入れ、昔からの気心知れた仲間たちに部長、局長と呼ばれて、ほんとうに居心地悪く感じており、一再ならず笑止かつ嘆かわしきことがあったことは、『懶尋旧夢録』で話したので、繰りかえしません。

上海解放の初期、上海市委員会のリーダーは陳毅、市委にあって統一戦線文化工作を分掌したのは潘漢年で、二人はわたしに工作は思い切ってやってほしい、解決が面倒なことは、その都度いってくれれば解決できるというわけで、工作は多忙ながら、どれも順調に進みました。華東局に転出してからは、情況がいささか変化します。華東局の書記は饒漱石で、かれが文化工作について口出すことは少なく、宣伝文化工作のすべては華東局宣伝部長の舒同が責任とります。かれは江西中央ソビエト区時期の老幹部で、華東軍区政治部主任であり、党内での地位はかなり高いが、偉ぶることもなく、また垢抜けた何紹基体〔1〕の筆致で書をものし、わたしには遠慮されてました。ただはじめての上海とあって、文化芸術界の事情に通じてないところから、わたしが報告したり指示を仰いだりすると、いつも「上海のことはやはり陳毅同志に意見を出してもらいましょう」といわれ、あまりご自分の見かた考えかたは出しません。何年か後、あの人は紀律を重んじるが、性格が優しかったのだなと了解しました。一九五四年に高崗、饒漱石事件〔2〕があって、華東局は集会で饒を批判し、少なからぬ人がかれを饒漱石の「直系」だと指弾しましたが、これはやり過ぎだったようです。当時、饒漱石の地位は高く、権力は大きく、全国各大地区の党委書記は、一般的にみな野戦軍司令員が兼任しなければならないが、ただ華東区の党委書記だけが、陳毅でなく饒漱石で、だから舒同は饒と行を共にしてはいるが、どうやら時代の趨勢がそうさせたのでしょう。舒同は華東局の宣伝部長になるにあたって、強力な副部長陣を持ちます、数えたててみますと、馮定、匡亜明*、劉順元、沙文漢、そしてわたしです。このすべてが知識份子で、沙文漢とわたしが国統区の地下党であることを除いて、その他はいずれも解放区と新四軍での工作をしてきていて、古くからの解放区で工作経験あり、文化文芸工作にもいずれも一定の理解を持ち、そこで始めから終わりまで（華東局は一九五四年に解消）、われわれの間はずっとチームワークが良好でした。当時取り決めた仕事の分掌では、わたしが文化と科学技術の担当です。わたしの主要なエネルギーはただ上海という一地方にだけ向けられ、華東は広い地域で、各省の情況についてわたしは判ってませんでしたので、主に匡亜明が担当しました。さらに上海という科学技術界の集中する地方については、わたしも力不足とあって、陳毅、潘漢年の指示を仰いだうえで、この方面の工作は徐々に上海市委の李亜群*同志に渡してお任せしました。記憶を辿りますに、わたしはただ何人かの著名な科学者（呉有訓、茅以升、馮徳培、周谷城、周仁らのような）をそれぞれ表敬訪問し、幾たびかの科学技術界の集会に出席し——少しばかり統戦工作をやっただけ、でした。

　解放後、わたしは上海で六年仕事しましたが、忙しくて、毎日十時間から十二時間はたらいてますが、陳老総と譚震林*の指導の下で（一九五四年に陳が北京に転じて副総理に任命されてからは、譚震林同志が華東局書記に任命された）、力を尽くして工作ができ、大きな過ちもせずに済みました。上海市委や華東局でも、批判、叱責を受けておりません。もちろん、一九五三年の華東局整風のとき、一部の人から知識份子のことでわたしを右傾といわれますと、たちどころに譚震林に制止されました。そうしたわけで、わたしはついでのことにこの方を「譚老板《おやじさん》」とお呼びしたい。解放前にかれと面識はありませんでしたが、華東局書記に任命されてから、初対面の後で彼と単独で話したとき、率直に申されました。じぶん自身は正規の教育を受けてないので、文化知識の欠如に深く悩んでいる、今日、社会主義を建設せねばならぬのに、文件上のあれこれの名詞すら理解できない、だからどうしても君たち文化人の援助が必要なのだよ。かれは続けます、わたしはじぶん自身の学習に務めたいが、同時に広大な知識份子を団結させ、彼らの才能を発揮させて、必ずや新中国のために服務させたい。とくに感動させられたのは、たしか一九五三年だったと思うのですが、かれが外国の友人を招いて、わたしに歓迎パーティでのごくごく短い演説の下書きを頼むといいます。八百字にも満たない下書きでしたが、それを読んで長すぎるから、五百字に削ってほしい、縮めますと今度はひととおり音読して聞かせてくれ、読み違えると不味いからというのでした。開国の功臣で、大地方区の書記が、知り合ったばかりの知識幹部にかくまで虚心坦懐であることは、なかなか得難いことだと思いました。近ごろひと世代前の革命家についての伝記文学が少なからず出版されてますが、まだ譚震林伝を書いた人がいないのは、遺憾です。かれは一九五八年の大躍進のとき左傾の過ちをしてますが、「四人組」が権力を弄んだとき真っ先に卓を叩いて立ちあがり、理路整然と厳しく江青*一味を批判した、つまりは「二月逆流」〔3〕のあの譚震林じゃありませんか。十年の大災難のなか、ひと世代前の革命家の真ん中にあって、あの方はもっとも残酷な迫害に遭いました。一九七八年秋、わたし同様に太股をやられたかれは、わたしと三時間も長話しました。いまでも、彼の話を覚えています。

「わたしという人間の最大の欠点は癇癪持ちで、感情で物事を処理してしまい、自分を抑えきれない、これは基礎教養がない所為《せい》なんだよね」

解放後ですが、多くの百戦錬磨の老革命家のなかで、知識を尊重し、人材を尊重するというこの点で、譚震林同志がとくに傑出した存在だとわかった次第です。

解放前ですが、上海はえり抜きの人材が集まる地方で、内外に名の知れた専門家、学者、作家、芸術家が上海に集まっていました。とある市委の会議のときに潘漢年がいいました、上海は「半壁江山《はんぶんがいこく》」だからね、すると陳同生が口を挟みます、僕の見るところは、「天下を三分してその二を有すだね」、これが実際のところです。またこれだから、上海解放の前後、陳毅が必ずやすべての団結できる知識份子と名流の学者を団結させないといけないと繰りかえし強調していたわけです。はっきり覚えてますが、上海解放の翌る日、五月二十八日に、陳毅が趙祖康の手から旧市政府の印鑑を引き取って、接収の任務を達成したのち、趙祖康に対して申しました。

あなたは旧市政府の市長代理、工務局長であるだけでなく、さらに重要なことはひとりの専門家《エキスパート》だということで、そこで新政府としてはあなたに引きつづき工務局長を担当してほしいだけでなく、数々の市政建設方面のことでご協力をお願いしたい。上海は解放されて、いま専門家にはやれることがいっぱいあるときです、どうかいろいろ腕を揮ってください。

わたしはこの会合に参加しましたが、当時、同席した周而復同志も、記憶が生々しいところでしょう。これは大きく動く時代の一エピソードですが、このことは新社会が知識を尊重し、人材を尊重する手本を打ち立てたことでした。

解放の初期、わたしの上海文化界での仕事は、主として知識份子を尊重し、団結させる方針という政策を執行することでした。わたしは延安へ行ったことがありませんし、また解放区で工作した経験もありませんし、自ら顧みて役人風を吹かせたこともなければ、もっといえば「整人《ひといじめ》」する私心・雑念をもちません。いま思いかえして、あの頃わたしは自制する感覚が良好に機能してまして工作も順調に推移した感じでした。では、すべてが順当だったろうか、阻碍や面倒はなかったでしょうか？ もちろん、そうではありません。まず、些細なことからはじめますと、だれかが背後で不満を漏らしていました、わたしが知識份子に団結を呼びかけるばかりで、改造をいわない、果ては「知識份子の志気を高め、労農兵の威風を消滅させる」と声高にいわれました。こういった下らない口コミが上海から北京に届き、また『文芸報』の内部刊行物を通して再生《フィードバック》されて上海にとどき、これは名指しのものでした。そういうわけで胡風の有名な「三十万言書」[4]のなかでも持ちだされたのですが、言うところは

胡風の「三十万言書」（湖北人民出版社、2003 年）

夏衍の上海における工作の右傾思想を整《ただ》せというのでした。ただ名指しをしたものですから、陳毅同志の注意を喚起して、ある市委常務委員会での発言になりました。

「上海は党中央の知識份子政策を執行しており、すべての措置は常務委員会が討論し批准しているのだから、北京の『文芸報』が名を挙げて夏衍の右傾を批判するのは不当である。理に従えば、夏衍は上海市委の宣伝部長であるのに、『文芸報』は事前に市委を経由させていない、儂はもう恩来同志に電話したが、かれも儂の意見に賛成しているぞ」。

以上のようなことは伏流水のようなものですが、文化界の外にいる人には察知できない事柄でしょう。中央が公開でわたしを批判したのは、一九五一年のいわゆる「『武訓伝』事件」〔次章、全ページがこれに当てられている〕でした。これは新中国文芸界の一大事件でして、あまたの具体的な情況が存在して文芸界ですらツンボ桟敷に置かれたのです、改めて別途にきちんと話します。

一九四九年五月、わたしはホンコンから転出して北京に戻り、恩来同志から事細かな指示を受けながら、文芸界の「会師《こうりゅう》」工作をうまくやり遂げようとしました。いわゆる会師とは、国民党政権統治地区(国外と香港地区を含む)の文化工作者と解放区の文化工作者の団結合作を指します。上海が解放される前、わたしは丹陽ではじめて陳毅同志にお会いしたときにも、この問題を持ちだしています。わたしは延安に行ったことがなく、新四軍にも行ったこともない、国統区それ一筋の文化工作者です。そういうわけで、会師の工作を支障なく仕上げるには、どうしてももっと強い団結を求めたい。思想上の準備もでき、加えて上海市委のリーダーは陳毅と潘漢年です。わたしが華東局に配転されたあと、市委宣伝部長の職務を引き継いだのは、素養もあり情理に通達した谷牧同志*で、かれは山東で市長をしていたこともあれば、古い解放区や新解放区でいずれも行政管理工作の経験もあり、ですから全体的にいって、上海文化界の接収・改組・人事配分などなど、すべてにかなり順調に運び、政策上で大きな間違いはなかったといえます。ただ文化は意識形態の範疇に属しますし、文化人はまたいずれも労農兵の出身ではない知識人です、ですから思想上、政治上でわりに容易に一致を求め得たにしても、生活方式、知識水準、工作作風《しごとのやりかた》、行為習慣などなど決まった標準様式に適応させたいとか、思想統一のような同一歩調となると、どうも処理が難しくなるのです。

解放の初期に、わたしが上海で出逢った最初の難問は、宣伝・文化系の幹部の知識水準と文化素養の問題でした。そのころ上海市の文化系幹部は主に新四軍で工作にあたってきた者と地下党、および解放前に党と繋がっていた民主人士で、解放区から来たのは馮雪峯ひとりです。華東局では大部分が古くからの解放区（新四軍、山東および中央から転属した幹部――たとえば後に「四人組」の重要な骨幹となった馬天水*らのような――が含まれる）から来てました。省の局クラス幹部に地下党は少なく、ただ局の処クラス以下には地下党が多くを占めており文化の素養ということになりますと、おおよそ次のようでした。新四軍をふくむ旧解放区からの幹部は、やって来ても上海がよく分からないし、国統区の闘争情況（主として抗日戦争と解放戦争時期）がよく分からず、国際情勢にもあまり関心がありません。

驚かされたのは、華東局の宣伝部にいたときでした、ある幹部ですが上海に公共租界とフランス租界があったことを知りませんし、「左連」〔正式には中国左翼作家聯盟〕、「社連」〔左翼社会科学者聯盟〕のような党が指導した進歩的文化団体も知りません。それから地下党の幹部となると延安が革命の聖地だと知ってるだけで、延安の文芸座談会がどの年に開かれたか、毛沢東講話の主な内容はなんであったかも、はっきりとは言えませんし、ましてや当然のことながらお康生が発動したあの「搶救運動」[5]を知ってもいませんでした。

こうした相互不理解は客観的な現実が作りあげたものですが、主として十何年もの国民党によるニュース・情報封鎖が原因でした。マルクスはいってます、「人は環境を創造するが、同時にまた環境も人を創造する」(『マルクス・エンゲルス全集』一巻四十三頁)と。いかなる人もその時その地の社会気風の影響を受けないわけにはいかない、これは免れがたい事実です。でも当時の上海は老解放区からであれ、はたまた地下党からであれ、やって来た幹部は共通する弱さがありました、それがつまり知識面での狭すぎであり、かつまた己を知る知の欠如でした。いま知識面の狭すぎといいましたが、いいたいことは歴史知識と科学常識の欠如です。一九四九年三月、党中央は党の『七期二中全会の決議』[6]を真剣に学習しようとの通知を出します、わたしは丹陽にいたとき、上海接収を準備する幹部はまた上海地下党が編纂した『上海概況』[7]と結びつくと聞いてましたので、一週間という時間を費やしてこの決議を学習しました。これは解放の初期、党中央が公布した遠大な見通しにたつ文件で、その主な内容は以下の如しです。

「全国の勝利を勝ちとった後、ただちに党の工作の重心は農村から都市にうつされる、過去に知っている情況、使い慣れたやり方は、もはや役に立たない、過去に知らなかった事情とやれなかった情況が、将《まさ》にわれわれの学習を待ち受けている、だから全党、とくに指導幹部に呼びかけるのだが、かならずや謙虚で、慎重で、驕らず、焦らない、そして刻苦奮闘する作風を保持して、生真面目に都市工作に従事する上で必要な方法と知識を学習しなくてはならない。」

問題ははっきりしており、市委員会もしっかり把握していまして、陳毅は大小の集会で繰りかえし説き聞かせます。「田舎者が都市にやってきて」、中国第一の大都市を接収しようっていうのだから、なんとしても「ゲリラのやり方」は改めないと不可《いけ》ない、真剣に生活に入りこみ、都市を理解し、上海を理解し、とくに上海の過去と現在を把握しなくてはいけない。これは思想問題であるし、また政治問題だ。市委としてはこの問題について周到に考慮するというべきだ。わたしの感触では、北京にくらべて、上海の接収と作風整頓・改革進歩の工作はうまく行ったとおもってます。なぜなら老解放区の幹部とくらべて、新四軍からきた幹部はわりに都市がわかってますし、上海がわかってます。ただし、「謙虚で慎重に」、しかも積極的自主的に新事物を学習するという問題ですから、わたしがそう希望したほどには容易でなかったようです。当時の情況はといいますと、解放区と部隊から転出してきた幹部は紀律は厳正明瞭、艱苦に堪えて朴訥、やはりまた規律性あり組織性ありでした。かれらは地下党（と進歩派の文化人）の自由散漫や、気ままな発言に馴染んでません、――更には当然ながら上海という半植民地的な「花花世界《ちやらちやらぶんか》」にも馴染んでいませんでした。腐蝕から身を守れというスローガンを、八、九月のころに提起したと覚えていますが、地下党員と当地の文化人は一方では解放区から来た幹部のひきしまった作風に感服しながら、同時にまた対人対物（等級関係とか党内外関係等々のような）の態度は融通が利かなすぎだと感じていました。わたしにこっそり告げる者もおりました、某々と俺とはかつて仲良しの相棒だった、抗日戦争のなかで俺は奴を助けてやったのに、現在じゃ俺の上司になっちまって、会いたくっても会えやしない。こういったお互いに「馴染めない」ことばかりで、わたし自身、ここの地下党だった、そして今「指導者」にされてしまった者として例外でなく、だれもが表面上では和気藹々ですが、心のなかではなおいささか痼《しこ》りありなのです。この種の心情を敢えて率直に、わたしにじかに言ってくれたのは、もう亡くなられた章靳以同志お一人だけ。それは一九五〇年のことで、わたしはとても感動しました。かれとわたしは早くからの知り合いですが、気心知れた友人とまではいえません。かれは文化界の団結のためと、わたしと心底話しあい、そこでわたしはひとつの決心をしました。毎週、金曜日の晩七時に、華東文連の応接室で、文化界人士と会い、個別に腹を割って話し合おうというのですが、決めごとも縛りもなしにです。大は国際国内の形勢から、小は仕事、暮らしの問題まで、文化指導についての意見などなどです。話すことがあれば長くなり、特になければ短く、話がすめば終わり。これは試験的な試みでしかありませんが、確かにおびただしい集会や辨公室では聞き出せない情況が耳に入りました。一般大衆への「機嫌取り」だという人もいました、なぜなら中国の知識份子はある種の潔癖性といいましょうか、「役人」になった人と私的に接触することをねがいません、ですからわたしのこの試み（上海人はわたしが「辻占い屋」を出したといいました）はひと月あまり維持できただけでした。はじめは毎回四、五人はいたのですが、のち次第に減少です——なぜなら社会の大変動期ですから、わたしを訪ねてきた人が話しこむのは大部分が政策的な問題（私事の問題を話すのはごく稀です）で、これは早くに明文化されて公告されているものです。わたしはただ当時の実情と結びつけ、型どおりに処理できるだけで、どんな新鮮味も出せません。ある問題ではわたしも仕方なく具体的な回答（たとえば新機構の設置要求とか、編成の増加などなど）をだしました。こうしたことでは、華東局や上海市委の指示を仰がずに、一存でやってしまいましたので、よかったという人もあれば、駄目という人もあり、陰口もされましたが、これもまた免れがたいことでした。

上海での時期に、わたしがもっとも人の機嫌を損ねたのは、つまり一九五二年にわたしの一存で、宣伝部と文化局系列の処・科一級幹部に常識テストを課したことでした。初級中学の文化程度を標準に、五十問を出題し、一題が二点、全問正解者は百点、無記名で解答を求めました。結果には吃驚させられました。六十点以上の獲得は寥寥たるもので、ほとんどの人がわずか三、四十点、一人などはむかっ腹立てて白紙でわたしします。事後に思ったのですが、一級幹部科員といえば、そのほとんどが労農兵の出身で、大多数が学校に上がっていません。かれらは戦さに出て、手柄を立て、ある者は軍隊内で入党したのですが、上海市内に進駐してから、組織部として上手く配分できず、かくして内行《くろうと》と外行《しろうと》の問題が生じたのです。上海は極東の一大都市で、文化系統の多くの部門が、元々の地下党の人間にしても、交響楽団、博物館、図書館、文物保護と科学研究所等々のように、広く捜し歩いた事もありません。これについては市委のリーダーも分かってますから、市内進駐の前後に、陳毅、潘漢年と孫治方がみなはっきりと「まずは接収し、管理は後から」、わからないことは無暗に手出ししないと申しつけています。五月から九月にかけて、文化機関を少なからず接収しましたが、わたしどもはただ軍の代表を派遣しただけで、事実上、元の機関が自ら選出した指導グループ（あるものは臨時管理委員会と呼んでました）が、日常工作とそれ自体の業務を処理しました。六月中旬のこと、陳毅とわたしは徐森玉、沈尹默*の両先生を個別に訪問し、表敬し、かれらの仕事と生活問題に関心を寄せ、同時に率直に申しました。党と政府は文物、博物館事業に非常に関心がありますが、この方面でわれわれはまったくの素人です、そこであなたがたに思い通りに仕事していただきたい、もし面倒なことでもあれば、われわれは精いっぱい協力しますから。抗戦時期に、大量の文物古籍を抱えていた収蔵家はだれもが上海租界を「安全区」と見ておりました（われわれもいくつかの党史関連の原始資料を上海にある銀行の保管金庫に置きました）。文物、古籍の緊急救出、蒐集と保護工作について、解放の前夕、恩来同志が鄭振鐸同志に頼んで責任を任せていたのですが、このとき振鐸はヨーロッパに行ってました〔8〕。陳毅と徐森玉先生が話しあったとき李一氓*、徐平羽*（白丁、原姓は王、清末揚州学派の王念孫、王引之の末裔で、六〇年代に文化部副部長に任命され、文物を分掌した）の名がでました。ただ李一氓には別の任務があり、徐平羽は南京で工作しているとあって、市委としては方行*同志を派遣して徐、沈の両先生と連絡するだけでした。

　このほか、もっとも煩わされたのは、わたしと于伶が分掌管理した映画方面の工作で、あの頃上海には私営の映画製作所が二社あり、ひとつは「崑崙電影制片廠」、これは一九四〇年代の初めに党が陽翰笙に指導を任せた唯一の進歩的な製作所で、抗戦に勝利してから『一江春水《はるのみず》向東流《ひがしにながれる》』（一九四七年制作）、『万家灯火』（一九四八年制作）など優秀なフィルムを撮影しました。「文華」（文華影業公司）の経営者は民族ブルジョア階級で、比較的開明であり、監督や演技陣の多くは抗戦時期の「苦幹劇団」[9]出身です。かれらは国民党とは関係がありませんから、かれらの生産回復を援助する方針（当時、上海の映画館が上映する映画は八割がたアメリカ映画でしたので）を執りました。軍管会は映画工作をきわめて重視し、接収グループには于伶、地下党の徐韜、池寧のほかに、なお鍾敬之、蔡賁を加えました。地下党と進歩派の映画工作者の組みあわせで、接収工作は順調にはかどったのですが、ひとたび秩序が安定すると、各製作所は生産を回復しなければならない時期とあって、たちまち映画シナリオがないという問題が発生しました（当時「劇本荒《シナリオききん》」と呼びました）。新たに成立した中央文化部電影局は「映画は労農兵のために奉仕せ

上：蔡楚生・鄭君里監督『一江春水向東流』（1947年、崑崙）
下：沈浮監督『万家灯火』（1948年、崑崙）
『中国電影図誌』珠海出版社、1995年より。

上海電影劇本創作所（前列右が夏衍）。前掲書『中国電影図誌』より。

よ」、「労農兵の形象を塑像せよ」と提議しますが、上海では、労農兵を熟知している者は映画シナリオが書けません。映画シナリオが書ける者は労農兵がわかっていません。わたしは何度か創作会議を招集しましたが、シナリオ問題を持ちだすと座が白け、ほとんど打つ手もなく、そこでわたしは思いきって、いわゆる「白開水《さゆ》」でもいいよの問題を提議したのです。これは映画が国家・人民に対して有利か有害かから説き起こしたもので、たとえ話をしました。食糧を例にとって、米、小麦粉、牛乳、卵、野菜は、どれも栄養があって、必要欠くべからずだが、お茶や珈琲は、栄養もないが、有害というほどでもない、そして元気にもなるから反対はしない。ただし中国人は過去に阿片を吸い、それは有害だったから、われわれとしては反対する必要があった。わたしは続けます、映画の題材も反共でなければ、封建迷信を提唱さえしなければ、娯楽物だって当然宜しいし、良い作用は望めないにしても、有害な作用をおこさない「白湯」ならいいじゃないか。こういった言葉が北京に伝わって事実を枉げられて、夏衍は上海で映画は労農兵のためにあるといわず、かえって人民のために奉仕しない「白湯」のような映画を「提唱」していると言われました。これは一九五〇年であり、新民主主義の時期であり、私営資本はまだ改造されておらず、私営映画公司はなおただ存在しているというだけですし、かれらに映画を撮らせて供応する絶大部分はアメリカ映画に占有されているマーケットであり、しかも「崑崙」と「文華」創作メンバーはいずれも抗日戦争時期にわたしらと合作していたのですから、わたしは今でもこのようにやったのは当時に実際情況に適応していたのだと思っています。

一九五〇年にわたしは二つのことをやりました。ひとつは「電影文学研究所」[10]（のちに電影劇本創作所に改組）を組織したことで、わたしと章靳以、周而復が理事会主席になり、陳鯉庭、田魯*が総幹事に就任し、馮雪峯、柯霊、陳白塵がいずれもこの組織に加わり、またたしかに多くの映画シナリオ作家を培養したことです。ふたつめは「崑崙」と「文華」公司の責任者がわたしにシナリオを頼みにきて応じられなかったとき、かれらに新しい小説からの改編《リライト》を建議したことです。これがつまりやがて映画撮影され、批判を受けて上映を取りやめた『関連長《ちゅうたいちょう》』と『われら夫婦の間』です。この二作のフィルムはいずれも「作家協会」が責任発行する《人民文学》に発表された小説を編纂したも

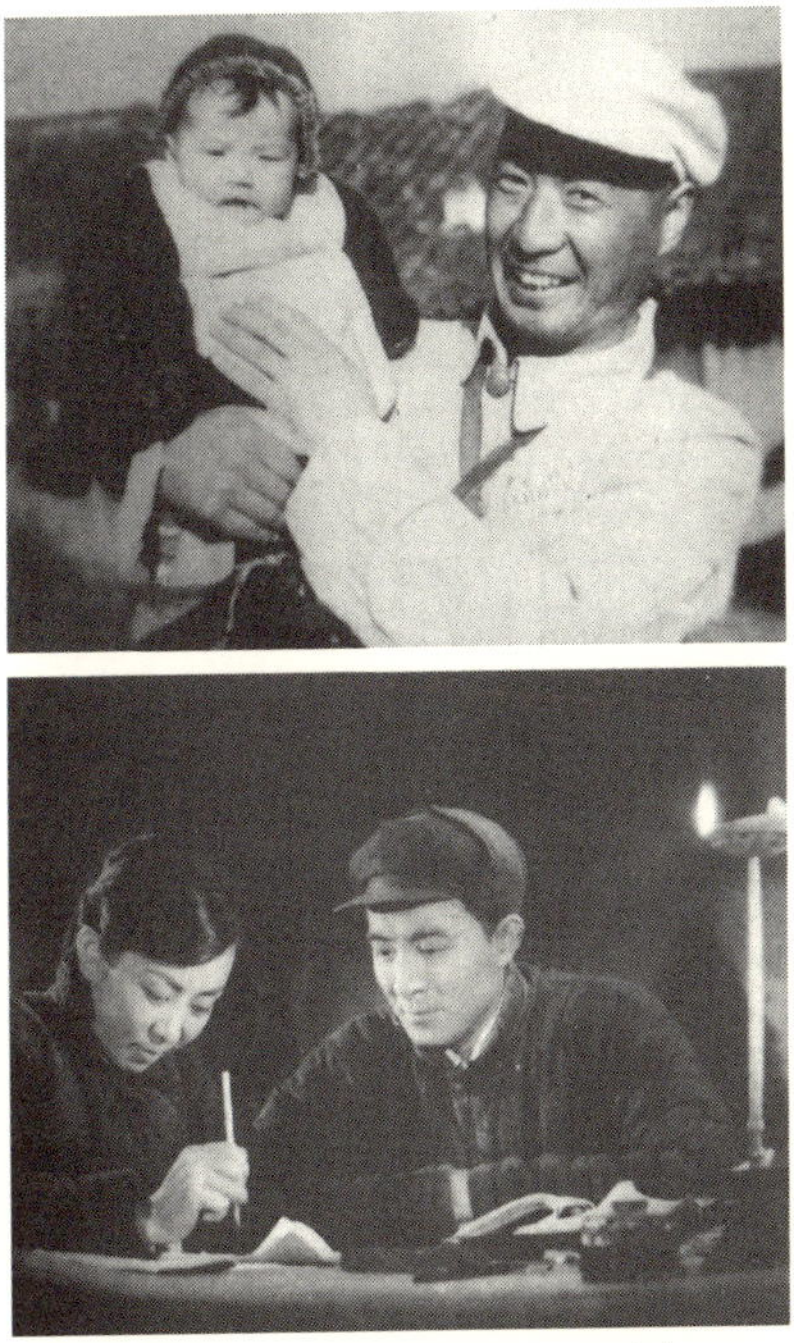

上：石揮監督・主演『関連長』(1951 年)
下：鄭君里監督『われら夫婦の間』(1951 年)
前掲書『中国電影図誌』より。

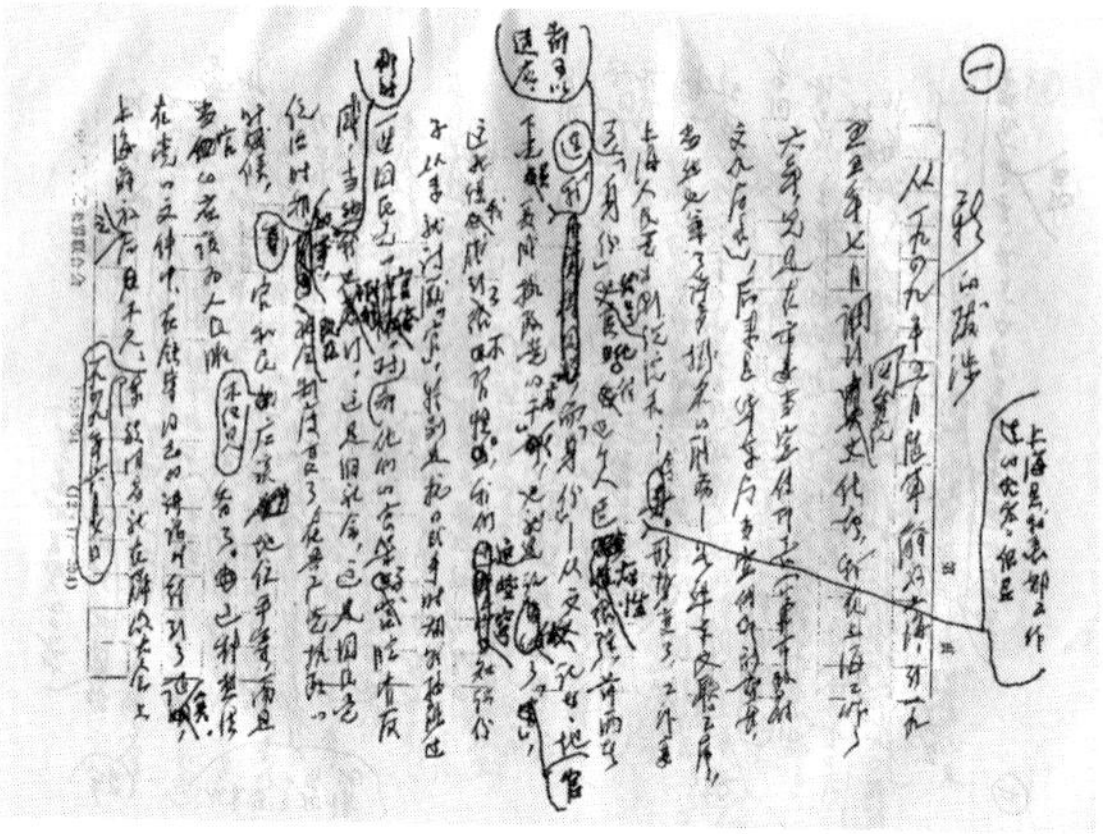

「新的跋渉」夏衍手稿

のでした。小説が発表されると、全国の文芸界に好評で迎えられ、そこでわたしは「崑崙」と「文華」に「試して差し支えない」と意見を述べたわけです。この映画二作が上映されると、とても観衆に歓迎されたのですが、まったく考えのしなかったことに、すぐさま北京方面からの批判が伝わってきました。「文華」が撮影した『関連長』[二]は楊柳青がリライトし、石揮が監督し主演したものです。書かれているのは上海解放前夕の一場の戦争故事ですが、関連長は一群の小学生を負傷させまいとして自らが犠牲になるというもので、石揮が見事に演じました。当時、これもまた私営の製作所が撮った初めての戦争フィルムでした。批判された理由は「プチ・ブル階級のヒューマニズム」でした。これまた解放軍の実像を高めようとして歪めてしまったのです。

『われら夫婦の間』[三]という小説の作者は蕭也牧で、崑崙制片廠の出品、脚本・監督は鄭君里、主演は趙丹と蔣天流です。内容は、プチ・ブル階級出身の幹部である李克と労農出身の妻張英が市中生活を始めてから工作と生活に矛盾が発生する。君里が改編に着手したとき、わたしはかれに『七期二中全会の決議』をさらに学習し、「過去に熟知している事柄は使わないで、過去に熟知していない事物を対象にする」との方針を求めました。これもまた「善意が報いられず」で、まず蕭也牧が批判され、かれは「プチ・ブル階級の思想を反映し宣伝する代表的人物」とされ、つづいてこの映画を「右傾批判」の重点とされました。この映画二作はいずれもわたしが「崑崙」と「文華」に推薦した作品ですから、かくして、上海文芸は右傾し、「プチ・ブル階級思想が氾濫」し、労農兵路線を頑なに拒む等々の罪名がすべてわたしの身に降りかかり、これまた後の『武訓伝』批判の前奏になったのです。この一件では、わたしも教訓を得まして、いくつかの題材は小説に書く分にはかまわないが、小説のすべてが映画に作り直せるわけではないと、わかったのです。理由は簡単です、領導たちは小説は必ずしも読まないが、映画ができあがると、それは指導者の関心から逃れられないのです。こういうわけで一九五五年、わたしは文化部に転出して映画を分掌してから、わたし自身が改編し

上：謝添監督『林家輔子』(1959年) 夏衍が脚本。下：瞿白音・許秉鐸監督『両家春』(強扭的瓜不甜)(1950年) 前掲書『中国電影図誌』より。

上：陳西禾監督『姐姐妹妹站起来』(1951年）下：桑弧監督『太平春』(1950年）前掲書『中国電影図誌』より。

た映画を含め、いずれも魯迅、茅盾（当時、かれが文化部長でした）の作品ですが、これはまずまず安泰でした。もちろん、「逃れられない運命」の「文革」で、わたしを批判する文章は、まず最初に『林家舗子』[三]（林商店）でした。

　総じて言いますと、解放後わたしは上海でほぼ六年仕事しましたが、犯した過ちは主に知識と知識份子についての見かたとかれらに対する態度――あるいは政策の件で、この点わたしはあの「常識テスト」の後で感じましたが、でも頑固に、変えません。ひとつにはこうしたことが陳毅の支持をえたのでして、二つめには、上海でこのようにすることが北京方面からかくも強烈な反対を引きおこすとは思いもしなかったからです。もちろん、この時期にあって、上海でもいくつかの比較的優秀な映画、たとえば『強扭的瓜不甜』[四]、『姐姐妹妹站起来』[五]、『太平春』[六]、『腐蝕』[七]、『我這一輩子』[八]などなどが撮れましたが、ここで多くは申しません。

（一九九三年『精品』所載、『文匯報』転載）

訳注

〔1〕何紹基は、清代の詩人で書家、書は顔真卿の流れを汲むという。

〔2〕高崗、饒漱石の反党事件「一九五三年に党内の野心家高崗と饒漱石が党と国家の最高権力を簒奪しようとした陰謀活動」で、高崗は一九四九年から一九五三年にかけて東北局の書記（書記は最高権力者）のとき、東北地方を独立王国にしようとしたというもの。さらに中央に転出してから、中央の最高権力を簒奪する活動を開始したとされる。饒漱石も一九五三年に、中央組織部長という担当職務を利用して、高崗と示し合わせて、党を分裂させる活動を積極的に行ったとされた。徒党を組んでの反党行動だと断罪されたのだが、連座させられたか、巻き添えを食った山東分局の向明代理書記は一九八一年に名誉回復。ただ事案そのものについての、復権などの動きは、いまなお感じられない。

〔3〕「文革」の初期、一九六七年一、二月の段階で、国家の崩壊を必死に食い止めようとした三元老四元帥の行動を「二月逆流」といい、これを紀実文学のシナリオ風にまとめたのが『二月逆流——「中国文化大革命」一九六七年』で、八一電影のシナリオ作家趙峻防と人民日報記者紀希晨の共著。三元老とはいずれも副総理の譚震林（一九〇二—一

上：佐臨監督『腐蝕』(1950 年)　下：石揮監督『我這一輩子』(1950 年)　前掲書『中国電影図誌』より。

九八三）、李富春、李先念、四元帥が徐向前、陳毅、葉剣英、聶栄臻。江青、康生ら「文革」暴走派の迫害に遭った譚震林の伝記として、次の数著を挙げておく。『中共党史人物伝』第三一巻所収、胡良忠執筆「譚震林」二五―一〇四頁、一九八七年二月刊。『譚震林外伝』董保存著、作家出版社、一九九二年六月。『回憶譚震林』金冶著、一九九二年三月。『譚震林伝奇――従印刷工到副総理』陳利明著、中国文史出版社、一九九四年三月。『〈譚震林〉画冊』譚震林画冊編委会、譚涇遠主編、中央党史出版社、二〇〇二年。

〔4〕「三十万言書」　一九五四年七月二十二日に文芸評論家胡風らが中共党中央（中央政治局、毛沢東主席、劉少奇副主席、周恩来総理）に提出した新中国「解放以来の文芸の実践情況に関する報告」をいう。ここで胡風は文芸に関わるあらゆる問題を網羅して提起した。合計して三十万語を数える建言は一九五五年初めに印刷され、その第二、第四章が、林黙涵、何其芳による先行批判つきで「胡風対文芸問題的意見」（略して胡風意見書）と題し『文芸報』第一、二号付録として部分的に公刊された。「あらゆる問題」とは、自分とそのグループを唯我独尊とする主観的リアリズムをもとに、マルクス文芸理論の正統をいい、文芸界を右から左まで敵対するすべてを否定して物議を醸した。党の文芸問題領導上の「五本の刃」で読者も作家も手足を縛られて身動きできないという告発は、それなりに魅力ある問題発言である。この「胡風意見書」つまり「三十万言書」は「夏衍の上海における工作の右傾思想」について胡風と周揚の話しあいの席でもちだされて、周揚は胡風の「個人的英雄主義を厳しく責め」てから、「同時に、『文芸報』はまた夏衍同志のこれまでの作品にも一纏めにした批判を準備していたが、周揚同志は必要ないものと考えていた」（李輝による引用）と名指ししている。参照：『囚われた文学者たち／毛沢東と胡風事件』上下、李輝著、千野拓政・平井博訳、岩波書店。『文化大革命に到る道／思想政策と知識人群像』丸山昇著、岩波書店。などなど。なお胡風は以来二十三年にわたって自由を拘束され、一九

七九年一月十六日に四川省の労働改造農場から釈放された。

〔5〕「搶救運動」 又の名を「搶救失足者運動」という幹部審査で、少し意地悪く長めに意訳すれば、「道を踏み外し、重大な過ちを犯して立場を喪失した者を、党を挙げて救済し、立ち直りを援助する運動」ということになろうか。その実相は、抗日戦争の最中、聖地延安で繰りひろげられた、国民党スパイの摘発大作戦で、あのモスクワでスパイ摘発研修をつんだ康生が主導したキャンペーン。中共中央社会部が担当し、康生が部長。スパイによる本拠地攪乱を極度に警戒するあまりの勇み足というには、あまりにも苛酷な試練で、鎖でつながれ、拷問、訊問と、前途有為な進歩派青年の多くが、特務、叛徒と疑われて冤罪を免れず、その数なんと一万五千人に及んだという。高潮期は一九四三年で、行き過ぎに気づいた中央は拷問を禁じ、犠牲者を出すなと厳命したという。かのスターリンの粛清を思いださせる事件は、革命陣営の過度の警戒心、草木皆兵ぶりとして、避けて通れなかったのか。参照：楠原俊代「中国共産党の文芸政策に関する一考察／「思痛記」をてがかりに」、『中国近代化の動態構造』所収、京大人文研。李鋭、小島晋治編訳、『中国民主改革派の主張／中国共産党私史』、岩波現代文庫。

〔6〕前章訳注〔8〕に既出。「七期二中全会の決議」は一九四九年三月五日、全国解放の前夕に中国革命の方向を見直した歴史的文件として知られる。いわゆる西柏坡決議。革命は転換期、工作の重点は「農村から都市へ移す。農業立国から工業立国への転換、新民主主義社会から社会主義社会を指向する、……など重要施策が提言された。そして三月二十五日、中共中央は西柏坡から北京へ移った。

〔7〕上海解放で創刊された『解放日報』の六十五周年を記念して今年（二〇一四）五月、上海市档案館が当時の資料を公開したなかに、上海地下党が総力を挙げて編纂した『上海概況』三十冊、百万字に及ぶ資料がある。劉暁、劉長勝のもとで地下党工作をしてきた韓述之*、陳乃昌*、侯仁民*らが、天津・淮海戦役が進行するなか、上海市政府各機関、各系統の情況を、国民党の党・政・軍の動きまで含めて紹介

した文献で、丹陽に設けられた「三野」総本部に報告されたという。地下党工作がスムーズに進められたと言うべきか、慰留に応じて残った上海旧政府の官員・技術人員は十二万余名に及んだという。

〔8〕「鄭振鐸の海外歴訪」　抗日戦争期にまったく自由を失った都市上海で、鄭振鐸は徹底して「全年蟄居」する。この隠居、引きこもりは抗日戦「惨勝」の日まで三年九ヶ月に及んだ。名前を変え、文具店の番頭に身をやつし、「ひたすら民族の文化財の整理保存に尽くした」。戦後は一転して中国を代表する文化使節として海外に出る。五一年から、航空機事故で客死する五八年までに六回に及ぶ海外訪問は、毎年のように一ヶ月から数ヶ月、インド、ミャンマー、ポーランド、モンゴル、ソビエト・ロシア、チェコスロバキア、オーストリア、ハンガリー、インドネシア、ブルガリア、……に及んだ。五八年十月、彼を団長とするアフガン王国・アラブ連合共和国（エジプトとシリア）を訪問予定の中国文化代表団をのせたツポレフ一〇四型機による、チュヴァン共和国（ゴーリキー市の東）領内での事故で、殉職した。遺骨を出迎えたのは知友の夏衍だった。

〔9〕「苦幹劇団」　一九四三年十月に上海でやっと正式に成立した話劇団体。淪陥時期の上海で、それでも演劇に情熱を燃やすメンバーが居て「苦しみに耐えて演劇に没頭する」という命名がすべてを語る。その源流は上海劇芸社で、黄佐臨、丹尼、黄宗江、石揮らがいた。これが上海職業劇団に発展する。メンバーが各自に活動するうち次第に同人的に結びつき、「苦幹」の名で共同行動を決めたのが一九四二年の夏。参考文献：邵迎建『上海抗戦時期的話劇』北京大学出版社刊。

〔10〕「電影文学研究所」　往年の上海映画の繁栄をとりもどせと、コトバにすることは易しいが、新時代に相応しい映画が市民に提供できるのだろうか。なによりも明日を指向したシナリオが欲しい。とくに私営の映画会社のシナリオ不足は「飢餓状態」にあった。これを救えるのは、重慶から戻った夏衍ら実績のある劇作家に手引きしてもらうしかない。映画を熟知し、時代の趨勢も制約もふくめて「こなせ

る」実力者が主体になった上海の電影文学研究所が誕生したのは、一九五〇年春。夏衍、陳白塵、葉以群、陳鯉庭らが相談し、民間組織としてスタートし、直ぐに成果を上げている。この効果はすぐ中央に波及して電影局に中央電影劇本創作所が創設されたのは同年十一月。王震之、袁文殊を正副所長とした。上海では民間経営の映画会社が公私合営に移行する時期でもあって、こちらも上海電影劇本創作所に改組される。一九五二年三月のことで夏衍が所長、柯霊が副所長、シナリオはおもに上海電影制片廠に提供された。

映画解題

【一】『関連長』(関中隊長) 文華映画、一九五一年撮影、原作：朱定の同名短篇小説(「人民文学」第一期掲載)、脚本：楊柳青、監督／主演：石揮。

【二】『我們夫婦之間』(われら夫婦の間) 崑崙映画、一九五一年撮影、原作：蕭也牧の同名小説(「人民文学」第三期掲載)、脚本／監督：鄭君里、主演：趙丹／蔣天流。

【三】『林家舗子』(林商店) 北京映画製作所、一九五九年撮影、原作：茅盾の同名小説、脚本：夏衍、監督：水華、主演：謝添。

【四】『強扭的瓜不甜』(映画タイトルは『両家春』) 上海長江電影製作所、一九五一年撮影、原作：谷峪の小説『強扭的瓜不甜』、脚本：李洪辛、主演：秦怡／高博／王人美、授賞：文化部一九四九―一九五三年優秀映画第三位。解説：土地改革前の北方農村で童養媳の風習が残るなか、婦女主任の側面からの支えもあって、童養媳のくびきを断ちきり、相愛の男女が新しい道を歩み出す物語。

【五】『姐姐妹妹站起来』(女たちは起ち上る) 文華映画、一九五一年撮影、脚本／監督：陳西禾、出演：李萌／石揮。解説：一九四七年、解放前の北京近郊農村婦女(佟李氏母娘)の貧困・悲惨な境涯を描き、解放された北京の悪覇・貪官・汚吏の撲滅、妓女の解放・新生を称える。

【六】『太平春』 文華映画、一九五〇年撮影、脚本／監督：桑弧、主演：石揮／上官雲珠。解説：解放前の浙江東部の田舎町を舞台に悪地主が仕立屋（母親）の娘を側妾にしようと企む。父親を脅迫され、言い交わした男（根宝《コンバオ》）を壮丁狩りされ、娘の鳳英《フォンイン》はやむなく花籠に乗せられ……。このとき人民解放軍が長江を渡河して町に迫る。悪地主は仕立て女を籠絡して財産の保全を策すが、母親はこれを娘夫婦の祝い事に全額を使おうとする。鳳英と根宝は全てを人民政府に献納した。

【七】『腐蝕』 文華映画、一九五〇年撮影、原作小説（香港「大衆生活」一九四一年）：茅盾、改編：柯霊、監督：黄佐臨、出演：丹尼／石揮。解説：抗戦期は皖南事変後のこと、上海の有夫の女性がふと知り合った青年は特務機関に身をおく危険な男。重慶までひきずられ、次第に深間に嵌っていく。抜けだそうとする彼女が知らされたのは共産党員である夫の惨殺、目覚めた彼女は自分と同じ運命を辿らされそうな女学生を連れて、窮地を抜け、解放区を指向するが……。国民党特務を曝く長篇は、名作である。

【八】『我這一輩子』（私の一生） 文華映画、一九五〇年撮影、原作：老舎の同名小説、改編：楊柳青、監督／主演：石揮。授賞：文化部一九四九―一九五三年優秀映画第二位。解説：旧社会で五十年間、苦難の生涯を過ごした北京の老警察官の回憶。清末、失業青年が縁故で巡査に採用され、一九一一年の武昌起義、一九一九年の北京五四、青天白日旗にかわる五色旗の登場、日本軍の北京侵略、カイライ政権、八路軍の活躍、惨勝後の国民政府による治安交替……と、有為転変の生涯であった。

『武訓伝』批判の前前後後

『武訓伝』事件始末　*1951*

映画『武訓伝』についての批判[1]は、今日の文芸界で五十歳以上の人でしたら、ほとんどが知っていることです。中国の映画史料――とくに『当代中国叢書』の中の『当代中国電影』（上巻）にわりに詳細な記述があります。ただしこれらは「部外者の言」というしかなく、駄目です――当然ながら事柄の原因と結果を理解できませんし、また当時は具体的な経過が公開発表できなかったのです。この映画は私営企業の崑崙影業公司（当時まだ公私共同経営になっておりません）による一九五〇年の出品で、『人民日報』が次なる社説を発表しました。

『映画武訓伝についての討論を重視すべきである』

これは一九五一年五月二十日でした。ですから今年（一九九一年）は『武訓伝』批判の四十周年です。『武訓伝』のことを話しだすと長くなりますが、抗戦末期の、一九四四年の重慶から説き起こさなくてはなりません。当時、進歩派の教育家陶行知*がその頃重慶の中央電影制片廠にいた孫瑜*に一冊の『武訓先生画伝』〔2〕を贈ったのです、孫瑜はちょうど映画を撮るチャンスがあるのにシナリオがなくて悲しんでいたときとあって、そこで映画シナリオの骨組みを書き上げました。しかも当時、文化工作委員会〔3〕をやっていた郭沫若のお褒めにあずかったのだそうです。これは孫瑜が後にわたしに語ったことで、当時わたしは重慶で統一戦線工作を分掌しており、文芸方面のことには関わっていません。こうして、このフィルムは中央制片廠で撮影を開始します。だが間もなく、経費不足で撮影中止です。つづいては抗戦勝利となって、孫瑜たちは一九四六年（一九四七年だったかも）に相次いで上海に戻りました。あのころ国共談判が破裂して、国民党がまたもや内戦を仕掛けます、そこで進歩派の文化工作者はこれ以上、国民政府が経営する中央電影制片廠で働くことを願わず、史東山*、孫瑜、趙丹らはそろって崑崙制片廠に加入したのです。おおよそ一九四九年の秋から冬にかけてだったでしょうか、崑崙公司の企業主だった任宗徳と孫瑜、趙丹の三人が文化局にわたしを訪ねてきて（当時わたしは文管会副主任兼文化局長でした）、およそ次のようなことを言いました。――崑崙は人材も揃っていれば、資金もある、撮影のできるスタジオもあるのに、脚本が欠乏している、そこで、私どもは「中央」にお願いして『武訓伝』撮影の権利を買わせてもらい、すぐにも撮りはじめるつもりでいる、と。そういうことで二点の要求を出してきたのです。

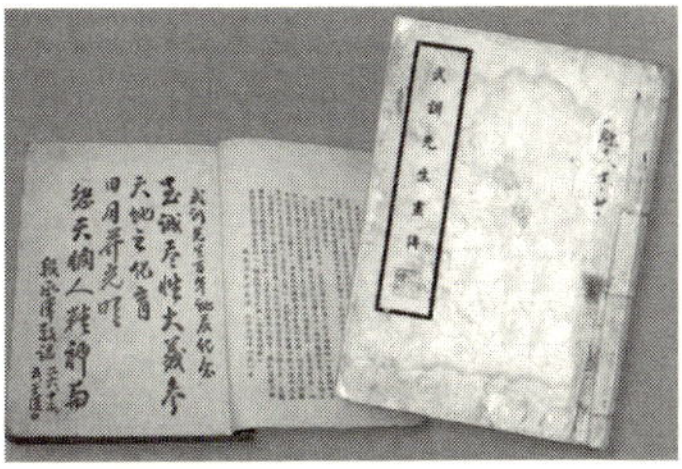

『武訓画伝』1938年旧版（左）と1951年新版（右）。『武訓画伝　合集』学苑出版社、2012年より。

一、崑崙は文化局に三億元（人民元で三万元に相当する）の借款をお願いしたい。

二、わたしに脚本の審査と改稿を頼みたい。

わたしは婉曲に二つとも断りました。まず文化局には資金がないだけでなく、文管会ですらとても窮乏している、あなた達はこの件で七月のころ文教委員会（主任は郭沫若）に支持されているのだから、この金額はやはり政務院もしくは文教委員会に請求するのが筋ではないか。二番目に、わたしは率直に、わたしはこう思っていると言いました、

「武訓は訓とするに足りない」

（このことは後に孫瑜が『文匯報』に発表した『武訓伝を脚色・監督したことについての点検総括』で言及してます）。わたしは目前の情況からして、これほど多くの人力・物力を動員してまでこうした映画を撮ることはないと思ったのです。ですが任宗徳と孫瑜は、大勢の監督や俳優のする仕事がないのに、政府はまたわれわれに生産を回復せよと要求してくる、このフィルムだけがどうやらたくさんの有能な映画工作者に

仕事で腕をふるわせられるから、どうしても撮りたいといいます。そこで提案しました。あなた達は以前から中央の文教委員会に申請が受理されているのだから、最良の手段はあなた達がいちど北京に足を運ぶこと。こうすれば、借款と脚本審査は文教委員会が決められるだろうから。という次第で、任・孫の二人は、北京に行きます。なんと、およそ十何日か後に、任宗徳が知らせてくれましたが、事はうまい具合に運び、資金は借りられ、脚本は中央宣伝部に送達されて、これまた問題なしといわれたので、このフィルムはすぐさま撮影が開始されて、一九五〇年上半期に頑張って出品できたわけでした。そしてわたしには出演者リストと趙丹のメーキャップ写真が送られてきました。事はこのように進みましたから、わたしとしては当然ながらかれらの撮影開始《クランクイン》の大吉を祝うことができたわけでした。

当時、わたしの仕事は忙しく、この映画がいつ撮影完了《クランクアップ》したかについてさえ、手が回りませんでしたが、フィルムが長くて、上下の二集に撮りわけられました。趙丹が感激して、たびたびわたしに、これは映画界入りして以来もっとも良く撮れた映画だと言いました。

映画はまず上海市委の宣伝部と文化局の審査に送られ、姚溱（市委宣伝部副部長）と于伶（市文化局副局長）はともにこれを崑崙の重点映画であり、国家の借款での撮影と知ってます、さらに華東局宣伝部と市委員会の共同審査を請求するにこしたことはありません。わたしが舒同に指示を請いますと、かれは馮定、匡亜明ら何人かの副部長もみな「真っ先に観て満足した」そうだよと、賛同してくれました。かくして試写の場所と時間を取り決めて、わたしが任宗徳に通知しました。華東局が機関として上映するわけですから、公司側は孫瑜、趙丹のほか、その他の関係人員はできるだけ少人数にしました。映画が長すぎるので、華東局と上海市委の責任者は暗くなると直ぐに集合しました。わたしが時間通りに着きますと、吃驚させられたことに、舒同（中共中央華東局宣伝部長）、馮定らがすでに来ているだけでなく、なんと饒漱石まで参加したのです。饒という人は表面的には融通が利かず、冗談も口にしませんし、さらに言えば文芸界との往来も少ないとあって、この夜のかれの「ご臨席」は、わたしにとって頗る意表を突かれるものでした。もちろん、もっと意外だったのは映画上映が終わると、それまで無表情だった饒漱石がにわかに満面の笑みをうかべて、起ちあがって孫瑜や趙丹と握手を交わし、しきりに「好《ハオ》、好《ハオ》」とかれらの成功を祝ったことでした。当時、かれの政治的地位は陳毅よりも高いとされており、華東局ではトップの人物、かれのこの態度表明は、事実上のお墨付きです。『武訓伝』は良い映画とされたのです。その夜の審査に加わった者は多くはなく、華東局のリーダー以外となると、姚溱、于伶、黄源、陸万美らだけでした。あのころは現在のような「口コミ情報」もないままに、でも崑崙公司の人たちを通して、このニュースはたちまち伝播しました。公開上映されるや、どの映画館も満員になり、上海、北京、そして各地の陶行知学派の教育工作者がまた新聞雑誌上でこのフィルムについて、たくさんの過大な評価を与えたものですから、これが党中央と毛沢東の注意を喚起したのでした。

この年の四月初め、上海市委に中央の通知がきて、劉暁（上海市委第二書記）とわたしにすぐに上京せよ、林伯渠*を団長とし、沈鈞儒を副団長とする中ソ友好代表団に参加する準備をし、ソビエト連邦に赴いて五一国際労動節《モスクワのメーデー》に参加せよとのことでした。これは建国後はじめての訪ソ代表団[4]です。団員は計二十五名、労働者、農民、部隊（抗米援朝志願軍の代表を加える）、青年、婦女など各方面の代表に、竺可楨*のような大科学者、欧陽予倩*のような演劇界の元老、譚惕吾*のような民主党派の人達です。わたしと劉暁および上海市の労働者代表陸阿狗*らは四月十日に北京につきます。劉暁はあらかじめこの代表団の秘書長に決まっていましたが、北京について間もなく、十五日だったと思うのですが、劉暁が急に林老に、全党が党風整頓をしようとしていて、上海ではかれが上海に留まってこの工作を執行処理しなくてはならなくなったと報告します。そこでお二人の正副団長は、わたしを秘書長に当てました（代表団内にはなお党の臨時組織もあり、これまた林老がわたしを党組織の書記に指名しました）。これは思いもよらない事態で、また非常に煩雑かつ重要な任務でした。まずこれは建国後はじめての訪ソ民間代

ソ連訪問中の夏衍（1951年）。プーシキン市にて（上）、レニングラード広場にて（下）。前掲書『夏衍』より。

表団であり、ほとんどの人がはじめての出国とあって、対外交渉経験がないことでした。二番目に代表団それぞれの出身が五湖四海《つつうらうら》からで、国内外に知名の人達もたくさんおります、またはじめて寄り集まっての出国訪問とあって、内向き・外向きの団結の問題があり、そしてまた内外別有り《ちがうあつかい》の問題もありました。加えてお二人の団長はともに高齢の年長者ですから、代表団内外の具体的な工作を担当されることはできませんから、わたしはこの立場に配属されて、まことに力不足でした。わたしは無党無派の科学者袁翰青*を見つけだして副秘書長に据え、日常工作を手伝ってもらいました。この代表団は四月十二日に北京に集合し、十六日に汽車に乗り、シベリア経由でモスクワに向かいました。ソ連で十日間の訪問をしてますと、つづいて中央からの電信での通達があり、沈鈞儒を団長に、わたしを副団長にした中国ドイツ友好代表団を組織して、新たに成立した民主ドイツ国を訪問せよといいます。かくして四月中旬からその年の六月まで、わたしはずっと国外でした。『人民日報』が『武訓伝』を批判したことは、ドイツ国から帰国の途次にモスクワを経由したとき、当時の駐ソ連大使館で文化参事官をしていた戈宝権*が伝えてくれたのですが、具体的な日にちは思い出せません。北京に戻ったのは、もう六月も下旬でした、はっきり覚えていますが、北京に戻った次の日、わたしが「海

中国ドイツ友好代表団で東ドイツへ（1951年）。前掲書『夏衍』より。

外出張総括」づくりに頭を埋めていますと、周揚から電話が掛かり、面談したいことあり、かれの家まで出て来いといいます。顔を合わせると、挨拶抜き、ソ連訪問の情況も聞こうとしません。最初の言葉が毛主席による『武訓伝』批判のこと、知ってますか？　でした。わたしは、帰国の途次、戈宝権のところで『人民日報』の文章を読んだが、具体的な情況は把握できていない、いまちょうど海外出張総括を急いで書いており、まだその情況を考慮するところまで来ていない、と答えます。周揚がことばを続けました、総括の類いのことは誰かにやらせ、きみはできるだけ急いで上海に戻り、『武訓伝』問題についての総括点検を書くことだ。これは意外でしたから、『武訓伝』を撮ったことに、わたしは関わってないと申しました。まず、崑崙公司がこのフィルムを撮りたいといったが、わたしは賛同しないで、孫瑜に「武訓は訓とするに足りない」と伝えた話をしました。脚本は後に中宣部で通過したが、このフィルムに対して上海文化局は資金援助していない、借款は政務院文化教育委員会が給付したものだ。というわけで、わたしが総括点検する必要はないだろう、と。わたしと周揚は以前から熟知の仲です、かれがいま中央宣伝部で文芸を管掌する常務副部長で、直接の上司であるにもかかわらず、わたしはなお敢えて意地を張りました。感情がやや激したのですが、周揚のほうはかえってとても冷静です。かれはいいます、

「問題の重要性を理解しないといけない。『人民日報』のあの文章は、毛主席自身が二度にわたって手を入れているし、要約文《リードのダイジェスト》もあの人が書いたものだ。だから僕は自己批判したし、周総理に

しても事前にこのフィルムのもつ反動性に考慮しなかったことで一再ならず自分にも責任があると表明してる。さらに言うとこの映画は上海で撮った、君は上海文芸界の指導者《リーダー》……だよ、僕はきちんと話しておく、周総理が厳粛に言ってるよ。きみ、もうすこし考えろよ、『武訓伝』のほかにも、いくつか別の問題もあり、[5]中央の指導者は不満をもってるよ。」

こう言われて、問題がはっきりしました、わたしは「団結を言うだけで、改造を言わない」という問題を思いだし、「文芸はプチ・ブル階級に奉仕してよいかどうか」の問題などを思いだし、そこでいいました、

「わかった、明日、海外出張総括を書きあげ、明後日には上海に戻ろう。」

この時、周揚はようやく笑顔を見せ、そうしてくれれば上乗、今われわれは政治を執行する党になったから、党員は——とくに古参の党員としては責任を負う勇気が求められ、自己批判を書くことを求められる、それというのも、きみが華東と上海の文芸界のリーダーだからね、というのでした。

宿舎に戻り、人に頼んで明後日の上海へ戻る乗車券（当時まだ定期航空便就航ダイヤなし）を購入し、同時にまた恩来同志の辨公室に電話を入れ、本来なら訪ソ・訪独の総括報告をするつもりだったが、用務で上海に戻らなければならず、書面にてお読みいただくしかありませんと申しあげた。思いがけない

ことに、次の日の午後に荷物を整理して、汽車駅に赴く準備をしていたとき、恩来同志が自分で電話を掛けてきて、この日のうちに西華庁〔6〕にきて、総括報告以外にも、わたしといろいろ話したいというのです。わたしは、一時間後に汽車で上海へ帰りたいので、電話でご指示いただくしかない、と申しあげるしかありません。総理は少し躊躇ってから、いわれました。

「『武訓伝』についてのことは、すでに私から電話で于伶に伝えてあります、あなたは上海に戻ったら、孫瑜と趙丹を見つけて相談し、『人民日報』の主要目的は新解放区の知識份子が真剣に学習すること、思想水準を高めることを希望するものだと話してほしい。この一件は『武訓伝』から始まったといっても、中央は事柄と向きあっているのであって個人を調べているのではない、だからこれは思想問題ではあるが政治問題ではないから〔7〕、上海が闘争会や批判会をやる必要はありません。文化局が文化界、映画界の人士を集めて一、二度くらい座談会をやるのは結構だが、道理を説くことです、人を叩いちゃいけない。孫瑜や趙丹があれこれと自己点検するのはもちろん宜しいが、かれらに無理強いする自己総括はいけません。」

最後にわたしに適当なおりにかれの意向を饒漱石と舒同に話しておくようにとのことでした。この電話が私を落ちつかせました。わたしは総理に返事しました。

「この一件は上海で発生してますので、わたしが主たる責任を負うべきと思います。戻りましてから公の場で自己批判いたしますし、更にわたしの上海での指導工作について点検総括をするつもりです。」

総理は、事を調べて人を調べるな、孫・趙らに落ちついて、引きつづき撮影、演技に精出すようにと重ねて言われました。

上海に戻ったわたしは、まず饒漱石と舒同に報告（このとき陳毅は南京でした）しますと、饒漱石は無表情でして、かれの『武訓伝』についての見方も言わず、ただわたしが公の場で自己批判し、文書にして点検総括するつもりですというと、頷きながら同意されたようでした。

わたしはまず上海文化局で文化界の百人あまりを集めた集会で『武訓伝』問題について点検討議し、またこの時の発言を整理して文章化し、周揚に送りました、これがつまり『人民日報』一九五一年八月二十六日付けで発表した『「武訓伝」への批判からわたしの上海文化芸術界での工作を点検する』[8]です。この文章が発表される前夕、周揚が電話を掛けてきて、この文章は毛主席にとどけて見ていただいた、主席はさらに自分の手で修正し、ある段落はご自分で書かれたという。併せて、毛主席は読んでから自分（周揚）に、「点検総括されているから好かろう」と口にされたから、きみは「厄介な重荷を下ろして、手をゆるめていい。

わたしにしてみれば、このことは大した問題ではなく、陳毅は南京から上海に戻ってからわたしを呼んで話したのですが、その場には市教育局長の戴白韜が同席しました（かれは『武訓伝』を褒める文章を書いて、これまた批判され、公開で自己総括してます）。陳毅がいいました。

「これは思想問題であって、政治問題ではないから、きみらそんなに緊張することはない。もとより違う意見があるなら各自が文章にして検討しあえばそれでいい。現在、『人民日報』が社説を載せ、文化部が通知を出した（文化部電影局五月二十三日付け通達[9]）ので、これが文化、教育界に、とくに留用人員にある種の圧力を造成した、そういうことだからきみ等も、限度を把握して、小型の座談会を開きなさい、大きな集会は要らない、ましてや群衆運動〔大衆参加型の政治運動、キャンペーン〕をやってはいけない。きみら、これは陳毅の意見だ、つまり上海市委員会の決定だと、はっきりいって宜しい。」

こういうわけで、上海では二度ほど映画界で百人規模の集会を開いただけで、基本的にキャンペーンはやりませんでした。当然ながら、『武訓伝』批判の映画界に対する、インテリ份子に対する風当たりは大きいものがありました。一九五〇年と一九五一年の劇映画の全国年間生産量は二十五、六本あったのに、一九五二年には俄かに二本にまで減りました。劇作家が書こうとせず、製作所長は決断を下さず、文化界には功績を求めず大過なきを希むという風潮ができていきました。当時わたしに、映画を撮るのは厄介ごとを捜すこと、撮らなきゃ平穏無事なのに、などと冗談を言う人さえありました。「大鍋飯《おなじかまのめし》」

〔機械的平均主義による悪平等〕、「鉄飯椀《われないおわん》」〔親方日の丸〕の悪い癖が、この頃すでに見てとれました。

ここで、私どもが永遠に忘れることのできないのは、周恩来同志がこの事件について示された広い胸襟と責任を果たす態度でした。ここまでにすでに話してきた孫瑜と趙丹に対する思いやりのほかにも、一九五二年三月に、上海に工作の視察に来られて、一万人大集会で報告されたとき、『武訓伝』問題を持ちだされて、こう話したのです。

「一九四九年七月の第一回文代会[10]のとき、孫瑜が『武訓伝』の撮影構想を持ちだして、武訓という人の出身階級の問題を口にはしたが、制止はしなかった。後になって映画を観た〔劉少奇と一緒に観たが〕、問題点は見つけなかったから、これについては私に責任があります。」

同時にこうも言いました、

「孫瑜と趙丹はいずれも優秀な映画工作者です、解放前の困難な時期に、一貫して党の指導のもとで工作しているから、これは単に思想意識の問題で、絶対に個人の政治責任を追及してはならない。」

『武訓伝』事件が党中央と毛沢東を騒がせたわけ、これは江青の介入がかかわりありです。孫瑜、鄭君里、趙丹といったような人たちは三〇年代にいずれも上海の映画、演劇界で仕事していて、江青のあの一時期の歴史――これは江青の逃れきれない心の悩みです――を知ってます。くわえて趙丹、鄭君里らはいずれも自由主義者ですから、自由闊達に話をし、あまり遠慮なく彼女の過去の秘密を洩らしてしまうこともあり、そこで『武訓伝』がこうした古い仲間を痛めつけるきっかけになったのでした。今回の事件で孫瑜と趙丹は周恩来の保護があって「息の根を止める」ことはありませんでしたが、江青はかれらに対して決して諦めませんでした。「文革」〔文化大革命〕が始まると、上海で真っ先にその災難に遭ったには映画界、つまり鄭君里と趙丹でした。これらの具体的な情況は、一九八一年の特別法廷[11]が江青を審判したとき、黄晨*（鄭君里*夫人）が詳しく暴いておりますし、当時の新聞雑誌類も掲載してるので、詳述しません。

上海解放から一九五五年七月に北京に転出するまで、上海では六年間はたらき、華東局と市委員会で、わたしはいずれも宣伝、文化教育を分掌しました。ですからもっとも多く接触したのは知識份子《インテリゲンチャ》で、わたしがもっとも感動させられたのも中国のインテリ份子なのです。後にわたしがもっとも非道く攻撃されたのも、わたしのインテリ份子に対する態度の問題でした。わたしは青年時代に日本に行き、解放後にはインド、ミャンマー、東南アジア、東ヨーロッパとキューバに行き、身を以て経験していますが、現在に至るまでなお、世界じゅうでもっとも国を愛し、もっとも共産党を支持しているのが中国のインテリ份子だと知っています。インテリ份子はおのれの民族を愛し、おのれの祖国を愛す、これは世界じゅうどこでも普遍的ですが、中国のインテリ份子のように真心から中国共産党を支持する、これはまことに尋常なことではないのです。はっきりと覚えていますが、一九五一年にドイツ民主共和国を訪問したとき、当時の大統領ピークがわたしを単独接見して、こう言いました、「ドイツには最も優秀な思想家や芸術家がいるのに、現在かれらは共産党を理解できてないものだから、そこで多くの作家や俳優がいまなお西欧やアメリカに留まっている」のだと。かれは心から彼らが早く祖国に戻るよう希望していました。わたしは五〇年代に二度、チェコへ行きましたが[12]、情況はドイツとほとんど同じでした。チェコスロバキア人も自分らの民族を熱愛し、みずから誇りにしているのですが、集会とか単独会見となると、政治を語ることは少なく、あえて当時の政権政党に話が及ぶことは稀なのでした。東欧でも、それぞれの国に党がリードする文化部門がありながら、多くの作家や芸術家がいずれも政治に関心がありません。ルーマニアでは、お一人のかつて中国の大学で学んだ文芸評論家が公的な席でわたしに言ったことですが、「作家の任務は著述すること、著述しないで役人になると、その人は自己の名誉

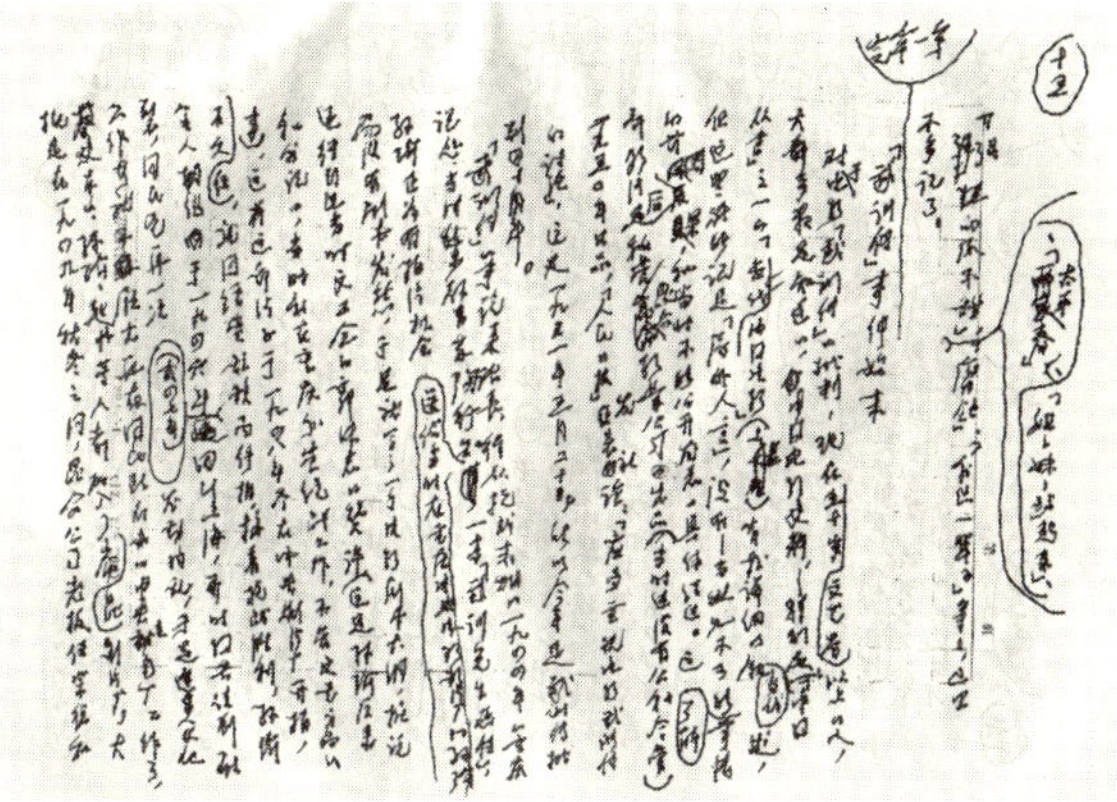

「武訓伝事件始末」夏衍手稿

と地位を失ないます」、と。このこと全部が中国とはまるで違います。十月革命の後、ロシアのブーニン[13]や小トルストイ[14]のような大作家や、俳優らが西欧やアメリカへはしり、ゴーリキーでさえも国外で十年ぶらついています。でも中国はというと、一九四九年に新中国が成立してから、文芸工作者の「海外流出」がないばかりでなく、当時ちょうどアメリカで講義していた老舎や曹禺までもが、解放されたばかりの祖国へ急ぎ舞い戻っています。当然ながら、これは文芸界にとどまらず、科学者もそのようでした。アメリカ人に引き止められた大科学者の銭学森*は、艱難な闘いをした挙げ句に、祖国に帰ってきたじゃありませんか。上海が解放された初期、わたしは数多くの国内海外で声望の高いエキスパートやら学者、たとえば呉有訓、周予同、徐森玉、傅雷*、銭鍾書*、茅以升、馮徳培、それから梅蘭芳、周信芳、袁雪芬などなどと付き合いましたが、国民党による取り込みを拒み、台湾に行かず、かたく持ち場を守るばかりか、なおかつ誠心誠意で共産党の指導を支持してくれました。

ここまで書いてきて、いささか感慨あるを免れません。中国のインテリ份子は、このように心を込めて中国共産党を擁護し、支持してきたのですが、この四十何年あまり、中国のインテリ份子の境遇ときたら、またなんということだったでしょうか。だれもが知っているとおり、一九五七年の反右派、一九五九年の反右傾、抜白旗[15]、一九六四年の文化部整風、それに「史上空前」の文化大革命で、真っ先に災難に遭ったのはインテリ份子でした。この問題を、わたしは長いこと考えてきたのですが、でも筋道だった無理のない解答を捜しあてていません、これは民族の悲劇というしかありません。

一九九一年秋、北京にて。

（原載：一九九四年七月「文匯電影時報」、転載：「文匯報」「作家文摘」）

訳注

〔1〕コトの経緯を、孫瑜監督の自伝『銀海泛舟』、中共中央文献研究室編の『周恩来年譜』と『毛沢東年譜』によって辿っておく。戦中から戦後にまたがる歳月と、当時としては想像を超える経済負担を強いられてようやく撮りおえようというとき、映画を上・下二本興行にしたいと、経営側がいかにも経営者らしいソロバンを弾いて、孫瑜は泣く泣くストーリーの「水増し」に同意する。背に腹はかえられない。映画関係者とマスコミ報道陣を招いての前宣伝もそこそこに、一九五一年二月、南京、上海での公開となった。映画の評判も上々、孫瑜はプリントを携えて中南海での試写に出向く。携えたプリントは孫瑜じしんがカットして三時間に編輯し直したフィルムであった。二月二十六日夜、試写の席には百余名が参集し、周恩来、胡喬木がいた。周恩来は「張挙人の手下のチンピラたちがここぞと武訓を殴る、あの残酷なシーンが長すぎるかな」と感想を言う。離れた席からやって来た朱徳はニコニコと「教育意義ありだね」といって握手を求めた。胡喬木は意見を述べず。当夜、顔を見せなかった毛沢東と江青には、後日、フィルムを届けて看てもらったと中映の責任者から報告があった（そのとき主席は席を立たず「もう一度、観せてくれ」といったとか、「これは改良主義だ、批判せねば」といったとか、改良主義だと喚いたのは江青で、主席は「言葉を発しなかった」とか、ウイトケの江青インタビューを含めて裏話がある。毛沢東と江青おふたりの不機嫌はたしかだったとしても、いまは前述三著だけにしぼる——阿部）。ひと月後の三月二十四日、周恩来は「沈雁冰（茅盾）、陸定一、胡喬木らを招集して映画工作を

強化することで会議を開き」、「『武訓伝』批判については、とりあえずこの映画の脚色・監督をした孫瑜とじっくり話してみることだ」が、当面の映画批評の標準は「政治面に重きをおいて、目下のところは芸術性を強調しすぎないほうがいい」とした。この一ヶ月の間に武訓映画の人気に批判的な何かが発生したらしいと容易に想像できる記載である。時を同じくして国家の命運を左右する朝鮮戦争の推移などにかかわる緊張感が、たしかに影響していたらしい。毛沢東主席が『人民日報』の「武訓伝批判」を載せるのは五月二十日だが、前日の毛沢東年譜は胡喬木の下書きが届けてあったことを含めて、きっちりと書く――「胡喬木が下書きした『なぜ「武訓伝」の討論を重視するか』を修訂し、またタイトルを『映画「武訓伝」についての討論を重視すべきである』と改める。毛沢東は文章について大幅に修訂し、書き直し、また加筆したいくつかの段落の文字がこの文章の主体を構成した」(以下、略)。胡喬木の手になる下書きは未見だが、映画を賞讃する文章四十数本が幅をきかすなか、「訓とするに足りない武訓」と声をあげた賈霽、楊耳ら急進批判派の意見が中央の是認するところとなり、空前の大規模な政治キャンペーンが展開されていく。李進(江青)による現地調査報告『武訓歴史調査記』には毛沢東の手で「なんども修訂の手を加え、加筆と書き直しは二千七百余文字におよんだ」し、かれ武訓は、流氓と地主と官僚の三結合のなかで際だって活躍した……などとする加筆が年譜に明記されている。

＊ついでに、『武訓伝』批判についての、日本における「理解」にふれておきたい。太平天国の頃に実在した「教育界の義人」を主人公にしたこの映画に、新中国では毀誉褒貶かまびすしく、作家の歴史認識が問われ、毛沢東の批判発言から、この思想闘争は大きく政治問題化して、新中国の指導理念論争へと拡がった。参考文献は多々あるが、日本における問題理解のために挙げるとすれば、刈間文俊の「中国映画の歩み〈一九五一―一九六四〉」が程よく纏めている。『FC』(中国映画の回顧)八八号に所収、一九八七年一〇月発行。

〔2〕『武訓先生画伝』　もっとも早い版本は一九三八年といわれる。段承澤編纂／孫之俊絵、重慶生活教育社版は武訓先生の教育を信奉していた陶行知が跋を書き、一九四四年刊行。今日では学苑出版版の『武勲画伝合集』で全貌が看られる。二〇一二年六月刊。

〔3〕重慶の「文化工作委員会」　抗日戦期の臨時首都重慶で文芸文化政策と振興の総元締めになったのは、政治部第三庁で、主任は郭沫若。陽翰笙が補佐した。国共合作の名の下に実質的には共産党系の進歩派が民心を集めて領導した。これに懲りた政府は抗戦後期、第三庁を解体して格下げし、権限を縮小した文化委員会としたが、郭・陽コンビはいっそう良心を集中して国統区（蔣管区）の文芸作興に努力し、実績を上げたというのが、定説である。「郭沫若に褒められた……」云々は、沫若が『武訓画伝』の題簽を揮毫し、かつ題詞を贈ったことを指すと思われる。題詞に言う、「万人の血を吮っては自己を肥らせる旧社会にあって、武訓の出現は奇跡である。かれは貧苦の出身故に、教育の重要なるを知り、物乞い・銭集めまでして学を興し、人のため己を棄てるは、とても得難きことである。しかしそのようにしても問題は解決しない。奇跡として珍しがる分にはよいが、新民主主義の社会にあっては、二度とこのような奇跡が出現することはありえない」。

〔4〕はじめての訪ソ代表団　新中国を構成する各界各層を代表するモスクワ労働節参加代表団は二十五名、林伯渠団長、沈鈞儒副団長、夏衍秘書長、以下はそのリスト。一九五一年四月十六日の夜に四百名の見送りのなか、北京を出発、シベリア鉄道でモスクワ入りは二十六日という長旅。役目を果たして五月下旬に帰国の途につく。リストのなかの三角印（△）十二名は引き続き訪独代表団として七〇日間の旅を続け、七月五日に北京に戻った。代表団名単は、夏衍のソビエト紀行ノート『蘇行雑記』をもとに作成する――林伯渠、△沈鈞儒*、△夏衍、△袁翰青*、蔣燕*、陸阿狗*、欧陽予倩*、△呉淑琴*、△譚惕吾*、潘徳楓*、王有根*、△*姜万寿、△竺可楨、△*何双進、楊蘊玉*、孫建晨*、劉群*、△曹日昌*、△劉蔭福*、△胡楠卿*、

王之相*、銭俊瑞、朱明*（林伯渠夫人）、荘棟*、△沈謙*（沈鈞儒の息）。

〔5〕「……ほかにも、いくつか別の問題もあり」中央（北京の指導部）の目の届かない上海で、夏衍は個人の自由を容認し、プチ・ブル（小資産階級）思想を氾濫させていると名指しの「夏衍批判」は、『文芸報』の内部刊行物（内部用の参考消息）が流した消息。前章『新たな跋渉』の映画製作にかわる「白開水《さゆ》」問題の項などに詳しい。内容はともかく当時つまり建国当初の北京（中央）文芸界は、三〇年代の「左翼作家連盟」の時から夏衍とタッグを組む周揚（文化部副部長兼党書記、兼中宣部文芸処長）が少し権力を殺がれ、文芸界の工作は胡喬木（毛沢東秘書兼中央宣伝部副部長）が事実上すべてを取り仕切り、業務を丁玲（中国文聯副書記、『文芸報』主編）と組んで執行していた。そうした力関係が「書生っぽ」夏衍に味方しなかったということか。

〔6〕「西華庁」（正しくは西花庁）は中南海の周総理の執務室と周恩来、鄧穎超夫妻の居室がある建物。「農村が都市を包囲する」中国革命の転換点で、中共中央は河北西柏坡から北京郊外の香山に拠点を移すが、とくに多忙な周恩来は北京の交通至便の地に事務所を開設する必要に迫られ、まずは、豊澤園に、ついで西花庁に移り住んだ次第という。因みに故宮の西に位置する「中南海」は人造湖で、中共中央と国務院、つまり政権の中枢が所在するところ。後に、毛沢東は豊澤園の菊香書屋を住まいとし、劉少奇の住まいはその昔、西太后が居た福禄居であった。

〔7〕「思想問題と政治問題」人の物の見方、思想認識は教育を通して変革・深化させられる。そういう思想（思考様式、考え方）問題をその人の政治的立場の問題にすり替えて、批判攻撃しないことが大切だと言うこと。後にでてくる周恩来のことばがわかりやすい。「単なる思想意識の問題で、絶対に個人の政治責任を追及してはならない」。

〔8〕映画『武訓伝』についての夏衍の自己批判つまりは「夏衍の詫び状」の全文（五千六百字）は、本

書の巻末に掲載する（本書、一五七頁）。なおこれに先立ち『人民日報』八月八日には周揚の（つまりは中国文連および文化部としての）反省文めいた文章「反人民・反歴史的な思想と反現実主義の芸術／映画『武訓伝』批判」が載った。事態の幕引きを図る周揚と夏衍の、阿吽の連繋でもあろうが、つぎに要約する。——「武訓はけっして歴史上の重要人物なんかではない、この男は反動的封建統治者のなかの種々雑多な下司《げす》な手先の一人に過ぎない、ただこの男はそのなかでもわりに特殊な、特別に虚偽性と欺瞞性を帯びた下司な手先である。映画『武訓伝』は歴史としての偽造と芸術面での誇張の手法で、かれをひとりの革命人物、民族英雄として描きあげてしまった。かくして封建僵尸《キョンシー》が革命の衣裳をまとって大手を振って人民の行列に割りこみ、人民のなかに毒素を撒き散らすことになったのだ。」

推察するに周揚がまず夏衍の反省文を読み、大方の流れを理解して中央としての対応（武訓伝批判の展開）に目処《めど》をつけ、同時に問題提起した張本人である毛沢東に「夏衍の詫び状」への請訓をもとめ、発表する文章に毛主席によるアカ（加筆）が入り、『人民日報』への掲載許可が下りた。その手順を踏んだ様子が伝わってくる、かなり生々しい記述である。

〔9〕「文化部の通達」《関于電影従業員応積極参加〈武訓伝〉討論的通知》は次の課題について積極的な討論をうながした。武訓という歴史上の人物について正しい知識を持つこと／映画『武訓伝』のほんとうの間違いの所在をはっきりさせること／個人じしんの考え方と結びつけて誤った混乱した考え方を排除し、人民革命についての正しい認識を樹立すること。これが愛国主義教育だと指示した。ついでにいえば、三日後の二十六日付『人民日報』は孫瑜監督の短い自己総括文を掲載し、キャンペーンの方向が固まった。武訓は「大地主」で「大高利貸」で「大ごろつき」という三つの帽子を被せられることになった。

〔10〕中華全国文学芸術工作者第一次代表大会、七月二日から十八日間、北京で開催。

〔11〕「文化大革命」を主導した江青ら「四人組」は毛沢東の死後、逮捕され、五年後の一九八〇年から八一年にかけて「江青反革命集団」として特別法廷で審判された。四人組は江青（党政治局員）、張春橋（党政治局常務委員）、王洪文（党副主席）、姚文元（党政治局員）。

〔12〕夏衍は一九五八年に中国チェコスロバキア友好協会長。副会長は許広平、総幹事が司徒慧敏。沈芸「夏衍生平年表」によれば一九六〇年六月にチェコ訪問、体育祭参加とある。もう一回が不詳だが、その前年、出版代表団を率いて東ドイツ、引き続き映画代表団を連れてモスクワの映画祭開幕式に参加しているから、途次、プラハを通過したことは考え得る。

〔13〕ブーニン、イワン・アレクセーヴィッチ　一八七〇―一九五三。リアリズム作家、一九一七年のボルシェヴィキ革命を認めずフランスに亡命、帰国せず。チェーホフに私淑する短篇小説が佳品。一九三三年にノーベル文学賞。

〔14〕アレクセイ・ニコラエヴィッチ・トルストイ　一八八三―一九四五。ロシア革命には白軍に加わり、のちパリに亡命するが、革命を容認するようになって帰国。知識人が革命を受け入れていく苦悩の過程を長篇『苦悩の中を行く』にまとめた。

〔15〕「反右傾、抜白旗」　反右派闘争につづく知識人再教育キャンペーンで、「大躍進」の後に始まった。まずは一九五八年夏の頃、知識人に「黒旗を引っこ抜き、赤旗を挿させよ」という号令が掛かる。この黒旗が白旗に訂正され、「反右傾、抜白旗」となった。プチ・ブル知識人が標的にされ、文教部門が重大災害地区（意訳すれば、どうしようもなく悪質文士の巣喰うエリア）と目された。その名誉回復は、一九六二年になった。

映画『武訓伝』解題

モノクロ、劇映画、上下集、崑崙映画、一九五〇年撮影。

【あらすじ】武訓、五歳で父を亡くし、母に連れられ物乞いしてその日暮らし。／七歳の時、貯めた二百文の銅銭をさしだして私塾の老師に勉学したいと願いでるが、乞食との同席をこころよしとしない金持ちの子弟らに学堂を逐われる。ついで母を亡くした武訓は伯母に連れられて暮らす。／十七歳の時、資産家の張挙人の家で作男になるが、さまざまの言われなき威圧にさらされるが、幸いなことに張家で車夫をする周大と下女の小桃を知り、かれらが面倒見てくれた。武訓は小桃が字を知らないばかりに欺され売られてこうなったと知り、いちだんと痛切に、貧乏人が字を知らない不幸を感じるのだった。／作男として何年も辛抱した武訓だったが、伯母の病気が重くなり、張挙人にこれまでの労賃を欲しいとねがいでた。張挙人は武訓が文盲であるのをいいことに、ニセの帳簿をこしらえて言い逃れ、武訓はびた

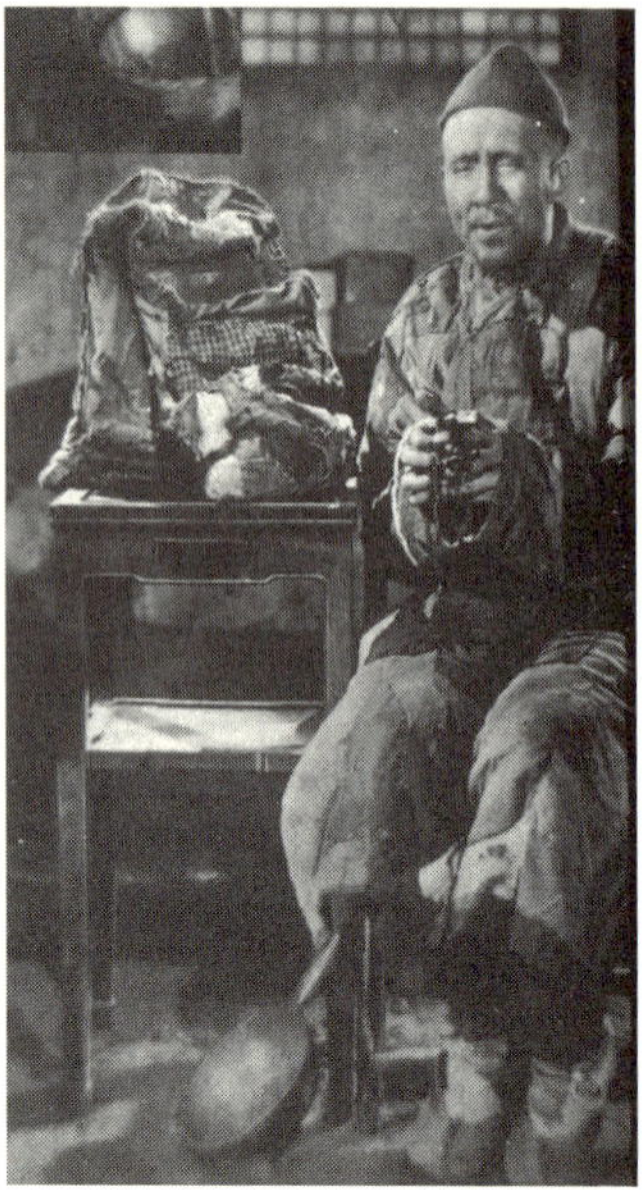

孫瑜監督『武訓伝』(1950年)。前掲書『中国電影図誌』より。

一文も手にできないばかりか、用人の張熊に殴られる始末。周大の義憤はおさまらず、張熊をこっぴどく殴りつけ、武訓を助けだし荒れ寺に避難させる。おかげで周大は牢獄入り。張家では四奶奶が小桃を肉屋の曹デブに売り飛ばす算段である。それと知った小桃は逃げだして荒れ寺で武訓と善後策を相談する。でも武訓の行動は気違いじみていて、義塾〔学費を徴収しない学校〕をやりたいとただ夢中で、小桃は言いだしかねた。このとき張熊が荒れ寺にやってきて小桃を引っ捕らえ、さらに彼女を救おうとする武訓を殴りつけた。この夜、小桃は絶望のうちに恨みを飲んで自害する。／なんとしても義塾を創設したい武訓は、流しの芸人になり、アホ・狂気の振りをする屈辱の暮らしを開始した。時ならずして、周大は脱獄に成功し、農民義軍の群れに投じ、武訓にしきりに同行をすすめる。武訓はなかなか同意できない。／十年後、武訓は百二十吊《ティアオ》（穴あき銭千文が一吊）の銅銭を貯え、地保の高春山のところに預け入れた。高春山は劉四に指図して保証書を盗みださせて、全額を騙し取った。武訓はこうした打撃にあいながら、初志を変えようとしない。／二十年後、武訓は学校用の田地を買い置き、また六千串《チュアン》あまりの銅銭を積み立てていた。義塾をやりたいとの大望のため、かれは楊進士の門前で三日間も跪いた。

郷紳の郭芬は武訓の熱意に感動し、楊進士に情を説き、ついに義塾が成立した。／ある日、武訓は道で周大に遭う。周大はむしろ旗幟鮮明に闘うこと、悪を徹底的に除去すべしと主張し、さらに武訓に軽々に人を信じて騙されるなと切々と覚醒を促した。それでも武訓は貧乏人はひたすら読書識字に努めてこそペテン・欺瞞から難を避けられるし、ただ力ずくでたたかうだけでは、この世から悪人を排除することはできない、と考えていた。／またある日、武訓は義塾内で学生が勉学するのは官途に就くためであり野良仕事は嫌いだとする議論を発表するのを聞き、ひどく吃驚《びっくり》し心を痛めた。／郭知県と張撫台は義塾を利用して手柄を横取りしようと図り、皇帝さまに武訓のために恩賞を下賜するよう奏上した。満清皇帝はちょうど民心を買収したい時期とあって、武訓のための恩賞として牌坊《とりいもん》の建立を許し、黄色馬褂《はおり》を賜った。だがこうしたことすべてが、武訓が義塾を創設した初志とかかわりなく、かれの疑心は解けないまま苦痛の深淵に落ち込んでいった。／黄色い馬褂が授与される晴れの儀式の最中に、武訓はアホ・狂気を装って、地面を転げまわる。このとき、周大が農民の義軍を率いて、張挙人の家を焼き討ちし、張挙人はその場で落命する。満清の役人どもは消息を耳にして逃げ散った。愚弄されペテン・欺瞞に引っかかった武訓は深い悲憤のなか、黄色い馬褂を引き摺って義塾にもどり、子ども達を前に懇切丁寧に、大きくなった成人しても「自分が野良仕事する人だということを忘れるな」と言い聞かせるのだった。やがて黄色い馬褂を脱ぎ捨て、独り寂しげに去っていった。／そのとき、周大は一隊の義軍を率いて大地を駆けめぐり、黄塵のなかで見え隠れするのだった。

（『中国電影大辞典』上海辞書出版社、一九九五年一〇月）

『武訓伝』の脚色と監督について

孫瑜

『武訓伝』は解放前、ずっと以前の一九四四年の夏に編纂執筆した歴史伝記の映画シナリオである。陶行知先生が重慶の北温泉でわたしに『武訓画伝』をくださった。武訓は物乞いをして学校を興した故事にわたしは深く感動し、手直しして現在とほぼ同じ形の『武訓伝』映画シナリオに仕上げた。『武訓伝』を撮影したいという主観的願望を持ってから、なんと遙かに七年が過ぎ去り、映画フィルムは複雑にかさなる客観的環境の苦難・試練のなかで、完成した。

一九四八年の夏、『武訓伝』の野外シーン撮影班は北京で撮影のしごとを開始するが、その年の十一月、偽〔蔣介石政権〕国防部の中央制片廠が撮影を停止させた。一九四九年一月、上海の崑崙公司が『武訓伝』の撮影権と撮影済みフィルムの三分の一を買い取ったが、しばらくするうち、主要な俳優が何人かまた北京へ台湾へと散り散りになった。

上海解放戦争の前後、崑崙での撮影準備作業は手間取った。解放後に、シナリオは部分的に改訂が必要になった。解放前の反動政権による圧制下の、おびただしい口にしてはいけない対話とははっきりとは表現できなかった革命的行動を明らかにしたのである。

なぜなら、武訓のような物乞いしながら学校を興す人物の、悲劇的な反抗闘争方式は、解放されたばかりの中国の燃えさかる革命情緒のなかではなんとも積極性不足と見られ、『武訓伝』も一度は撮影停止も考慮され——、実際には経済、器材、場所といったさまざまな困難も加わって、一九四九年のまるまる一年間、『武訓伝』はまたもたしかに停頓してしまった。

一九五〇年が始まると、上海の文化当局と芸術界の同志たちがなんどもシナリオを討論し、『武訓伝』はやはり撮影する価値ありとした。

孫瑜。前掲書『中国電影図誌』より。

(一) 文化建設の高まりをむかえている。『武訓伝』は封建主義統治者による愚民政策の悪辣ぶりを曝きだしている。武訓というこの農民は、文化の必要性を認識し、苦労しながら貧しい子どものために教育を受ける権利をかちとった。解放された中国人民の大群衆は、自己じしんの人民政府に指導されながら、文盲を一掃し、教育を普及させている。観衆は武訓時代の人民の、文化教育への要求の困難ぶりを看て、いちだんと文化を学ぶことに力が入ればよい。

（二）封建の残滓を削りさって、土地改革政策に適応する。『武訓伝』は封建主義と地主・悪ボス反動勢力の残虐を描写する。武訓は階級の立場にしっかりと立ち、統治者に向かって一世一代の闘いをした。かれの建学は当時にあって貧乏人を解放できなかったし、かれのああした個人的で、苦行僧のような、どこでも跪いてしまう（これは武訓の限られた条件下でかれの能力の範囲内で採った闘争方式である）闘争方式は訓とするに足りないが、観衆はただ映画から人民のために奉仕する共産党の組織のもと、プロレタリア階級のただしい指導のもとで、はじめて封建主義は削りとれるし帝国主義は打倒できると見いだせればよい。

（三）忘我のサービス精神を歌い上げている。武訓の物乞い建学は旧社会制度のなかだからこそ生まれた奇跡であり、だからといって武訓その人がいわゆる奇人・聖人であったわけでは決してない。かれのこの階級に対する限りなき愛情が、かれを生涯かけて働かせ、艱難辛苦を甘受させ、忍耐強く／度重なる挫折に屈せず／貧しい子らのために義塾の建学経営をさせた。「鞠躬尽瘁《きくきゅうじんすい》、死して〔而〕後已《や》む」[1]、かれは甘んじて人民大衆に奉仕し、魯迅の名句にいう「首《こうべ》を俯《ふ》して甘んじて為る　孺子《じゅし》の牛」[2]となったのである。かれは中華民族の勤労・勇敢にして知性ある崇高な品性を典型的に表現した。かれがまたわが民族をこよなく愛し、民族の自信と誇らしさを高めたことを、大切にしたい。

『武訓伝』は一九五〇年二月に山東省の野外ロケ撮影で始まり、上海の二六大爆撃[3]を経、停電、電力供給の減少、疾病、器材、経済といった苦難・阻碍・遅延を経験しつつ、十月中に撮影所内の作業を完成させた。十二月にはさらにフィルム剪り繋ぎ室で恐怖の火災がおきたが、僥倖にも二百尺あまりの字幕と画面背景を焼失しただけで、『武訓伝』映画の災難多き悪運は終了した。
ある親友が以前、冗談交じりに『武訓伝』映画の撮影編纂の苦難のプロセスを武訓三十年の物乞いによる学校興しの苦難になぞらえた。さらにまた男同士の仲間たちが、「『武訓伝』を看ると涙が出てしまう」という。わたしはこう返事した。わたし自身が流す涙は君たちの誰よりも少ないはずがない。どうか武訓の忘我犠牲の業績に感動したなら、脚本・監督上の欠点を物惜しみせずに指摘してくだされ。

（原載『光明日報』一九五一年二月二十六日）

訳注

〔1〕「鞠躬尽瘁、死而後已」 出典は、三国時代、蜀の諸葛亮が劉備帝亡き後、あきらかに勝ち目のない北伐戦争に出陣するにあたって二代劉禅帝に奏上したとされる『後出師表《すいしのひょう》』で、決意のほどをつづった文章にある。「身心を労して国事に尽力いたします、一死もって国家に報いる所存です」くらいの意。

〔2〕「俯首甘為孺子牛」は魯迅が一九三二年に詠んだ『自嘲』詩の一句。『集外集』に所収。通常「横眉冷対千夫指、俯首甘為孺子牛」と一対にして引用される名句。「……それでもわたしは、たとえ千人の男から指弾されても、眉をあげて冷ややかに向かいあうだろう、若様のためなら、首を下げて甘んじて牛にもなろうぞ」。『春秋左氏伝』「襄公六年」に典故があるが、それ以上に毛沢東が『文芸講話』の締めくくりにこの詩句を引用して、「座右の銘」とせよと推奨して、風靡した。毛はいう、「千夫」とは敵、凶悪な敵、「孺子」はプロレタリア階級、人民大衆だ、と。

〔3〕二六大爆撃（原文：二六大轟炸） 国共内戦の最終段階で、中共空軍と舟山列島に拠を構える国民

政府の空軍が熾烈な制空権争奪戦を展開していた。とくに二月六日の空爆では、上海の経済封鎖を目論む国府軍機が上海に残存する国府特務の手引きで的確に攻撃し、楊樹浦発電廠の最大容量の蒸気タービン発電機の損傷が激しく、二十五万キロワットからわずか四千キロワットまで出力が落ちた。しかも発電所には修理能力が無く、製造元のスイスまで輸送する手段に苦心した。制海権はなく海路は駄目、やむなくソビエト・ロシア経由、オーストリア、チェコと繋いで往復一ヶ月余の時日を要した。「暗闇の上海」が出現したというエピソードであった。

夏衍の詫び状

『武訓伝』批判からわたしの上海文化芸術界での工作を点検する

夏衍

五月二十日の『人民日報』社説、およびつづいて展開された『武訓伝』映画に関する批判は、ヨーロッパから帰国したばかりのわたしに、「大喝一声」の作用がありました。これは音高らかな警鐘で、わたしに、長いあいだの自由主義的傾向と、杓子定規の仕事のしかたを気づかせてくれ、自分が『武訓伝』映画についてそれ相当の責任があるだけでなく、二年来の上海全体の文化芸術工作のなかでの多くの過ちと欠点についても、重大な責任を負わなければならないのだと悟りました。この原則的な思想闘争のなか、党の助けをかりて、自分の過ちと欠点について、改める機会を持てるならば、それこそ幸せです。

『武訓伝』映画は、武訓のような封建社会のなかでももっとも醜悪でもっとも反動的な劣等な人間を、革命の戦士として描き、褒めそやし、なんと革命的農民闘争の失敗を引き合いに出して褒めそやす、こういったわが国封建社会にある暗黒で、野卑で、醜悪なものを称賛することは、農民革命闘争を汚すものであり、紛れもなく反人民的であり、反愛国主義的でした。このフィルムはブルジョア階級の反動思想を懸命に宣伝し、改良主義によって革命に代替させ、「個人の奮闘」で群衆闘争に代替させ、野卑な投降主義をもってきて革命的英雄主義に代替させる。まさに『人民日報』の社説がいうように、これは根本的な性質を帯びており、「このような称賛を認め、あるいは許すということは、つまりは農民の革命闘争を誹謗し、中国の歴史を誹謗し、中国民族を誹謗する反動的な宣伝を認め、あるいは許すことであり、つまりは反動的な宣伝を正当な宣伝と認めることである」。このような反動的な映画が、上海で撮影制作され、上海で真っ先に上映され、上海の新聞雑誌に真っ先に大量に長々と賛美と称揚が加えられたのです。しかも、『人民日報』の社説が発表されてから、ずっと今日に至るも、上海の文化芸術界ではそれについての批判が、なお深まることなく、わたし達はこうした批判に対し明確で断固とした方針に欠けていました。――かかる過ちと欠点に対し、わたしは当然ながら責任を持って真剣に検討すべきです。なぜなら、まず、上海が解放されてすでに二年以上もの時間が経過しているのに、上海の文化芸術界は正確で厳粛なる指導思想に欠け、わたし達はマルクス・レーニン主義と、毛沢東思想を――とくに毛沢東同志の文化芸術方針の学習、ならびにプロレタリア階級思想によって上海の革命文芸工作者

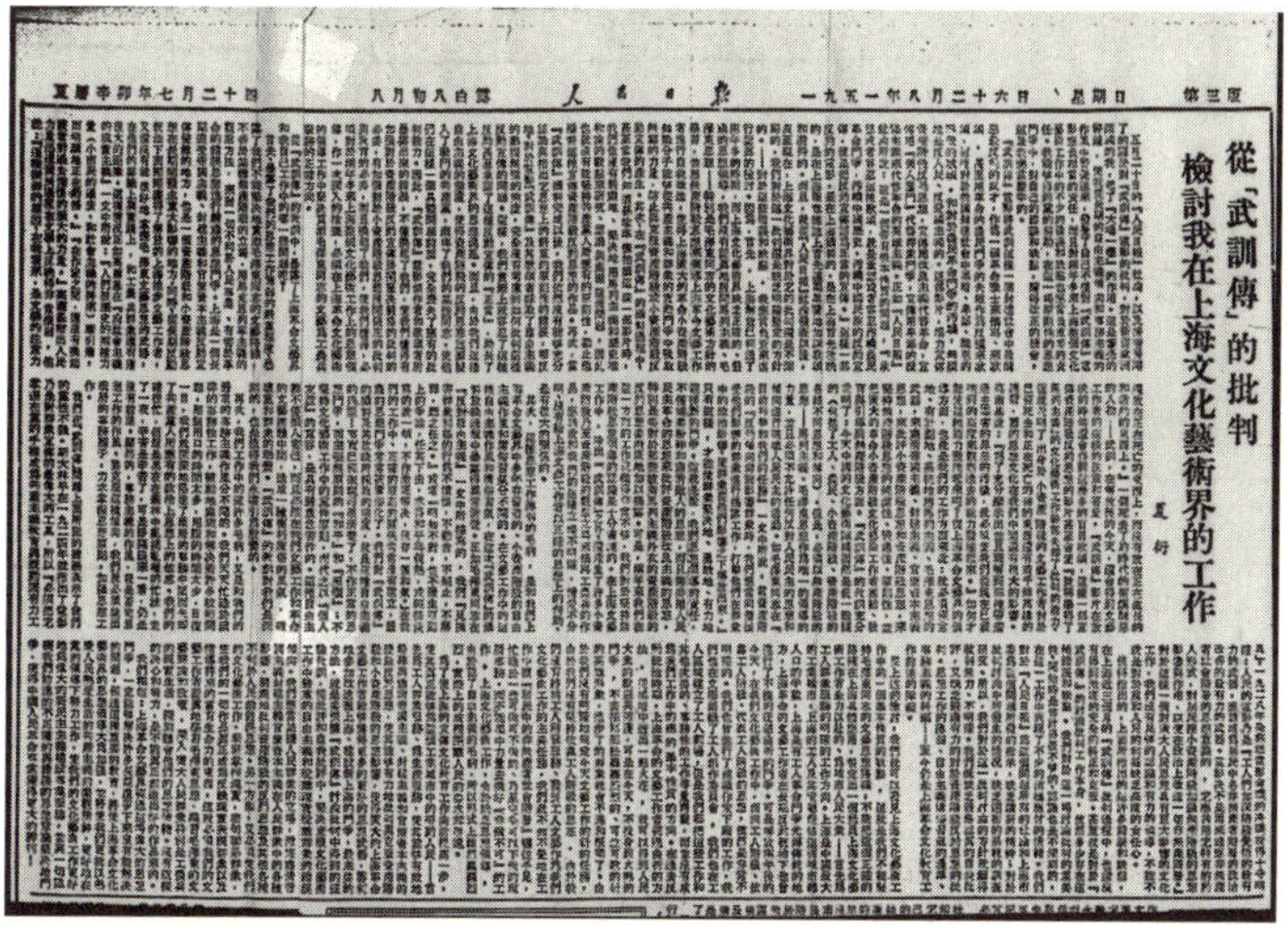
從「武訓傳」的批判
檢討我在上海文化藝術界的工作
夏衍

人民日報に掲載された「夏衍の詫び状」

を自己改造し、上海の広大な革命的な小ブルジョア階級のインテリ份子に共産主義と群衆の実際闘争から吸収した無窮のエネルギーによって、ブルジョア階級あるいは小ブルジョア階級による反動的な宣伝が生産されることを防止し克服することを、しっかりと展開することがありませんでした。

次に、『武訓伝』撮影制作の過程にあって、ひどいことにわたし達は孫瑜がこうしたフィルムを撮影しようと準備していることを知ったとき、わたし達はまたこの問題を厳粛に、断固としてマルクス・レーニン主義と唯物弁証法の観点から研究し、認識し、処理することをしなかったために、共産党人として本来持っていなければならない原則性を堅持して、彼がこのようなブルジョア階級の反動思想を宣伝する作品の撮影制作をするなと忠告できませんでした。更には、『武訓伝』の撮影制作が完成してからも、わたし達には依然としてそのものの思想上の厳重な原則的な過ちを十分に認識し、指摘することができず、かえって、映画『武訓伝』およびそれを賛美するものに対して、自由主義的な、知っていながら知らない振りをきめこみ、この反動宣伝の問題をどのように批判するかをまったく考慮しませんでした。こうして、わたし達は事実上、この種の反動を容認し、ついにはこの種の反動宣伝を「正当」だと承認してしまい、上海文化芸術界の思想混乱を助長したのです。しかも、わたし達のこういった自由主義的な態度が、ブルジョア階級の反動思想を次第に闘う共産党内に侵入させ、わたし達のさる同志たちを麻痺させ、彼らがこうした具体的な問題に当面して、本来あるべき判断力を完全に喪失させてしまいました。かくして『武訓伝』映画創作者と賛美者がさらけだした過ちは、わたし達がブルジョア階級の反動宣伝に対して断固厳格な批判を強化する必要があること、小ブルジョア階級の思想に対して厳正な批判と教育を強化する必要があることをわからせるべく、わたし達を奮い立たせただけでなく、二年以上にわたって上海での文化芸術工作上の思想領導にあたって、いちどしっかり検査すべきであること、上海の革命的文化芸術の指導工作のなかで断固として毛沢東同志の文芸は労農兵に服務するとの正確な方向性を貫徹すべきであることについて、わたし達を奮い立たせ、わたし達にわからせてくれました。

『武訓伝』の教訓から、上海の革命文芸界とわたし自身の工作のなかのどういった問題が暴かれたというのでしょうか。

まず、わたし達の思想工作の微弱ぶりがいかに深刻なものかが暴かれ、わたし達が毛沢東同志の文芸路線を断固として貫徹できなかったことが暴きだされ、プロレタリア階級の立場をしっかりさせ、マルクス・レーニン主義の観点方法を用いることに得意でなく、すべてに渉って人民の事業に不利となり、革命における誤った考え方に厳粛な思想闘争を仕掛ける上で害があったのです。上海は、長期にわたって帝国主義、封建主義、官僚資本主義の反動的な宣伝に浸蝕されてきたところであり、またブルジョア階級と小ブルジョア階級の考えかたが長期にわたって重大な影響を生んできた土地柄です。同時に、長期の反動統治下からようやく解放を勝ちとった上海の進歩的な文芸工作者は、なおまだ毛沢東の文芸思想という武器を十分には身につけておらず、かれらの認識と実践のうえで、労農兵群衆とのあいだで、なおはなはだ距離がありました。こうした情況はまさにゴーリキーが『社会主義リアリズムについて』でいうように、「人びとは歴史の二つのエネルギー（小市民的過去と社会主義的未来）にひっぱられて、あきらかに揺れ動いてい」て、「作家の間で、なおまだ読者に過去に対する憎悪を力強く起こさせるエネルギーがない」のです。ゴーリキーは人民のエネルギーが素早く発展するプロセスが文学上に反映されるのはきわめて微弱であると指摘しています、――「こうした微弱の原因は、わたしの知るところ、文学の指向がなお死せるものに向けられており、まさに生成発展し活動するものにむけられていない」と。死せる時代の腐乱した醜悪な人物――武訓が、解放された今日にあって、なお文芸工作者達のこういった注目と愛好が得られ、『武訓伝』という映画フィルムが上映されるにあたって、斯くも多くの盲目的な賛美が得られ、こうしてブルジョア階級の反動思想を抱えた映画フィルムで、なんとまあ「マルクス・レーニン主義を習得したと公言する」文芸工作幹部が批判能力を消失させられたとすれば、それこそ小ブルジョア階級の文芸工作者が、すでに死に絶え、まさに死に絶えんとする古いものに、なおも複雑に入りくんだ繋がりをひきずって、古い思想文化がわたし達のなかにおおきな影響をもちつづけていることを立証するものです。ゴーリキーは言います、「ああいった過去の毒を持った罪悪の醜悪ぶりが十分に顕示され解明されるためには、必ずわれわれ自身が現在到達している高みから過去を観察する能力を発達させなければならない」。どうすればこうした能力を発達させることができようか？　上海の革命文芸界の指導の方面からすれば、つまりはわたし達の指導の面からいえば、それこそ日常的に、計画的に、系統的にマルクス・レーニン主義と毛沢東思想という武器を用いることによって、帝国主義、封建主義、官僚資本主義の思想を粛清しなくてはならないし、小ブルジョア階級とブルジョア階級の思想を批判しなくてはならないし、プロレタリア階級思想の純潔性、厳粛性、原則性を堅持し、ならびに広大な革命的小ブルジョア階級における文化芸術工作者を団結させ教育しプロレタリア階級の方向に引き入れるようにしなくてはならないのです。『武訓伝』の教訓ははっきりと言っています、――今日の中国における文化芸術戦線はもとより〈労働者、農民、小ブルジョア階級、ブルジョア階級のさまざまな考え方と傾向をひっくるめた〉統一戦線でありますが、しかし、必ずプロレタリア階級の思想――マルクス・レーニン主義と毛沢東思想を唯一の指導思想とするエネルギーとし、かつ、人民民主の考え方と傾向に反対し、人民民主を破壊しようとするいかなる活動も許さないものでなくてはなりません。毛沢東同志が『当面の情勢とわれわれの任務』〔一九四七年十二月二十五日、陝西省米脂県楊家溝での報告。党内の偏向、大衆運動などに詳しい検討が為されたという――訳者注〕でいうように、ブルジョア階級の「反動的傾向がなお大衆に影響をおよぼしうるような場合には、われわれは、彼らの影響を受けている大衆のあいだでかれらを暴露し、大衆のなかにあるかれらの政治的影響に打撃を加えて、大衆をかれらの影響下から解放しなければならない」のです。ただこうすることによって、はじめて大衆を断固として、勇敢に、力強く、新しい闘争に迎え入れられるのです。これがつまり、わたし達の思想指導陣の責任であり、敵側思想の粉砕・粛清がもとめられるだけでなく、人民民主革命の考え方によってブルジョア階級の改良主義思想批判し、とくにああしたマルクス・レーニン主義の外套《コート》をまとった反動思想に徹底的な暴露を加えることが求められるのです。しかしながら、この二年来、わたし達のこの方面の工作は、まったく足りませんでした。わたし達はプロレタリア階級の思想を堅持して指導するという認識にとても浅薄でした。上海文芸の工作のなかで、『武訓伝』のほかにも、なお数多く、小ブルジョア階級ないしはブルジョア階級の観点・立場から、労農兵を描く作品を生産したことは、わたし達のこういった立場の明確でない、愛憎の分明でないことが、上海の文芸工作者に正確な考え方の援助をしなかったことと、おおいに関係したのでした。

次に、こうした思想工作における力の無さという欠点ですが、わたし達上海の革命文芸界に多年存在してきた小ブルジョア階級の自由主義の作風と卑俗な習性と分かちがたいものです。文芸工作におけるこの種の自由主義の作風と卑俗な習性は、このたびの『武訓伝』の創作・上映の過程にあって異常なまでにはっきりとさらされました。まさに毛沢東同志が『自由主義に反対する』〔一九三七年九月七日——訳注〕の文中で描写するように、わたし達は「大衆の利益を損なう行為を見て憤慨もせず、忠告もせず、制止もせず、説得もせず、そのままほったらかした」のです。あるいはまた、「明らかに間違っていると知りながら、かれらと原則上の討論をせず、為すがままにまかせて、穏やかさと親しさを求め、あるいは漠然と大づかみに話しただけで徹底的に解決しようとはせず、和やかさを保持しようとした」のです。わたし達の工作のなかでは、正確な原則性の関係がつねづね築かれていませんから、厳粛な思想闘争はつねづね庸俗化されていました。わたし達の『武訓伝』撮影およびその上映にあたって採った態度こそ、こうした自由主義の典型でした！　事実がすでにはっきりと示していますように、正当な思想闘争をせず、無原則に「平和」と「配慮」を主張しています。文化芸術工作における党性の原則を堅持することなく、しかもこれに代えるに「個人的な友誼」である寛容をもってすることは、重大な支障をもつことでした。こうした自由主義は、自他ともに害するばかりか、必然的にわれわれの文芸工作と革命文芸団体のなかに、腐朽庸俗の気風をつくりあげ、党と大衆の関係を破壊しました。『武訓伝』の教訓はわたし達にとって深刻なもので、またわたし達が永久に殷鑑《きょうくん》とするに値するものです。

さらにまた、わたし達の工作におけるこのいくたの欠点は、これまたわたし達の深刻な事務的なやり方と不可分でした。わたし達は日々、煩瑣な事務的《しゃくしじょうぎ》なしごとに逐われており、おおくの些末な問題の処理と解決に振りまわされていまして、手足と口を動かす時間ばかりがおおく、頭脳を使う時間は少なすぎ、来る日も来る日も、わたし達はどっぷりと些末な事務のなかに落ち込み、共産党人として持っているはずの政治上、思想上の敏感さを忘れていました。わたし達はたしかに忙しい、ただこれは闇夜に森のなかをめくら滅法に動くあわただしさで、ひと晩じゅう動きまわって、苦労してるのですが、目を開けてみると、ちっとも前進していないのです。わかったことは、事務的なやり方とは、思想工作を否定するやり方だということです。こうした傾向を克服するため、わたし達はぜひとも、些末な事務の枠を飛びだし、努めて思想の原則を掌握し、思想工作を強化すべきです。

わたし達が『武訓伝』問題で犯した過ちは、わたし達の党性の弱さを示しています。スターリンが一九二四年という早い時期に、映画は大衆宣伝の偉大な武器である、だから「ぜひともそれを党の手で掌握し、共産主義教育と扇動《アジ》の有力な工具とすべきである」と指摘しました〔五月の第十三回党大会にて――訳注〕。一九二八年の全ソビエト連邦映画会議の決議〔三月、モスクワにおける第一回全ソ共産党映画評議会での――訳注〕は十分明確に、人民の映画はすなわち「労働者たちがプロレタリアート意識を深める最有力な武器であり、住民のなかのプロレタリア階級でない連中を政治的に改善させる最有力な武器である。映画はけっしてプロレタリアでない社会階層の思想意識を持つもので間に合わせるべきでない、それは必ずそれ特有の人を感動させる形式を用いて、住民のなかの小ブルジョア階級にプロレタリア階級の思想的影響と作用を強化することで、そうしてこそすべての非プロレタリア階層を政治的に改造できる」と言っている。こうした広大な人民の思想に巨大な影響をもつ文化工作について、わたし達は十分な認識と力強い指導をせず、党と人民の利益にたいして高度な責任感が欠乏していたと言わざるを得ません。

指摘しておきたいのは、前の方で指摘したこの多くの過ちと欠点が、上海におけるこの三ヶ月の『武訓伝』批判の過程で、やはりなお徹底して完全に糺され克服されなかったことです。それどころか、『武訓伝』についての討論批判工作それ自体に、依然としてこうした過ちと欠点がどれほどか存在していました。わたし達はこの一場の討論・批判の重要性について、はじめた時に十分でないとは考えておりましたが、認識としては深刻なものでもなく、この工作のなかで少なからず消極的な対処の気持ちを出しました。わたし達は『人民日報』がこの問題のために草した社説と、上海市委がこの問題のためにだした指示に対し、探究する精神を欠き、批判討論するなかで発生する情況について、周密な系統的な調査研究を欠きました。その故に、わたし達のこの批判討論についての方針が、軟弱無力で、不明確さを露呈したのです。わたし達は厳粛にして真摯な自己批判を欠いたうえに、ブルジョア階級の反動思想に対する厳正にして力強い批判を欠きました。思想工作の薄弱、自由主義庸俗気風の濃厚、事務主義の纏わりつき……が今に至るまで、上海の革命的文化教育工作の前進を妨げたのです。

上述した検討から、わたし達は上海での文化芸術工作における基本性質としての欠点を見つけ出せます、これこそわたし達が堅持できなかった毛沢東同志の文芸思想路線で、このきっちりした路線を上海にあって具体的に応用し、上海文化芸術工作者を動員して力いっぱい事に当たり、都市人民大衆――まっさきに労働者大衆のために尽くすという明確な工作方向を制定することができなかった。上海は中国最大の工業都市で、上海の労働者とその家族はこの都市の総人口の半数を占め、上海は労働者革命闘争の輝かしい伝統を有する地方で、上海の革命的文芸工作者は長期にわたる反動統治のもとにありながらも、これまで不撓不屈、迂回し曲折した闘争を進めてきました。しかし解放後二年たった今なお、わたし達の文化芸術工作のなかで、労働者階級と向きあい、労働者階級にたより、労働者階級の思想を代弁することに、依然としてきわめて明確でないものがあったのです。わたし達は、またかつて作家が工場にはいる工作を組織しましたし、わたし達はまた文連にあって労働者の創作委員会を組織しましたし、わたし達はまた労働者地区に労働者劇場を建立しもしたのですが、わたし達はこうした工作とその他の二義的で事務的な工作を同列にみなし、しかもわたし達の工作における全体での基本的な性質の方向とはしなかったのです。過去の反動統治の時期に、上海の革命的文芸工作者は曲折した方法で、暗黒のなかから火花をみつけだして、人民大衆の歓迎と支持を手にしたのだが、今日では、身を燃えさかる闘争に投じることなく、ああした轟々烈々の、涙すべく称えるべき新しい英雄の姿を描写しようとしないので、進歩した一般大衆は満足せず愛想を尽かしたのです。わたし達が今日における文芸工作の新しい任務についてはっきりした規定をもたず、労働者階級の考え方に依拠することを堅持せず、労働者階級にために労働者文芸に服務し発展させることをわれわれの文化芸術工作の主要任務としないならば、わたし達は知らず識らずのうちに工作のなかで「住民のなかの非プロレタリア社会階層」に手足をまとわりつかれ、やってもやらなくてもいい、乃至はまったくやらなくていい煩瑣な事務に忙殺され、エネルギーを「やらなくてはならない」工作を仕上げることに集中できないのでした。上海の文化芸術工作は、考え方の指導を欠き、自由主義の悪癖を冒し、そこで形式的には轟々烈々ながら、実際の成果は人民の要求から隔たっていたのです。

上海の文化宣伝教育工作をさらに一歩高めるべく、それを十分まっとうに工業都市にいる働く人民に——まずは労働者大衆に服務し、生産に服務させるべく、それを十分かつ効果的に帝国主義・封建主義そして官僚資本主義の残り滓である反動思想を粉砕し粛清させるべく、それを十分かつ力強くブルジョア階級と小ブルジョア階級の思想傾向を批判し克服するべく、広大な上海の革命的文芸工作者が十分にもっと多くもっと良い思想の武器を手にできるようにさせ、意気揚々と旧上海を改造し新上海を建設する闘争に参加させる、そのもっとも主要な方法は、すなわち『武訓伝』討論・批判から得た経験・教訓にもとづき、批判と自己批判のなかから、文化芸術工作における深刻な自由主義と、現実離れし群衆離れした誤った傾向をしっかり克服することです。わたし達は人民大衆の立場にしっかりと立ち、帝国主義・封建主義・官僚資本主義が人民大衆におよぼしたさまざまな影響を徹底的に粛清し、ブルジョア階級の反動思想およびその他の人民の利益に反するさまざまな誤った思想を厳粛に批判すべきです。その一方で、またきっとわれわれの文化芸術工作において、しっかりと現実を掌握し、一般大衆と密切に連繫し、われわれのすべての作品を真に現実を反映し、一般大衆を表現し、さらに将来を指し示す生命力に富むものを反映させせなくてはいけない、これはつまりわれわれが求める文芸工作者は真剣に毛沢東思想を学習し、毛沢東の文芸理論と政策を学習し、深く広大な人民大衆とくに労農兵の現実生活にはいりこみ、深く深くかれらの考えかたや感情を身体に染みこませるべきだということです。こうした決心と努力なくして、真に良い作品を創造することはあり得ないということです。

わたし達は信じます。――上海の革命的文芸界はこの一場の偉大なる思想闘争を経て、かならずおおくの長期にわたって遺留されてきた解決不能の問題を解決できる、この重要な教育を経て、上海の革命的文化芸術界での思想指導をおおいに強化することができ、同時にわたし達がさらに人民を熱愛し生活を熱愛する共産主義の楽観精神で、党の指導のもとでもっとよく工作に務めることができ、わたし達の文化芸術工作をさらによく偉大なる新民主主義建設の事業に服務させることができ、そのうえ、一切のわれわれの前進をはばむ誤った思想意識と断固として闘い、中国の人民革命事業がさらに大きな勝利を獲得できるということを、です。

（原載：『人民日報』一九五一年八月二十六日、日曜日、第三面）

胡喬木、豹変す

映画『武訓伝』批判はあまりに一面的、極端かつ粗暴なものだった

〔本報通訊〕記者畢金忠の報道。中共中央政治局委員胡喬木は九月五日、武訓という論争のあった歴史上の人物に話が及んだとき、武訓という人物をどう評価すべきか、これは歴史学の問題であって、いかなる既成の意見もなしに改めて研究し直すがよいといった。胡喬木が中国陶行知研究会と陶行知基金会の成立大会でこの問題を語ったものである。

胡喬木は言う、解放の初期、つまり一九五一年に、かつて映画『武訓伝』への批判が発生した。この批判が波及した範囲は相当に広汎であった。われわれは現在、武訓本人とこの映画を全面的に評価するものではないが、責任もって申しあげるなら、当時のああした批判はあまりに一面的で極端で、かつ粗

暴なものだった。そういうわけで、この批判はまったく正しかったと言えないばかりか、それが基本的に正しかったとさえ言うわけにはいかない。

（原載：『人民日報』一九八五年九月六日）

陶行知先生は中国の進歩派インテリの典型

わたしは意見を三点述べる。

第一に、陶先生は近代中国の傑出した教育家であり、教育思想家であること。この点は、全国各方面がひとしく認めるところであり、わが党としてもこれまでずっと表明してきている。わたしはここで多くは言わない。

次に、陶先生は卓越した民主主義の戦士から偉大な共産主義の戦士へとだんだん変わったのは、中国の進歩派インテリの典型であること。この方面でもまた、全国の人民とわが党がこれまでずっと肯定してきている。陶先生の一生、とくに後半生は、このことを十分に説明している。どのような困難な条件下にあっても、陶先生の共産主義への信念、共産主義への擁護は、これまでいささかの動揺も無かった。

三点目として、一九五一年に、以前に始まったときは波及せず、いまになって陶行知さんに累が及んだ、映画『武訓伝』への批判が発生した。この批判が波及した範囲は相当に広汎であった。われわれは現在、ここで討論して武訓本人と武訓伝映画について全面的に評価するものではなく、これは歴史学者、教育家、そして映画芸術家が、いかなる既成意見なしに自由に討議し解決することを求められている。しかしわたしは責任をもって申しあげるが、当時のこの一場の批判は、あまりにも一面的、かつあまりにも極端で、かつあまりにも粗暴なものだった。だから、その批判にはそれ独特の歴史的原因があったにしても、批判が採り入れた方法は、それがまったく正しかったと言えないばかりか、それが基本的に正しかったとさえ言うわけにはいかない。この批判が最初に言及したのは映画の監督と俳優、孫瑜同志と趙丹同志らだった。彼らはいずれも長期にわたり党の影響のもとで仕事してきた進歩的芸術家であり、かれらに対する批判はまったく間違っていたと言わなくてはならない。彼らがこの映画を撮影したのは党と進歩的な映画界の支持のもとに決定され進められたもので、もしこの決定が妥当でなかったとするなら、責任もまた彼ら両人とその他の参加した人たちの身上にありはしない。この映画の内容に欠点や錯誤が無かったとは言えないにしても、ただ後にこの映画に加えられた罪名は、度を超して誇張され、はっきり言って信用できない域にまで達してしまった。この映画作品への批判が開始されてから、後には程度は違うが武訓という人物に対する肯定を表示した全ての人、および連環画を含む各種の作品への批判へと発展して、これこそが本来の錯誤を大々的に拡大してしまった。こうした誤った批判のやり方は、以後、長期間にわたって継続され、党の十一期三中全会[1]に到ってようやく糺正された。このように、この一場の批判のなかで、かつては褒め称えられた陶行知先生とその教育思想にもやはり累が及んだのである。

陶先生の教育思想は、数多の価値ある内容を含んでいて、研究し発展させる意義はおおいにある。当然ながら、その教育的見解は、さまざまな歴史的条件のゆえに一定の制限を受けなかったはずはなく、これもまた全く理解できよう。ただそれはともかく、陶先生は近代中国のごく稀な、傑出した進歩派教育家であり、教育思想家である。その一生は、人民の教育事業のため、進歩的教育事業のため、彼がもともと持っていたとても高い社会的地位を毅然として投げすて、さまざまな剣呑な脅迫を経験したり、始終たゆまず進歩を追い求め、一般大衆に頼り、党を頼って休むことなく栄えある道を歩んできた、これはなんとも得難く、なんとも尊敬に値するものである。そういうわけで、たとえば彼に何かしらの問題で表明された思想の上で完全には正確でない部分があったにせよ、ただちに彼に対する全面的な評価に疑義を生じさせるわけにはいかない。われわれがひとりの人間を評価するとき、かれの全て、かれの生涯、かれの各方面から評価しなければならない。こうした見方で評価するとき、陶先生は偉大で進歩的な教育家であり教育思想家であり、偉大な民主主義の戦士であり、偉大な共産主義の戦士であり、偉大な愛国者であり、こうしたあらゆる方面で、陶先生は全くいわれて恥じることなしといえよう。

『胡喬木文集』第三巻（第五輯、原載：『党史通訊』一九八五年第十五期）

訳注

〔1〕十一期三中全会は「文革」の終焉後、一九七八年十二月、鄧小平が主宰。「武訓伝批判」から二十八年余の歳月が流れ、この胡喬木論文での名誉回復までを数えるとすれば、じつに三十五年を浪費させられたことになる。

人物雑記

〔五十音順〕

あ行

アルマン（阿楽満）　Nonwood Francis Allman　一八九三～一九八〇　弁護士、公共租界工部局理事。一九一六年、公使館翻訳学生で中国に。二一～二三年、共同租界会審公廨《さいばんしょ》の陪審判事。二二年、フレミング、ハンクリンと法律事務所開設。二三年、万国商団（上海義勇隊）アメリカ騎兵隊隊長七年。四〇～四二年、租界工部局理事。『申報』総編集（名義貸し）。太平洋戦争でホンコンのスタンレー〔赤柱〕集中営二年。戦後に再び上海へ、上海解放で再帰国。

韋　愨　ウエイ・チュエ　いかく　一八九六～一九七六　珠海（香山翠微村）人。語言文字改革家。若くして同盟会入り、辛亥革命参加。欧米留学、シカゴ大で哲学博士。嶺南大学教授、上海『訳報』総経理、上海副市長、新中国で教育部副部長。

石川達三　いしかわ・たつぞう　一九〇五～一九八五　秋田県横手生まれ。作家。一九三三年、悲惨なブラジル移民を描いた小説『蒼茫』で第一回芥川賞受賞。三八年三月、華中戦線を舞台にした作品『生きてゐる兵隊』は南京などでの日本兵の残虐を描写して発禁、この舌禍事件で禁錮刑（猶予付き）。三八年七月、夏衍は桂林でこの作品を『未死的兵』と中文訳、序文に鹿地亘が石川という作家を紹介し、監獄行きの予想まで報道。

于　伶　ユイリン　うれい　一九〇七～一九九七　江蘇宜興人。劇作家。ペンネームに尤兢も。北平大学生時代から劇作する。北平左連。北平〈劇連〉で宋之的・陳沂らと活躍。孤島上海では夏衍の後継ぎとして演劇を支える。桂林・重慶を経て上海に戻り、一九四九年、上海軍管会文教接管委文芸処副所長、文化局長。良質名作の劇本多数。

惲逸群　ユン・イーチュン　うんいつぐん　一九〇五～一九七八
江蘇武進人。新聞人。一九三六年、『立報』主筆。三八年、『導報』で汪精衛を筆誅。四五年、淮陰で『新華日報』華中版編委、范長江の後を継ぐ。四六年、「新聞学講座」。解放後は上海『解放日報』総編集、新聞学院院長。夏衍劇本『心防（心の守り）』のモデル。

袁翰青　ユエン・ハンチン　えんかんせい　一九〇五～一九九四
江蘇南通人。一九五一年、訪ソ・訪独代表。化学史／化学教育／科学史事業の開拓者。イリノイ大学で博士。四五年、甘粛科学教育館長。五〇年、北京大へ。訳書：ヨゼフ・ニーダム『中国科学技術史』第一巻。

袁雪芬　ユエン・シュエフェン　えんせつふん　一九二二～二〇一一
浙江嵊県人。越劇女優／袁派創始人。一九三八年、上海へ。四二年、越劇改革に乗りだす。代表作に『梁山泊と祝英台』『木蘭従軍』『祥林嫂』。

袁牧之　ユエン・ムウチイ　えんぼくし　一九〇九～一九七八
浙江寧波人。映画演劇人。洪深の芸術劇社で子役。一九二七年、辛酉劇社。左翼演劇活動。著書に『演劇化粧術』。三四年、電通映画入り、『風雲児女』で主役。『街角の天使』演出・監督。抗戦中は延安、さらにモスクワに派遣されエイゼンシュテインと仕事、独ソ戦でシベリアへ。一時は羊飼い。勝利後は旧満映の接収に当たる。

王之相　ワン・チイシアン　おうしそう　一八九一～一九八六
奉天綏中人。一九五一年、訪ソ代表団。一五年、北京法政専門学校。北洋政府外交部、ウラジオストック総領事、北平大ロシア語法政学院長。新中国で九三学社メンバー。

王　拓　ワン・トゥオ　おうたく　六国飯店総経理、北平軍管会交際処長、統戦部交際処長。

王徳鵬（王芸生）　ワン・ドウフォン　おうとくほう（ワン・ユインシェン　おううんせい）　一九〇一～一九八〇
河北静海人。著名なジャーナリスト。茶業の見習いで人生スタート、〈五三〇〉を体験して中共系記者となる。のち張季鸞を知り、一九二九年、『大公報』入り、編集主幹まで。四九年、『大公報』の新生宣言。著書：『六十年来中国与日本』。

王平陵　ワン・ピンリン　おうへいりょう　一八九八～一九六四　江蘇溧陽人。作家。『時事新報』『学灯』などで民族主義鼓吹。一九二〇～四〇年、文学雑誌編集長、四三～四四年、中央政治学校教授、四五年～四七年『平和日報』編集長。四九年、台湾へ去る。

王有根　ワン・ヨウケン　おうゆうこん　浙江杭州人。一九五一年、訪ソ代表団。抗日期の戦闘英雄、抗美援朝（朝鮮戦争）義勇軍にも参加。

欧陽予倩　オウヤン・ユイチエン　おうようよせん　一八八九～一九六二　湖南瀏陽人。中国話劇の草分け／舞台芸術家／映画人。一九五一年、訪ソ代表。旧劇の舞台で梅蘭芳と人気を分けた経歴あり。一九〇四年来日、〇七年、東京で春秋社を組織。『アンクルトムの小屋』『トスカ』上演。上海で映画脚本を書き田漢の南国社に参加。広東で戯劇研究所を創り、上海で〈劇連〉に参加。脚本『木蘭従軍』の映画化。抗戦期は桂林で広西芸術館館長。

か行

夏雲瑚　シア・ユンフウ　かうんこ　一九〇三～一九六八　四川巴県人。映画事業家。一九二二年、重慶広益所員。美孚洋行（スタンダード石油）職員。二九年、ユニバーサル映画の販売代行、次に立ちあげた上江影片公司で映画館業務の一手代行、次の重慶亜洲影片公司ではソビエト映画に肩入れ。抗戦中は沈浮・陳白塵・孟君謀と上海影人劇団四人委員会で映画人の面倒を見る。国泰大劇院は氏の経営。四一年、皖南事変後は中華劇芸社の上演陣地の確保に奮闘。戦後は崑崙影業公司の設立に尽力。中国映画の海外進出を図る。

何恐　ホオ・コン　かきょう　一九〇〇～一九三〇　湖北竹渓人。労働運動リーダー。原名、歩孔。魯迅を敬し京劇を好む。一九二三年、社会主義青年団武昌地方委員長。〈二七惨案〉（京漢鉄路工人ストライキが呉佩孚に武力鎮圧された）後に学連湖北理事。二五年、日本留学、中共旅日支部。二六年、国民党青年部秘書。二七年、逮捕、脱獄。三〇年、漢口で義に就く。

柯慶施　コオ・チンシイ　かけいし　一九〇二〜一九六五　安徽歙県人。革命家／政治家／国務院副総理。ウラジオストックで労働運動参加、帰国して安徽省委書記、紅軍第五軍第五縦隊政治部主任、中共中央秘書長。抗戦期延安で統戦副部長。晋察冀辺区行政委財務副主任。中央党校副校長。新中国で南京市委書記。上海市委第一書記。

何香凝　ホオ・シアンニン　かこうぎょう　一八七八〜一九七二　広東南海人。女性政治家／画家。日本女子大／女高師／女子美（卒業）に学ぶ。廖仲愷と結婚、孫文を知り同盟会に参加。国民党婦人部長、国民党左派（抗戦／反蔣介石）。おもに広東・香港で活動する。廖承志の母。

戈宝権　コオ・パオチュエン　かほうけん　一九一三〜二〇〇〇　江蘇東台人。外国文学研究／翻訳者。大夏大卒。『時事新報』勤務、天津『大公報』モスクワ駐在記者、『新華日報』『群衆』編集。中ソ文化協会理事。抗戦勝利後はモスクワ駐在参事官。上海生活書店／社会科学院文学所など。プーシキン、ゴーリキー、マヤコフスキーなど翻訳多数。

郭紹虞　クオ・シャオユ　かくしょうぐ　一八九三〜一九八四　江蘇蘇州人。文芸批評家。一九二一年、茅盾、葉聖陶らと文学研究会を創る。教職——燕京大、光華大、之江大、など。開明書店編集。建国後は同済大。復旦大図書館長。『辞海』副主編。

郭沫若　クオ・モオルオ　かくまつじゃく　一八九二〜一九七八　四川楽山人。文学者／翻訳家／歴史学者／甲骨文研究／中国文学界に新詩を定着させた詩人。日本留学（九大医学部）中に郁達夫、成仿吾らと創造社を構想し新文学運動の旗手。北伐に従軍、南昌起義に参加。抗戦勃発で日本脱出した行動派。新中国で中国科学院長、だが〈文革〉で自己の全業績を全否定した発言だけは解せない。

葛蘊芳　グォ・ユンファン　かつうんほう　一九三〇〜　浙江慈渓人、杭州生まれ。夏衍の初代秘書。伯父に孫治方。一九五六年、文革期上海の「実力者」徐景賢の伴侶。

韓述之　ハン・シュウチ　かんじゅつし　一九〇九〜一九九九　一九四二年、淮南根拠地から延安入り、中央党校で学び、四五年、上海で地下工作。四七年、上海局の成立で文化工商統戦委書記（沙文漢が副書記）、上海市人民法院長。

管文蔚　クアン・ウエンユイ　かんぶんうつ　一九〇四〜一九九三　江蘇丹陽人。革命家／蘇中根拠地建設リーダー。江蘇第三師範卒。抗戦期に新四軍挺進縦隊司令員、華中野戦軍七縦隊司令員、四五年、蘇南軍区司令員。建国後は江蘇省副省長。

簡又文　チエン・ユウウエン　かんゆうぶん　一八九六〜一九七八　歴史学者／太平天国史研究。嶺南学堂。アメリカ留学。広州市教育局長。燕京大教授。二六年、馮玉祥部政治委員。国民党立法委員。三六年、上海で『逸経』半月刊創刊。三八年、香港『大風』雑誌創刊。四六年、広東文献館長。四九年、ホンコンへ去る。

魏文伯　ウエイ・ウエンポオ　ぎぶんはく　一九〇五〜一九八七　湖北黄岡（武漢）人。南昌起義以来の古参党員。皖中抗日根拠地皖南行政公署。中共中央民運部部長。上海市委書記処書記。

季　方　チイ・ファン　きほう　一八九〇〜一九八七　江蘇啓東人。黄埔軍官学校特別教官。北伐軍総政治部上校組織科長。抗戦期は国民党戦地党政委指導員。一九四〇年、蘇北解放区に入り新四軍蘇中第四軍分区司令員、蘇皖辺区政府副主席、華東解放軍軍官教導総団団長。解放後は交通部副部長。農工党（中国農工民主党）のメンバー。

許世友　シュイ・シイヨウ　きょせいゆう　一九〇五〜一九八五　河南信陽人。軍事家／広東軍区司令員。少年期、少林寺で武術を学ぶ。革命低調期に〈工農紅軍〉に参加、抗日軍政大学で校務部、土地革命戦争を経て解放戦争では華東野戦軍第九縦隊司令員。

許滌新　シュイ・ディシン　きょできしん　一九〇六〜一九八八　広東掲陽人。経済学者。一九二五年、汕頭で新学生社に加入。厦門大、上海労働大。社連の成員（研究部）。三二年、『社会現象』主編。抗戦期は漢口で『群衆』主編、重慶で『新華日報』編集、南方局秘

書。建国期は上海市委委員。華東財委／上海市財委副主任。

匡亜明　クアン・ヤアミン　きょうあめい　一九〇六〜一九九六　江蘇丹陽人。ジャーナリスト／作家／翻訳家の顔も持つ。学生運動、労働運動に始まり上海で活動。抗戦時期は山東『大衆日報』総編集。中央山東分局政策研究室主任。建国後は華東政治研究院院長、華東局宣伝部副部長。

龔飲冰　コン・インピン　きょういんひょう　一八九六〜一九七六　湖南長沙人。早期の中央統戦工作／銀行工作。辛亥革命で国民党に。五四でマルクス主義を知り、一九二六年、北伐下の長沙で謝覚哉と国民党系の『湖南民報』総編集。三〇年、上海で中央特科、お坊さんスタイルで地下工作。重慶で建業銀行、上海解放では上海軍管会財経接管委員。中国銀行総経理。

喬冠華　チアオ・クアンフア　きょうかんか　一九一三〜一九八三　江蘇塩城人。国際評論／外交部長。一九三三年、清華大。ドイツ留学。范長江と新聞通訊社（漢口）。『群衆』総編集、『新華日報』。延安で毛沢東秘書、〈重慶談判〉参加。国際新聞社主持。四九年、毛沢東辨公室副主任。中ソ友好協会理事。

姜椿芳　チアン・チュンファン　きょうちゅんほう　一九一三〜一九八七　江蘇常州人。露文研究／教学。ハルビンでロシア語を学び、翻訳、通訳、編集、そして逮捕。上海に脱出して映画関係の翻訳宣伝。『蘇聯文芸』『時代日報』総編集。建国後は出版社社長。華東革命大学附属ロシア語学校長。翻訳多数（プーシキン／オストロフスキー／ゴーリキー／ドブロリューボフ／シーモノフなど）。

姜万寿　チアン・ワンショウ　きょうまんじゅ　軍服縫製労働模範。五一年、訪ソ・訪独代表団。人民解放軍第三五〇五廠廠長。参考：連環画『大家学習姜万寿』陳透編・薛殿會画、上海労働出版社、一九五二年。

（章）靳以　（チャン）・チンイ　（しょう）きんい　一九〇九〜一九五九　天津人。作家／編集者。復旦大学国際貿易系。一九三四年、鄭振鐸と『文学季刊』、三五年、巴金と『文季月刊』。抗戦重慶で復旦大国文教授。

『国民公報』「文群」副刊の主編。抗戦勝利で葉聖陶と『中国作家』、解放後に作協書記処書記。上海分会副主席。『収穫』主編。

金　山　チンシャン　きんざん　一九一一～一九八二　湖南沅陵人。著名な映画・演劇人／〈話劇の皇帝〉の称あり。原名：趙默。上海徐匯公学卒。新聞社で校閲係。上海地下党の外郭紙『遠東時報』責任者。〈劇連〉工作に転出。上海業余劇人協会を結成。映画『呂布与貂蟬』『夜半歌声』主演。抗戦期に上海救亡演劇二隊副隊長、中国救亡劇団に編成替えして南洋で公演、重慶に戻って『屈原』主演で大当たり。一九四五年、満州映画協会を接収、長春電影廠長。『松花江上』制作。建国後に青年芸術劇院副院長。

金仲華　チン・チョンフア　きんちゅうか　一九〇七～一九六八　浙江桐郷人。ジャーナリスト。浙江大から商務印書館・開明書店。三二年、胡愈之の『東方雑誌』に協力、三四年、生活書店で『世界知識』『婦女雑誌』『中学生』。鄒韜奮の『大衆生活』『永生』、香港『星島日報』に係わる。抗戦勝利後、上海『新聞報』総編集。解放後は『文匯報』社長、華東軍政委委員、上海市副市長。

瞿白音　チュイ・パイイン　くはくおん　一九一〇～一九七九　江蘇嘉定（いま上海）人。映画・演劇監督／評論。一九三〇年代に革命演劇運動。〈劇連〉に参加（南京の責任者）。大衆劇社／磨風劇社を主宰、抗戦前夜に上海業余実験劇団の結成に参画、抗戦期に救亡演劇三／四隊の責任者。新中国劇社理事長。桂林、成都で演劇活動。解放戦時期は香港で「七人影評」の一人。『華商報』映画評担当。建国後は上海長江電影廠長、上海市電影局副局長。映画『両家春』（強扭的瓜不甜）監督。

倪貽徳　ニエ・イイトオ　げいいとく　一九〇一～一九七〇　浙江杭県人。作家／漫画家。上海美専洋画系。中学から反帝反封建の新文化運動。創造社。一九二七年、日本、川端画学校。帰国して芸専／美専で教学。抗戦期、武漢で第三庁美術科長代理、勝利で国立芸専とともに杭州に戻る。四九年、浙江美術学院副院長。

計雨亭　チイ・ユイティン　けいうてい　一八九五～一九七四

江蘇阜寧人。北洋軍閥、復興社、上海青幇とわたった末に、四〇年、八路軍に辿りつく。蘇皖辺区建設廠廠長。解放後は華東軍政委生産救災委副主席、蘇北行署水利局局長。

経普椿 チン・プウチュン けいふちん 一九一七〜一九九七
浙江上虞人。海外／国際工作。廖承志の伴侶、教育者経亨頤の末娘。八路軍香港辨事処。延安で新華社工作。一九四六年、重慶／南京中共代表団工作。華僑／華人／国際友人工作。

厳宝礼 イエン・パオリイ げんほうれい 一九〇〇〜一九六〇
江蘇呉江人。一九一六年、南洋公学、のち滬寧・滬杭甬鉄路局。『文匯報』創刊に関わる。三九年停刊、四五年復刊、四八年徐鋳成らと香港で復刊、ついで上海でも復刊。

呉蔚雲 ウー・ユイユン ごうつうん 一九〇七〜二〇〇三
江蘇呉県人（蘇州生まれ）。撮影技師。上海美豊石印局見習い工。彩色版画石印工芸を学ぶ。天一映画で撮影と現像。軍事委政訓処映画班『孤島天堂』『日本間諜』撮影。重慶で『一江春水向東流』。四九年、東北電影、上海電影局撮影総技師。五〇年代『白毛女』撮影で文化部一等賞授賞。

呉晗 ウー・ハン ごがん 一九〇九〜一九六九 浙江義烏人。歴史学者／北京副市長も。京劇脚本『海瑞の罷官』は毛主席批判だとして〈文化大革命〉の発端とされ、「三家村札記」で投獄され獄死。之江大、中国公学、一九三一年、清華大歴史系（明史）。清華大／西南聯合大教授。『民主周刊』主編。民主同盟常務委員。

胡喬木 フウ・チアオムウ こきょうぼく 一九一二〜一九九二
江蘇塩城人。革命家／共産主義戦士／マルクス理論家／政論家／社会科学家。原名：胡鼎新。精華大／浙江大に学び、一九三〇年、共青団、三二年、中共入党。四一年より毛沢東秘書／中共中央政治局秘書（六六年まで）。新中国で新華社社長。〈中南海〉来福堂に居住。中国社会科学院初代院長。南方の喬冠華とあわせて〈二喬〉の誉れあり。

呉淑琴 ウー・シュウチン ごしゅくきん 一九五一年、訪ソ・訪独代表団。

胡楠卿　フウ・ナンチン　こなんけい　一九二三〜一九九〇
湖北五峰人（土家族）。長征参加の老紅軍。呂梁軍区衛生部政治委員。一九五〇年、広州軍区。五一年、訪ソ・訪独代表団（農民代表）。

顧　准　クウ・ジュン　こじゅん　一九一五〜一九七四　江蘇呉県人。孤島上海で江蘇省委職員工作委書記。『職業生活』周刊。一九四〇年、塩阜公署財経処副処長。四三年、延安の中央党校へ。解放戦争時は渤海公署、山東省財政庁長。新中国で華東軍政委財政部副部長。

呉雪之　ウー・シュエチイ　ごせつし　一九五一年、華東軍政委財経委員／貿易部長。五三年、政務院商業部副部長。中華全国工商業連合会（工商連、政協傘下の群衆団体）執行委員（二、三、四期）。五六年、ユーゴスラビア国際博参観団長。

呉組緗　ウー・ヅウシアン　ごそしょう　一九〇八〜一九九四
安徽涇県人。農民文学者。一九二九年、清華大中文、文才を称えて〈清華の四剣客〉の一人に擬せられる。三四年、張天翼らと交流。三五年、馮玉祥の国文教師／秘書。抗日戦線に参加。中央大学、重慶文教理事。新中国で作協理事、清華大教授。

呉仲超　ウー・チョンチャオ　ごちゅうちょう　一九〇二〜一九八四　江蘇南匯人（いま浦東新区）。新中国で初代故宮博物院長。一九二七年、上海法科大学。三一年より上海で地下工作。抗日期は新四軍戦地服務団副団長、江南抗日義勇軍東路司令部政治委員、蘇浙軍区政治部秘書長。解放戦期に山東省文物管理委主任。貴重な文化財の徴集・保存に勉める。

呉有訓　ウー・ヨウシュン　ごゆうくん　一八九七〜一九七七
江西高安人。物理学者／哲学博士。南京高等師範。渡米してシカゴ大物理研究所講師。一九二六年、帰国して教研職を歴任（東南大、中央大、清華大、北京大、西南連合大）。抗戦勝利後に中央大学校長。解放後は華東軍政委員、文教委副主任、教育部長など。

胡愈之　フウ・ユイチ　こゆうし　一八九六〜一九八六　浙江上虞人。文化人ジャーナリスト／言語学者／エスペランチスト。紹興府中学堂で魯迅の薫陶を受けた。文学研究会メンバー。商務印書館勤務。フランス留学。上海で世界語《エスペラント》学会結成。鄒韜奮と『生活周刊』『世界知識』を創刊。『東方雑誌』編集長。抗戦下武漢で政治部第三庁にあってマスコミを主導。范長江の国際新聞社に参与。文化供応社社長。一九四〇年、シンガポールで『南洋商報』主宰。四二年、郁達夫らとスマトラへ。勝利後に陳嘉庚と『南僑日報』創刊。解放後は国家出版総署署長、『光明日報』総編集、民主同盟副主席など。

杭　葦　ハン・ウェイ　こうい　一九〇八～一九八八　江蘇無錫人。上海美専卒、教育畑・編集畑を歩む。師範学院教務主任、『少年知識』主編、戦後は上海市教育局で局長。『辞海』編纂。

黄炎培　ファン・イエンペイ　こうえんばい　一八七八～一九六五　江蘇川沙（上海）人。教育家。科挙制度で清末の挙人。反袁世凱運動。辛亥革命後は江蘇省教育会副会長。一九一七年、上海で中華職業教育社理事長、翌年に中華職業学校創設。抗戦期に国民参政会参政員。救亡、愛国、民主運動に積極的。四五年、民主建国会を創る。建国後に政務院副総理。

黄金栄　ファン・チンロン　こうきんえい　一八六八～一九五三　浙江餘姚人（生まれは蘇州）。徒弟―流氓―租界の密偵。阿片と賭博で一本立ちし上海三大ボスに数えられる。

黄　源　ファン・ユエン　こうげん　一九〇六～二〇〇三　浙江海塩人。編集／翻訳家。『文学』『訳文』『訳文叢書』『烽火』『吶喊』を手がける。茅盾・魯迅・巴金らと良し。一九三八年、新四軍。華中魯芸で教導主任。華東大学院長。解放後は上海軍管会文芸処副処長。翻訳にツルゲーネフ、ゴーリキー、日本小説など。

高　崗　カオ・カン　こうこう　一九〇五～一九五四　陝西横山人。革命家／政治家。陝西省委交通員から。劉志丹と陝甘根拠地をつくる。整風の頃は西北局書記。抗戦勝利後は東北に転出して北満軍区司令員。東北人民政府主席。新中国では政府副主席のひとり。一九五三年、反党セクト主義として失脚、自殺。

黄克誠　ファン・コオチョン　こうこくせい　一九〇二～一九八六　湖南永興人。軍事家／総参謀長。黄埔軍官学

校出。秋収暴動で中共入り。紅軍第三軍師長。一九三四年、長征参加。党政治部組織部長、新四軍第三師長。四七年、東北民主聯軍副司令員。四九年、天津市委書記。五二年、人民解放軍副総参謀長。

黄佐臨　ファン・ツオリン　こうさりん　一九〇六～一九九四　広東番禺人。演劇人／シェイクスピア劇研究。一九二五年、英国バーミンガムで演劇に染まる。三五年、ケンブリッジで西洋演劇研究。抗戦で帰国、重慶国立劇専教授。上海に移って上海劇芸社、苦幹劇団で演出。戦後は文化影業公司。上海人民芸術劇院長。

孔祥熙　コン・シアンシイ　こうしょうき　一八八〇～一九六七　山西太谷人。孔子七十五代裔孫。中国四大家族の一。欧米留学（ベルリン大、エール大）。銘賢学堂創設。辛亥革命後に閻錫山の顧問。宋家三姉妹の長女宋靄齢と結婚、国民政府で財政部長、行政院長。中国／中央銀行総裁。一九四七年、ニューヨークへ。

黄　晨　ファン・チェン　こうしん　一九一四～一九九四　江蘇蘇州人（上海生まれ）。映画／演劇人。本名：黄祖榕。鄭君里夫人。南京金陵大から、一九三九年、演劇四隊へ。陝北公学を経て重慶で中国芸術劇社。話劇『欽差大臣』『日出』『賽金花』出演。上海崑崙で映画『八千里路雲和月』、『三毛流浪記』で阿姨、『武訓伝』では墜児を演ず。三〇年代上海で、江青（藍苹）と阿藍・阿黄と呼び合ったのが禍して、〈文革〉のとき夫の鄭君里が迫害死。

侯仁民　ホウ・レンミン　こうじんみん　一九一三～二〇〇九　黄埔軍官学校十三期。遵義で憲兵排長時代の事件で国民党を離れる。上海地下党。解放後に城市建設局局長。

康　生（趙容）　カンション　こうせい　（チャオ・ロン　ちょうよう）　一八九八～一九七五　原名：張宗可。山東膠県人。一九三三～三七年、モスクワで特科（スパイ）工作のプロ。延安で党校校長。中央社会部長。〈文革〉発動の張本人。画文に才あり。書法家／〈聊斎〉研究。

江　青　チアンチン　こうせい　一九一四～一九九一　山東諸城人。映画・演劇女優。上海時代の芸名：藍苹。延安以来、毛沢東の伴侶。文化大革命を主導した〈四人組〉のひとり。

黄宗英　ファン・ツォンイン　こうそうえい　一九二五〜　浙江瑞安人。映画演劇女優／作家。兄は黄宗江（演劇人）。天津南開中から上海へ。一九四一年、上海職業劇団、同華劇社、北平南北劇社、四七年、映画に移り北平中電（国民党中央電影撮影場）三廠、上海中電二廠、崑崙影業公司で主役級。『烏鴉与麻雀』で熱演。建国後は上海電影制片廠。『家』『聶耳』。趙丹の妻、のち馮亦代の伴侶。

侯徳榜　ホウ・トオポン　こうとくほう　一八九〇〜一九七四　福建閩侯人。化学者（アルカリ物質研究）／中国重化学工業の開拓者。上海鉄路学堂から清華学校、マサチュウセッツ工科大。一九四九年、中央財経委委員。重工業部化工技術顧問。

洪霊菲　ホン・リンフェイ　こうれいひ　一九〇一〜一九三三　広東潮汕人。作家。一九二五年、省港（広東・香港）ストライキに参加、広東国民政府海外部で工作。二七年、上海クーデタでシンガポール、タイに逃亡。上海に戻って反帝大同盟工作。〈我們社〉創設に参画。左連工作。文化界総同盟工作中に国民党に逮捕・殺害された。

谷　牧　クウ・ムウ　こくぼく　一九一四〜二〇〇九　山東栄城人。革命家／国務院副総理。早年に〈北平左連〉書記。抗日期に東北軍中央山東分局統戦部長、華東局秘書長、魯中南区党委副書記など歴任。新中国で済南市委書記、市長、上海市委書記。

さ行

沙可夫　シャコフ（ロシア名前）一九〇三〜一九六一　浙江海寧人。本名：陳微明。官僚学者の家系。芸術教育家。演劇人。南洋公学。フランスで音楽、ついでモスクワ中山大学へ。延安演劇『広州暴動』『血祭り上海』。魯芸副院長。一九四七年、北平市接収副主任。

沙千里　シャ・チエンリ　させんり　一九〇一〜一九八二　上海人。若くして上海法科大学。雑誌『青年之友』主編。上海救国運動に参加。『生活知識』主編。沈鈞儒らと「救国七君子」のひとり。上海接管工作に加わり、上海市軍管会副秘書長。

沙文漢 シャ・ウエンハン　さぶんかん　一九〇八～一九六四　浙江鄞県人。浙江甲種商業学校。寧波と上海で学生／農民／労働運動。ロシア留学、日本遊学。一九三五年、上海で救亡活動。江蘇省委宣伝部長、華中分局城工部長、上海局宣伝部長。新中国で浙江省常委宣伝部長／統戦部長、のち浙江省省長。

蔡叔厚 ツァイ・シュホウ　さいしゅくこう　一八九八～一九七一　浙江諸曁人（天津生まれ）。中央特科工作員。浙江甲種工業学校。〈五四〉に上海で愛国運動。内外綿勤務もあり。一九二一年、日本の蔵前高工（いま東工大）で電気聴講。上海で紹敦公司（電気屋）を自営。上海で特科工作（無線連絡拠点、コミンテルン極東情報局でゾルゲを援助、湯恩伯との縁故で複雑な地下工作、孤島上海の劇作家達を支える）。淪陥上海で上海劇芸社理事。解放上海で崑崙影業公司理事。建国後に上海市電影管理処処長。〈潘・楊の特務・反革命〉に連座、獄死。

蔡尚思 ツァイ・シャンスー　さいしょうし　一九〇五～二〇〇八　福建徳化人。歴史学者。一九二八年、北京大研究生。上海などで教学、大夏大、復旦大、華中大、滬江大、東呉大、光華大など。解放初期は滬江大校長代理。

蔡　賁 ツァイ・フェン　さいふん　一九一九～一九七三　広東新会人。電影事業家。一九三八年、延安の抗日軍政大学へ。抗大一分校（晋東南根拠地→山東根拠地）美術股長、山東実験劇団政治委員など。解放戦争では戦地記者。上海解放で上海市委軍管会文芸処秘書室主任。五〇年、上海電影制片廠副秘書長。

薩空了 サア・コンリアオ　さつくうりょう　一九〇七～一九八八　内蒙古昭烏達盟オンニュウト旗人（成都生まれ）。ジャーナリスト。生粋の新聞人／芸術理論に長ず。一九二七年、『北京晩報』記者。二九年，『世界日報』画刊。『世界画報』総編集。天津『大公報』芸術半月刊主編。四三年逮捕、重慶集中営へ。四五年、香港『華商報』編集参加。建国後は胡愈之を助けて民主同盟機関紙『光明日報』へ。

竺可楨 チュ・コオチェン　じくかてい　一八九〇～一九七四　浙江上虞東関人（紹興人とも）。Coching Chu。一九五一年、訪ソ代表団。地理学者。唐山路礦学校。イリノイ大農学院。ハーバード大で地学。中央研究院所長、浙江大校長、中国科学院副院長。

史東山　シイ・トンシャン　しとうざん　一九〇二～一九五五　浙江杭州人。映画・演劇界の先達、演出家。抗戦期に中国電影制片廠創設に参加。重慶では舞台劇の監督。一九四六年、蔡楚生と上海崑崙影業公司を設立。新中国で文化部電影局芸術委員会主任。胡風事件で自殺。

謝仁冰　シエ・レンピン　しゃじんひょう　一八八三～一九五二　江蘇武進人。民主促進会創始人の一人（中央理事）。秀才、挙人。震旦公学から京師大学堂訳学館（英文）。一九一三年、北京教育部（魯迅も在籍）。清華大、北京大、北師大、滬江大などで教授。二三年、万国教育会議（ワシントン）中国代表。抗戦時期は上海で地下活動。解放後は華東軍政委委員、蘇南行署委員。

朱潔夫　チュ・チエフ　しゅけつふ　一九一四～一九九三　江西の教育家朱念祖（江西七君子の一）の息。『救亡日報』記者高灝の夫。郭沫若と善し。上海幼稚師範教授　抗戦期は北平で地下党員。一九四九年、政務院参事。五四年、全国政協委員。

朱　青（女）　チュ・チン　しゅせい　一九二四～一九四四　上海人。外交家。陳毅秘書（英文）。上海滬江大学から、一九四二年、新四軍へ。父の朱少屏マニラ総領事は抗戦期に日本軍に殺害された。

朱　洗　チュ・シイ　しゅせん　一九〇〇～一九六二　浙江臨海人。実験動物学。一九二五年、〈勤工倹学〉でフランスへ。三七年、上海生物研究所創設。四二年、浙江琳山農業学校創設。抗戦勝利後に北平研究院生理学研究所（上海）。中国科学院実験生物学研究所長。

朱　徳　チュ・トオ　しゅとく　一八八六～一九七六　四川儀隴人（祖籍は広東韶関）。開国十大元帥の一／軍人政治家。中国人民解放軍〈建軍の父〉〈朱老総《おやじさん》〉と呼ばれる。成都の高等師範を出て体育教官。一九〇九年、雲南陸軍講武堂。中国同盟会に参加。二二年、ドイツ留学で周恩来を知り、中共入党。二七年南昌

起義。抗日戦争時期に八路軍の総指揮・総司令、中共軍事委員会副主席。

朱　明　チュ・ミン　しゅめい　一九一九〜一九六一　安徽人。本名：王鈞璧。一九三九年、延安女子大。四五年、林伯渠と結婚。五一年、訪ソ団に随行しモスクワに留まる（夫妻とも）。

周恩来　チョウ・エンライ　しゅうおんらい　一八九八〜一九七六　浙江紹興人（江蘇淮安生まれ）。字は翔宇、伍豪を名乗る。革命家／政治家／軍事家／外交家。中国共産党第一代の主要リーダー（毛・朱・周）の一人。国内外に声望高し。天津南開大。日本遊学経験もあり。フランス勤工倹学組。帰国して黄埔軍官学校政治部主任。一九二七年、南昌起義を指導。長征三五年、遵義で毛沢東路線を支持、中国革命の方向を示す。中華人民共和国の総理。

周　興　チョウシン　しゅうこう　一九〇五〜一九七五　江西永豊人。原名：劉維新。昆明軍区政治委員。一九二七年、南京の朱徳軍官教育団で南昌起義に参加。三一年、江西ソビエト保衛局秘書長。三四年、〈長征〉参加。陝北で保衛・公安畑を歴任。四九年、南京市公安局長。公安部副部長。

周谷城　チョウ・グーチョン　しゅうこくじょう　一八九八〜一九九六　湖南益陽人。歴史学者／教育家。一九二六年、農民運動から大革命失敗を経験し上海へ。四二年、復旦大学。著作：「中国通史」。

周而復　チョウ・エルフウ　しゅうじふく　一九一四〜二〇〇四　安徽旌徳人（南京生まれ）。作家。上海光華大。戦中は、一九三八年、延安で文学活動、四四年、重慶で『群衆』編集。抗戦勝利後は『新華日報』特派員、中共南方局文工委副書記。解放後は華東局統戦部秘書長、上海市委統戦副部長。このころの上海を舞台に民主改革から社会経済への転換を小説『上海の朝』四部作にまとめた。他に『医師ベチューン』『長城万里図』（六部作）など。

周小燕　チョウ・シアオイエン　しゅうしょうえん　一九一七〜　湖北武漢人。著名な声楽家／音楽教育家／上海音楽学院終身教授。一九三五年、上海国立音専。三八年、パリ留学。後年、チェコのプラハ公演で

〈中国の鴬〉と賞讃。五二年、張駿祥の伴侶。二〇一五年、なお現役。

周　仁　チョウ・レン　しゅうじん　一八九二〜一九七三　江西南京人。早年アメリカへ。帰国して上海南洋大学教務長、中央大学工学院長、中央研究院工学研究所長。新中国で中国科学院上海分院副所長、冶金陶瓷研究所長など。著作：「景徳鎮陶瓷的研究」。

周信芳　チョウ・シンファン　一八九五〜一九七五　麒麟童を名乗る。京劇麒派の創始人。江蘇淮安人。父も青衣で芸名金琴仙。一九四〇年、話劇『雷雨』にも手を染める。四九年、上海軍管会文化局戯曲改進処処長。

柔　石　ロウシィ　じゅうせき　一九〇二〜一九三一　浙江寧海人。作家／左連五烈士の一。一九二八年、魯迅のもと朝花社を組織。魯迅の推挙で『語絲』編輯。左翼作家連盟発起人の一人。三一年、国民党の手で逮捕・殺害。魯迅に「柔石小伝」あり。

周予同　チョウ・ユイトン　しゅうよどう　一八九八〜一九八一　浙江瑞安人。中国古典研究。一九一六年、北京高等師範（北師大）トップ入学。商務印書館。教育雑誌社主編。上海大学で教学。二五年、著作に『経今古文学』『経学歴史』。二七年、四一二以降、周谷城と良し。開明書店編集。四五年、復旦大学（終生教授）。解放後は華東軍政委文教委員、上海文教委副主任。民盟メンバー。

周　揚　チョウ・ヤン　しゅうよう　一九〇八〜一九八九　マルクス文芸理論家／文芸界リーダー。湖南益陽人。上海大夏大卒。日本留学。〈左連〉党団書記。上海中央局文委書記。『文学月報』主編。一九三六年、国防文学を提唱。延安で魯迅芸術院長、延安大学校長。四六年、晋察冀中央局／華北局宣伝部長。新中国で文化部副部長、全国文連副主席、作家協会副主席。

周　林　チョウ・リン　しゅうりん　一九一二〜一九九七　貴州任懐人。一九三二年、反帝大同盟に参加。三八年、新四軍鋤奸部主任、蘇中区党委社会部長。解放後は華東軍区政治部主任。四九年、上海政務接管委主任。五〇年、上海市人民政府秘書長。

徐景賢　シュイ・チンシエン　一九三三〜二〇〇七　上海奉賢

人。〈文革〉上海のナンバー3。一九六四年、上海市委写作書記。七〇年、革命委員会副主任。七一年、市委書記。著作:『十年一夢』。

徐森玉 シュイ・センユイ じょしんぎょく 一八八一〜一九七一 浙江呉江人。文物鑑定（金石学/版本学/目録学/文献学）。白鹿洞書院に学び、挙人。一九〇〇年、山西大学堂（化学）。著作に『無機化学』『定性分析』。〈奇才〉と称される。上海で文物保存同志会。清史館纂修。北京大図書館長。西北科学考察団常務理事。建国後は華東軍政委文物処処長、上海博物館館長。

徐雪寒 シュイ・シュエハン じょせつかん 一九一一〜二〇〇五 浙江慈渓人。出版家/経済学者。一九二六年、杭州で地下工作。三四年、上海で銭俊瑞、姜君辰らと中国経済情報社。『中国農村』月刊出版。三五年、新知書店で経理担当。三六年、『救亡情報』主編。抗戦期には全国に四十店舗を数える新知書店の経営。開国後は中央対外貿易部副部長。

徐鋳成 シュイ・チョウチョン じょちゅうせい 一九〇七〜一九九一 江蘇宜興人。新聞学家。一九二六年、北京にて清華大→河北大→北師大へ。その間に上海「日日通信社」北京特約通信員。新聞生活三十年。『大公報』編集主任、『文匯報』（四九年復刊）主編など。中国民主同盟中央委員。

徐韜 シュイ・タオ じょとう 一九一〇〜一九六六 江蘇邳州人。上海美専から劇作家連盟。上海業余劇人協会。上海崑崙の演出・監督。一九四九年、上海電影制片廠秘書長。『烏鴉与麻雀』編劇。

舒同 ショオ・トン じょどう 一九〇五〜一九九八 江西東郷人。書法家（舒体）。一九二〇年代より新思想/新文化の普及に尽くす。八路軍総部秘書長。華東軍区/第三野戦軍政治部主任。華東局常務委員。

徐冰 シュイ・ピン じょひょう 一九〇三〜一九七二 河北邢台南宮人。原名邢西萍。農民運動/統戦工作者。ドイツ留学。「ゴーダ綱領」など翻訳。一九三九年、重慶で南方局秘書。四九年、北平接収、北京副市長。新中国で統戦部第一副部長。

舒文 ショオ・ウエン じょぶん 一九一六〜二〇〇八 華

東野戦軍縦隊宣伝部副部長。『渤海日記』総編集。

徐平羽　シュイ・ピンウ　じょへいう　一九〇九〜一九八六　江蘇高郵人。上海大夏大。左連では筆名：王球／白丁。中共で統戦工作。解放戦期は華東野戦軍随営軍政幹校政治部主任。新中国で華東軍政委教育部高等教育処長、上海人民委秘書長、南京博物院長。

舒翼暉　ショオ・イーフイ　じょよくき　一九五一年、訪ソ代表団。参考：舒翼暉訳『蘇聯小型図書館適用十進分類法』五一年一二月。

鍾偉成　チョン・ウエイチョン　しょういせい　一八九六〜一九六六　江蘇江都人。鉄路材料管理学。上海聖ジョーンズ大。渡米してイリノイ大、シカゴ大。一九二二年、交通部秘書。二九年、交通大教授、管理学院長。建国時に交通大校務常務委員、ついで東呉大第一副学長。

蔣　燕　チアン・イエン　しょうえん　一九五一年、訪ソ代表団。潘漢年と善し。四九年、中ソ友好協会上海分会副総幹事（葉以群と二人）（総幹事は夏衍）。五三年、上海のロシア語放送学校長。訳書に『閃与雷・蘇聯大衆科学叢書』挿図本、斯捷柯爾尼著・蔣燕訳・商務印書館刊。八三年、湖南文連副主席。

向　隅　シアンユイ　しょうぐう　一九一二〜一九六八　湖南長沙人。作曲家。上海音楽専科学校出。延安魯芸、東北魯芸音楽主任。オペラ『白毛女』の共同創作に参加。一九五九年、彭徳懐を支持・連座して右傾批判を浴び、〈文革〉で康生に国民党特務と名指され迫害死。

章漢夫　チャン・ハンフ　しょうかんふ　一九〇五〜一九七二　江蘇武進人。新聞人／革命家。一九二七年、アメリカ共産党から中共へ。サンフランシスコ中共書記。二八年、モスクワ中国労働大学から第三インター東方部研究員。抗日期は武漢、重慶で『新華日報』編輯。上海解放後上海軍管委外僑担当、外交部常務副部長。

鍾敬之　チョン・ジンチ　しょうけいし　一九一〇〜一九九八　浙江嵊県人。舞台美術家。一九二七年、上海労働大で半工半読。徐懋庸／張庚らと文芸交流。三五年、左翼劇連。三八年、延安へ。楊家嶺中央大礼堂の設

計に加わる。魯芸美術工廠主任。四九年、華東軍管会文芸処副処長。上海電影制片廠副廠長。

蕭　三　シアオ・サン　しょうさん　一八九六〜一九八三　湖南湘郷人。毛沢東らと新民学会を創る。フランスに勤工倹学。モスクワ東方労働大学に学ぶ。一九二六年、上海で共青団代理書記。二八年、モスクワ東方大教員。左連駐ソ代表。コミンテルンの〈左連解散〉指示を伝達。建国後は作家協会書記、文化部対外連絡局長、中ソ友協副総幹事など。

饒漱石　ラオ・シュウシ　じょうそうせき　一九〇三〜一九七五　江西臨川人。一九二五年、中共入党。大革命失敗後英仏ロシアへ。二九年、満州、東北地区党書記代行。三二年、一二八に上海滬西罷工委党団書記（仮名多数）。抗日時期に華中局副書記。江西・浙江で秘密活動。新四軍政治委員代理。解放後は華東局書記、上海市委書記、華東軍事委主席。五三年、高崗・饒漱石反党事件の名目で失脚。

聶鳳智　ニエ・フォンチ　じょうほうち　一九一四〜一九九二　湖北礼山人。軍人。一九二九年、紅軍、〈長征〉に参加。抗日軍政大学教員。解放戦争では華東野戦軍二十五師長。建国後は華東軍政大学教育長。

蕭也牧　シアオ・イエムウ　しょうやぼく　一九一八〜一九七〇　浙江呉興人。労働者／作家。杭州電業学校卒。抗日救亡運動。徐特立の紹介で臨汾の山西民族革命大学へ。晋察冀辺区に入り文芸活動。新中国で『偉大的祖国』叢書編集、『紅旗飄飄』叢刊主編。四九年秋の創作『我們夫婦之間』が映画化され反党と認定されて迫害死。

邵力子　シャオ・リイツ　しょうりきし　一八八二〜一九六七　浙江紹興人。国民党革命委員会指導者の一。晩年〈和平老人〉と尊称される。光緒二十七年、挙人。新聞人。『民国日報』創刊／主筆。上海大学創設／校長。中ソ文協副主席、駐ソ大使。国共和平談判で国民政府の代表メンバー、決裂後は国府を離脱し北京に留まる。

秦　怡　チン・イ　しんい　一九二二〜　上海人。映画演劇女優／四大女優の一。応雲衛に見いだされて女優業。一九三八年、中華職業学校。重慶で中電の俳優。

中万劇団、中華劇芸社。話劇『大地回春』『欽差大臣』『清明前後』など二十余りの舞台出演。建国後は上海電影制片廠。

沈尹默 シェン・インモオ　しんいんもく　一八八三～一九七一　浙江呉興人（陝西興安生まれ）。教育者／書法家。嘉興師範から日本へ、京都大卒。北京大／北京女子師範で教職。一九一八年、『新青年』雑誌に参加。白話詩を唱導。北平大校長。解放後は中央文史館、上海市委委員。

沈鈞儒 シェン・チュインルウ　しんきんじゅ　一八七五～一九六三　浙江嘉興人。一九五一年、訪ソ代表副団長、引き続き訪独代表団団長。〈救国七君子〉の一人。〇四年、清朝最後の進士。〇八年、浙江両級師範学堂に許寿裳、魯迅を招く。同盟会→南社→民権保障同盟。四八年、解放区へ。民主同盟主席。新中国で最高人民法院長。

沈　謙 シェン・チエン　しんけん　一八九五～一九七七　浙江嘉興人。〈救国七君子〉沈鈞儒の長子。一九五一年、訪ソ・訪独代表団。少年期は父と日本へ。ドイツで医学博士。北京で外交部医官。上海解放時に上海医学会講座教授。五〇年、北京で中南海問診部内科主任。

任宗徳 レン・ツォントオ　じんそうとく　一九一〇～二〇〇七　四川楽山人。著名実業家／映画会社経営。重慶『新華日報』に資金援助、自宅を連絡拠点とする。四六年、上海聯華影芸社に参画。四七年、家産を傾けて崑崙影業公司を立ち上げ総経理。夫妻で設立した出版社は進歩派の溜り場となる。

沈旦華 シェン・タンフア　しんたんか　一九三八～　夏衍の長子。上海（愛文義路普益里三十八号）生まれ。上海交通大。電子科学専家。北京工大教授。

沈知白 シェン・チイパイ　しんちはく　一九〇四～一九六八　浙江呉興人。音楽家、上海にいた青島生まれのロシア系作曲家アヴシャローモフに師事。一九四〇年、滬江大音楽系、上海音専で教学。解放後は中央音楽院華東分院研究室、上海音楽院民族音楽系主任。著作：『中国音楽史』『簡明音楽詞典』。

沈　寧 シェン・ニン　しんねい　一九三一～　夏衍の長

女（夏衍の筆名にも）。上海（塘山路業広里四二号）生まれ。抗戦後期から父に随行すること多し。華北大→人民大学、社会科学院で『世界文学』編集。

盛丕華　ション・ピイホア　せいひか　一八八二〜一九六一　浙江慈渓人。原名は沛華。新中国で上海副市長／民主建国会中央副主任。上海の貴金属・金融業で修業。虞洽卿らと上海証券物品交易所を起業、上海商業会のリーダー。新文化への関心強く、一九三四年、『新社会』半月刊を創刊。馬寅初・章乃器・巴金らも寄稿。

盛康年　ション・カンニエン　せいこうねん　一九一四〜一九六五　浙江慈渓人。上海で救亡工作、武漢で青年救亡協会活動。『新社会』半月刊を受け継ぎ、花鳥風月から評論時政・宣伝抗日へ。宋慶齢・何香凝・馬相伯らと中国民族武装自衛委員会。建国後に栄毅仁・盛康年の小集団（ブルジョワジー）と批判されたりした。

石　揮　シイ・フイ　せきき　一九一五〜一九五七　天津人。映画演劇俳優。一九三五年、四一劇社で『日出』劇に参加、三七年、上海に出て上海劇芸社、苦幹劇団など。『文天祥』『蛻変』『大馬戯団』などに主演。四一年、映画に転出。『太太万歳』『腐蝕』など。新中国では監督業。老舎原作『我這一輩子』では自編・自導・自演。反右派闘争で自殺。

銭学森　チエン・シュエセン　せんがくしん　一九一一〜二〇〇九　浙江杭州人（上海生まれ）。ロケット学者／〈中国宇宙研究の父〉。呉越王銭鏐三十三代の末裔。一九三四年、交通大からアメリカ留学、マサチュウセッツ工科大、カリフォルニア工科大。五〇年、赤狩りで逮捕・軟禁。五五年、朝鮮戦争での捕虜交換で帰国。中国の人工衛星やミサイル開発の中心人物。

銭杏邨　チエン・シンツォン　せんきょうそん　一九〇〇〜一九七七　安徽蕪湖人。文芸評論／文学史家。筆名：阿英。早年、上海で土木工程を学ぶ。北伐期に武漢で全国総工会宣伝部。大革命失敗後に蔣光慈らと太陽社結成（論文「死去了的阿Q時代」が出色）。中共閘北街道支部で沈端先（夏衍）らと工作。〈左連〉常務委員。文芸活動は多彩で多才（作協／劇協／曲

芸協／民間文学／英文出版物）。近現代文学資料の蒐集／整理／研究。一九四一年、蘇北抗日根拠地入り。建国後は天津市文化局長、華北文連主席など。

銭俊瑞　チエン・ジュンルイ　せんしゅんずい　一九〇八～一九八五　江蘇無錫人。一九二九年、中央研究院社研に就職。三三年、タス通信社上海分社。胡愈之らと『世界知識』『永生』『現世界』雑誌編纂。三五年、左翼文化同盟宣伝委。新四軍政治宣教部長、新華社北平分社総編集。新中国で教育部党組書記、副部長。文化部党組書記、副部長。

銭鍾書　チエン・チョンシュ　せんしょうしょ　一九一〇～一九九八　江蘇無錫人。作家／教授。清華大外文卒。オクスフォード大、パリ大学院。抗戦期に帰国して西南聯合大。また北京図書館／中央図書館。新中国で精華大、社科院文学所。著作：『談芸録』『囲城』（邦訳：「結婚行進曲」）。

銭昌照　チエン・チャンチャオ　せんしょうしょう　一八九九～一九八八　江蘇常熟人。オクスフォード大学で経済研究。国民政府外交部秘書、教育部常務次長。抗日戦中は資源委員会主席そして委員長。新政府では政務院財経委員、計画局副局長、国民党革命委員会副主席。

曾遠輝　ツォン・ユエンフイ　そうえんき　一九一〇～一九八二　外交部駐満州里連絡処処長。

宋慶齢　ソン・チンリン　そうけいれい　一八九三～一九八一　広東文昌（海南）人。中国人民共和国名誉主席。孫文の伴侶、宋家三姉妹の一、渡米してウエスレイアン大卒。一九一四年、孫文秘書。孫文の連ソ・連共・農工扶助の三大政策を推進、中共を積極支援。

曾　山　ツォン・シャン　そうざん　一八九九～一九七二　江西吉安人。曾珊とも。一九二六年、中共入党、江西ソビエト主席。三五年、モスクワへ。抗日時期は新四軍南昌辧事処主任、東南局組織部長、華中局組織部長。新中国で華東軍政委副主席兼財経委主任、上海市副市長。

宋時輪　ソン・シイルン　そうじりん　一九〇七～一九九一　湖南醴陵人。軍人。一九二六年、黄埔軍官学校。二九年、〈工農紅軍〉遊撃隊長三五軍参謀長など。三四年、〈長征〉参加。抗日時は八路軍第四縦隊司令員。四〇年、マルクス・レーニン学院から中央党校へ。解放戦で華東野戦軍縦隊司令員など。上海解放で淞滬警備司令員。

曹日昌　ツァオ・リイチャン　そうじつしょう　一九一一〜一九六九　河北束鹿人。五一年、訪ソ・訪独代表団。心理学者。ケンブリッジで博士、マルクス認識論を基礎にする。新中国で科学院心理研副所長。五一年、科学普及協会代表団で茅以升らとチェコにいた。

曹荻秋　ツァオ・ティチウ　そうてきしゅう　一九〇九〜一九七六　四川資陽人。重慶市委宣伝部長から上海へ転出。中国文化総同盟秘書。社会科学研究会党団書記。上海〈社連〉の時に逮捕、徒刑五年。一九三七年、出獄後は蘇北区党委書記、江淮区党委書記など歴任。四九年、重慶に戻って市委第一書記、市長。五五年、上海に転出して市委、市長。

荘　棟　チュアン・トン　そうとう　一九一六〜一九七二　江蘇鎮江人。五一年、訪ソ代表団。本名：荘国棟。李公樸を慕い漢口で抗日の道へ。英文・エスペラント・ロシア語で翻訳。延安『解放日報』記者。中ソ友協武漢分会責任者、文字改革委員会副秘書長。

曹未風　ツァオ・ウエイフォン　そうびふう　一九一一〜一九六三　浙江嘉興人。シェイクスピア研究。上海大夏大外文系主任。シェイクスピア劇翻訳二十余篇。トインビー「歴史研究」翻訳。新中国で華東軍政委教育部高教処副処長。

曹漫之　ツァオ・マンチ　そうまんし　一九一三〜一九九一　山東栄成人。一九三八年、山東人民抗日救国軍第三軍政治部主任。以後も膠東根拠地域で活動。前線支援司令員。四八年、華東局に転じ鄧小平・陳毅らの指導の元に淮海前線政策研究室。「中国人民解放軍入場三大公約七項守則」を起草。上海解放では軍管委政務接管委副主任、民政局局長。

粟　裕　ス・ユイ　ぞくゆう　一九〇七〜一九八四　湖南会同人。軍人。南昌起義に参加。朱徳・陳毅について井崗山に上る。一九三四年、紅軍北上抗日先遣隊。抗日期は新四軍蘇北指揮部。解放戦争では華中軍区副司令、華中野戦軍副司令、第三野戦軍副司令。

孫建晨　スン・チエンチェン　そうけんしん　一九五一年、訪ソ代表団。

孫仲徳　スン・チョントオ　そんちゅうとく　一九〇三〜一九六二　安徽肥西人。軍人。一九二〇年、直隷系軍閥の保定営軍校。二七年、国民革命軍連長（中隊長）。抗戦期に新四軍江北遊撃縦隊司令員、アメリカ従軍記者スメドレーが賞讃。七師参謀長。解放戦争期に華東野戦軍先遣縦隊司令員、のち合肥軍管委主任。新中国で安徽省副省長。

孫伝芳　スン・チュエンファン　そんでんぽう　一八八五〜一九三五　山東泰安人。軍事家／直隷系軍閥首領。一九〇四年、保定速成学堂。〇八年、日本で陸軍士官学校。二三年、福建軍務督理。二四年、江浙戦争（長江下流をめぐる利権戦争、第二次奉直戦争）に出兵。二六年、北伐軍の東進を阻む。二八年、北伐国民軍に敗北。

孫冶方　スン・イエファン　そんやほう　一九〇八〜一九八三　江蘇無錫人。農村経済研究。モスクワ中山大を経て上海で工作。新知書店で『中国農村』主編。蘇北抗日根拠地で華中局工作。上海接管工作に参加して上海軍管会工業処長、華東軍政委工業部副部長。建国後は中国科学院経済研究所所長など。

孫　瑜　スンユイ　そんゆ　一九〇〇〜一九九〇　四川自貢人（重慶生まれ）。映画監督／映画作家。早年、五四運動、清華大を経てアメリカ留学。ウイスコンシン大、ニューヨーク撮影学院、コロンビア大で映画、演劇、監督術、撮影術を身につける。帰国して映画界に新風を吹きこむ。三一年、黄花崗烈士の『自由魂』、三二年、織物女工の『天明』、三四年、抗日反帝の『大路』など。夏衍と並んで上海映画は彼が創ったとも言えようか。『FC』九十一号「孫瑜監督と上海映画の仲間たち」をお薦めする。

た行

戴白韜　タイ・バイタオ　たいはくとう　一九〇七〜一九八一　戴伯韜とも。江蘇丹陽人。南京暁荘師範卒。一九三五年、上海国難教育社、『生活教育』編集。華中局

宣伝部国民教育科科長。四八年、山東解放で省教育庁長、上海解放で軍管会文教管制委副主任。五四年、北京に転出して人民教育出版社総編集。著書：「陶行知的生平及其学説」。

譚抒真 タン・シュウチェン たんじょしん 一九〇七～二〇〇二 山東濰坊人（青島生まれ）。提琴奏者／制作者／信望厚い音楽教育家。一九二二年、青島でホルシュフスキイに師事。二三年、北京大音楽伝習所。二四年、青島でパウル・ストラウスに師事。二五年、上海工部局交響楽団ホイストに師事。二六年、劉海粟の招きで上海美専へ。三五～四七年、上海工部局オーケストラ。四九年、上海音楽学院副院長。ヴァイオリン製作は三〇年代から。五一年、賀緑汀院長支持のもと学院内に楽器工廠を設立。

譚震林 タン・チェンリン たんしんりん 一九〇二～一九八三 湖南攸県人。政治家／国務院副総理。〈文革〉で〈二月逆流〉の中心人物。長く革命武装闘争。湘贛辺界特委書記。〈長征〉参加。中央華中局副書記、第三野戦軍副政治委員。新中国で浙江省委書記、国務院農林辦公室主任。

譚惕吾（女） タン・ティウ たんてきご 一九〇二～一九九七 湖南長沙人。婦女連合会副主席。顧頡剛夫人。一九五一年、訪ソ・訪独代表団。女性民主派人士。日貨排斥／五三〇／三一八。四〇年、重慶で王昆崙と民主革命同盟創設。新中国で国務院参事、中ソ友協。

池　寧 チイ・ニン ちねい 一九一四～一九七三 浙江温州人（瑞安生まれ）。美術師。一九三三年、杭州に三川美術書社を創る。三五年、上海にデザイン事務所。三六年、上海業余劇人協会。三七年、上海文化救亡協会、次いで上海劇芸社の舞台美術。四二年、蘇北根拠地に入り塩城魯芸へ。四五年、上海芸術劇団で『戯劇春秋』『陞官図』の舞台美術。上海解放で軍管会文芸処電影室副主任、五四年、ソビエト研修。

張　客 チャン・コオ ちょうかく 一九一五～一九八九 河北宝坻人。監督／教育者。一九三六年、上海業余劇人協会、業余実験話劇団。三七年、救亡演劇四隊へ。四九年、上海崑崙公司副監督。解放後は上海軍管会文芸処電影室委員。五〇年、上海電影制片廠監督。

（趙）超構　（チャオ）・チャオコウ　ちょうちょうこう　一九一〇～一九九二　浙江瑞安人。名物記者。一九三四年、中国公学政経系卒。南京『朝報』へ。三八年、重慶『新民報』主筆。四四年、陝甘寧辺区と延安を視察して著作「延安一月」。四六年、上海『新民報』創刊、主筆、上海解放で社長。民主同盟メンバー。

趙行志　チャオ・シンチイ　ちょうこうし　一九一七～二〇〇九　江蘇武進人（四川成都生まれ）。一九三八年、革命参加、山東沂蒙山八路軍根拠地へ。山東縦隊で政治部会計／民運幹事／組織幹事。四五年、山東軍区政治部（組織部幹部科科長）。上海解放で軍管会文教接管秘書主任、上海市人民政府副市長。

張治中　チャン・チイチョン　ちょうじちゅう　一八九〇～一九六九　安徽巣県人。愛国将領／国民党革命委員会。一九一六年、保定軍官学校三期。黄埔軍官学校教官、学生隊総隊長。北伐革命軍副官長。二七年、欧米留学。中央陸軍軍校教育長。長沙大火のあと軍事委員会政治部長。皖南事変後も〈国共合作〉継続を蒋介石に進言。四五年、重慶談判。四九年、国民党和平代表団主席代表。新中国で国防委員会副主席。

張駿祥　チャン・ジュンシアン　ちょうしゅんしょう　一九一〇～一九九六　江蘇鎮江人。筆名：袁俊。電影劇作家／監督。清華大卒五年留校。三六年、エール大で演劇研究、四〇年、帰国。戯劇教学と編導工作。『蛻変』『北京人』の演出。解放後は上海制片廠美術副廠長、上海電影局局長。

趙祖康　チャオ・ヅカン　ちょうそこう　一九〇〇～一九九五　江蘇松江（上海市）人。道路工学専家。南洋公学→唐山交通大→コーネル大。上海工務局長、上海市長代理。上海解放で陳毅にバトンタッチ、留用されて工務局長、民革副主席。

張大煒　チャン・タウエイ　ちょうだいい　一九一七～一九七九　河北肥郷人。新聞工作者。抗戦時期は冀南（河北）地区で『冀南日報』記者。一九四八年、南下して『長江日報』（中南局の機関紙）農村組長。新中国で五二年、海南に転出し『新海南報』総編集。

趙　丹　チャオタン　ちょうたん　一九一五～一九八〇　山東肥城人。中国を代表する映画俳優／演劇人。中学で小小劇社を組織、上海美専在学中に宋之的、鄭君里らの新地劇社に参加。一九三三年〈劇連〉、上海業余劇人協会に参加。映画に引き抜かれ『十字街頭』『馬路天使』で人気沸騰。抗戦中、新疆軍閥に迫害されて五年入獄。建国後は上海電影制片廠で監督。映画『武訓伝』『李自珍』『聶耳』など。

張天翼 チャン・ティエンイ ちょうてんよく 一九〇六～一九八五 湖南湘郷人（南京生まれ）。作家／児童文学者。貧しいが開明な父の薫陶下に育つ。上海美専（絵画）、北京大（中退）。一九二八年、小説「三天半的夢」が魯迅の目にとまり『奔流』に掲載され作家生活に。三一年、〈左連〉加盟。『北斗』『十字街頭』編集。抗戦期に発表した「華威先生」は政府の文化介入を諷刺して評判となる。解放後は作協書記処書記など。後半生は結核で創作に集中できず。

張福林 チャン・フーリン ちょうふくりん 一九〇〇～一九七八 山東棗荘人。棗庄の労働運動リーダー。一九二三～三四年、済南で入獄。四五年、勝利後、棗荘市長、のち山東総工会副主席、華東煤礦管理局技術安全監察処長、煤礦学院副院長。

張明養 チャン・ミンヤン ちょうめいよう 一九〇六～一九九一 浙江寧海人。ジャーナリスト。一九二九年、復旦大。商務印書館編集『東方雑誌』『学生雑誌』主編。復旦大政治系教授。解放初期に開明書店『進歩青年』主編。のち世界知識出版社副総編、人民出版社総編。

張孟聞 チャン・モンウエン ちょうもうぶん 一九〇三～一九九三 浙江寧波人。動物学者。一九二六年、東南大。北伐に白崇禧秘書。四一二クーデタで日本へ。二八年、北平大農学院、南京中国科学社生物研究所。三四年、パリ大学。三七年、竺可楨の招きで浙江大へ。両棲動物と爬行動物の研究一筋。四三年、重慶の復旦大。建国後も復旦大生物系で主任。

張楽平 チャン・ラピン ちょうらくへい 一九一〇～一九九二 浙江海塩人。漫画家。上海で新聞・雑誌の紙面を飾る画家。代表作『三毛流浪記』は、一九四九年映画（昆侖）化され人気。戦後の『三毛学生意』も、五七年映画化（天馬電影）。

張瀾 チャン・ラン ちょうらん 一八七二〜一九五五 四川南充人。清末の秀才〈布衣張瀾〉の誉あり。辛亥革命までは立憲派。四川保路同志会のリーダー。四川省長、成都師範校長。抗戦期に国民参政会参政員、民主同盟主席。新中国で中央人民政府副主席。

張林 チャンリン ちょうりん 一九〇四〜一九八二 山東平度人。原名：郝長発。一九二五年、母と哈爾浜《ハルピン》へ。靴屋の徒弟。鉄路労働。三二年、哈爾浜抗日救国軍。三五年、少年共産国際代表でソ連へ。三六年、モスクワ東方大学。三八年、新疆から延安入り、中央党校幹部部。四五年、陝甘寧辺区代表団メンバー。抗戦勝利後、東北工作。四七〜四八年、松江省委組織部副部長兼群衆工作隊長。

陳烟橋 チェン・イエンチアオ ちんえんきょう 一九一二〜一九七〇 広東東莞人。画家。木刻画の普及に努める。筆名：李霧城。左翼美術連盟。陳鉄耕らと木刻野穂社。重慶で『新華日報』美術主任。新中国で華東軍政委美術室副主任。著作：『魯迅与木刻』『新中国的木刻』

陳家康 チェン・チアカン ちんかこう 一九一三〜一九七〇 湖北広済人。長期に中共駐蔣管区代表機構で工作。抗日時期は周恩来秘書。新中国で外交部司長、駐エジプト大使、外交部副部長など。

陳鶴琴 チェン・ホオチン ちんかくきん 一八九二〜一九八二 浙江上虞人。教育家／児童心理学。清華大からコロンビア大へ。五四期に師範教育と児童教育の主張。解放前に国民党特務に捕まるが上海五大学校長の尽力で保釈。解放後は中央政府文教委員、華東局文教委員。九三学社のメンバー。

陳毅 チェン・イ ちんき 一九〇一〜一九七二 四川楽至人。開明な儒将／開国十大元帥の一。成都の甲種工業学校からフランス〈勤工倹学〉、愛国運動の廉《かど》で送還。重慶『新蜀報』文芸副刊主筆。一九二三年、北京中法大で北京学生総会党団書記。二六年、四川に戻って兵運工作。二七年、中央軍事政治学校武漢分校の中共書記。二八年、朱徳と井崗山へ。〈長征〉後は中央ソビエト区で遊撃戦。皖南事変後に新四軍代理軍長。解放戦期は山東野戦軍、華東野戦軍、第三野戦軍を率いて上海、南京を解放。建国後は上海市長、副総理、外交部長。〈文革〉で厳しい迫害に遭う。

陳訓悆 チェン・シュンユイ ちんくんよ 一九〇七～一九七三 浙江慈渓人。一九三〇年、上海同文書院卒。上海特別市政府、香港国民党中央海外部駐港辨事処、『国民日報』社長、重慶『中央日報』総編集。抗戦勝利で同紙南京特派員。戦後の上海で『申報』総経理総編集。

陳秋草 チェン・チウツァオ ちんしゅうそう 一九〇六～一九八八 浙江鄞県人（上海生まれ）。国画家。一九二五年、上海美専。明星公司で字幕装飾画。二八年、白鵝画会に参加。三四年、良友図書で『美術雑誌』編集。五〇年、華東軍政委文化部芸術処で工作。後に上海美術館長。

陳石英 チェン・シイイン ちんせきえい 一八九〇～一九八三 上海人。熱エネルギー学者。一九〇六年、烟台海軍学校。一三年、マサチュウセッツ工科大造船技術。上海交通大工学院機械系主任、中国機械行程学会上海分会長。建国後は交通大烈エネルギー工程教授、副校長。実験と教学五十年。

陳乃昌 チェン・ナイチャン ちんだいしょう 一九一〇～二〇〇四 福建安渓人。シンガポール生まれ。重慶三庁敵偽宣伝主任、大公報記者、民主建国会、九三学舎、中国国際貿易促進顧問。

陳中凡 チェン・チョンファン ちんちゅうぼん 一八八八～一九八二 江蘇塩城人。文学史家（古典文学）。一九一七年、北京大。一九年、北京女高師国文主任。教学（東南大／広東大／東呉大／金陵大／暨南大）。抗戦時期は四川大／金陵女子文理学院。民盟中央委員。

陳同生 チェン・トンション ちんどうせい 一九〇六～一九六八 四川営山人。統戦工作。一九二七年、広州起義に参加。のち成都／上海で党工作。〈社連〉、左翼文化同盟。三七年、中国青年記者学会、国際新聞社の骨幹。江南抗日義勇軍秘書長、華東・華中軍区連絡部部長。解放後は南京市委統戦部長、華東局統戦部副部長。文革で迫害死するがかれの回顧録はほぼ

『紅旗飄々』『星火燎原』に採り入れられている。

陳白塵　チェン・パイチェン　ちんはくじん　一九〇八〜一九九四　江蘇淮陰人。作家／劇作家。上海芸大／南国芸術学院に学び、南国社で創作開始。抗日戦争中の演劇活動がめざましく名作を残す。『大地回春』『結婚行進曲』『石達開』『歳寒図』『陞官図』。

陳望道　チェン・ワンタオ　ちんぼうどう　一八九〇〜一九七七　浙江義烏人。啓蒙家／〈五四〉新文化運動の指導者。一九一九年、日本留学、中央大学。二〇年、『新青年』編集、新文化運動の推進。マルクス「共産党宣言」訳者。抗日戦で救亡活動。中国作家抗日会秘書長、重慶復旦大文学院長。建国後は華東軍政委文教委副主任兼文化部長、民盟副主席、上海市委主席委員。

陳鯉庭　チェン・リイティン　ちんりてい　一九一〇〜二〇一三　上海人。劇作家／映画監督／芸術理論家。筆名：麒麟、CLTなど。大夏大高等師範系。上海の新興アマチュア演劇を肌で知る一人。一九三一年、学生演劇にアイルランド劇を翻訳提供。三二年、劇連に参加、プドーフキン『映画俳優論』翻訳。三六年、夏衍『上海屋檐下』、陳白塵『石達開的末路』演出。抗戦初期に街頭劇『鞭を棄てろ』。救亡演劇四隊を率いて上海を離れ、四一年、重慶入り。中電の脚本委員。中華劇芸社、中国芸術劇社でゴーゴリ『検察官』、夏衍『復活』、陳白塵『歳寒図』、郭沫若『屈原』上演を手がける。解放後は上海電影の監督、天馬電影制片廠長など。

鄭漢先　チョン・カンシエン　ていかんせん　一九〇六〜一九三三　福建閩県人。別名：陳徳輝。東京成徳中から明治専門学校（いま九州工業大学）へ。給費学生で「快闊方正」の人物評が学校に残されている。寄稿論文「日本学生諸君に與ふ」は当時の留日学生の気概を示す。一九三一年、上海から武漢へ。湖北省委を主宰。漢口で壮烈な犠牲。

鄭君里　チョン・チュインリイ　ていくんり　一九一一〜一九六九　広東中山人（上海生まれ）。映画／演劇人。一九二七年、南国芸術学院演劇科。二九年、摩登劇社結成に参画。三一年、劇連成立に参画。三二年、映画にも進出して聯華公司へ。三七年、スタニスラフスキー『芸術におけるわが生涯』分担訳出。抗戦期に救亡演劇第三隊長で大後方へ。蔡楚生と創った映画『一江春水向東流』『烏鴉与麻雀』は名作の誉れ高い。〈文革〉で迫害死。

鄭振鐸 チョン・チェントォ ていしんたく 一八九八～一九五八 福建長楽人。十万冊の蔵書家／文学者。号に西諦。五四期に社会参加。沈雁冰らと文学研究会。商務印書館『世界文庫』主編。抗日期に祖国文献搶救工作。「魯迅全集」出版。建国後は考古研究所・文学研究所の所長。海外からの帰国時に飛行機事故死。

鄭 文（女） チョン・ウェン ていぶん 一九一七～二〇〇一 陝西三原人？ 作家。一九五一年、訪ソ代表団。参考：短編集『延河曲』、『延安風貌紀実』『鴨緑江畔戦旗紅』。

田魯（査良景） ティエンルー でんろ （チャ・リアンジン さりょうけい） 一九一五～二〇〇八 ホンコン著名劇作家。浙江海寧人。嘉定の三傑（瞿白音、葛一虹と）、嘉定青年文化促進会。陳鯉庭に誘われて上海へ。電影劇作創作所へ。筆名：田魯。

杜維屏 トゥ・ウエイピン といへい 杜月笙の息子。マサチュウセッツ工科大で紡績を学ぶ。一九四八年、中匯銀行経理のとき〈囤積炒股〉（売り惜しみ・空株煽り）狩りで逮捕・失脚。

涂羽卿 トゥ・ウーチン とうけい 一八九五～一九七五 湖北黄岡人。物理学者／聖ジョーンズ大校長／キリスト教青年会総幹事。一九一四年、精華大からアメリカへ。一八年、マサチュウセッツ工科大、コロンビア、シカゴ大で博士。帰国して東南大、上海滬江大へ。

杜月笙 トゥ・ユエション とげつしょう 一八八八～一九五一 上海浦東人。本名：李小亮。上海の浮浪児、青幇やくざの黄金栄に見いだされ、黄・張嘯林と上海に三大ボスの一角を占める。戦後は香港に亡命。

唐雲旌 タン・ユインション とううんせい 一九〇八～一九八〇 上海嘉定人。新聞人。筆名：唐大郎。上海『東方日報』編集。『光化日報』『光復日報』『小声

報』総編集。解放後は『亦報』総編集。『新民晩報』編集委員。著書：『閑居集』。

鄧穎超　トン・インチャオ　とうえいちょう　一九〇四～一九九二　革命家／社会活動家／婦人運動の先駆者。周恩来夫人。河南光山人（広西南寧生まれ）。一九一九年、五四期に周恩来らと天津学生愛国運動を起こす。覚悟社を組織。新中国で毛・周・鄧小平についで第四代目の政治協商会議主席。

董　慧　トン・フイ　とうけい　一九一九～一九七九　潘漢年の伴侶。広東籍（香港生まれ）。香港の大銀行家の娘。北平で一二九運動に参加。抗日戦争で延安から上海、香港に戻る地下党（南方局系）の資金調達。解放後は上海市委の秘書処副処長。潘案に連座して入牢七年。

陶行知　タオ・シンチ　とうこうち　一八九一～一九四六　安徽歙県人。著名な教育家。中華教育改進社、南京郷村師範学校長、上海文化界抗日救国連合会、国民参政会参政。抗戦期に育才学校を創設。一九四五年、中国民主同盟参加。四六年春、上海に戻るが脳溢血で逝く。

唐守愚　タン・ショウユイ　とうしゅぐ　一九一〇～一九九二　山東梁山人。中国文字改革委副主任／国家語言文字工作委副部長。北大歴史系卒。江蘇南通地区江北特委書記。建国時は上海高等教育処処長。華東軍政委教育部副部長。

鄧小平　トン・シアオピン　とうしょうへい　一九〇四～一九九七　四川広安人。プロレタリア革命家／政治家／軍事家／外交家。中共中央総書記。一九二〇年、フランスで〈勤工倹学〉。ソ連で学習。馮玉祥国民軍で政治工作。孫中山軍校政治部主任。中国工農紅軍左江／右江革命根拠地を創る。三四年、〈長征〉参加。

童長栄　トン・チャンロン　どうちょうえい　一九〇七～一九三四　安徽湖東人。作家／革命家。五三〇のあと来日、東京帝大。中共旅日特別支部工作。一九二八年、上海で反帝大同盟。「太陽社」と左連に参画。九一八から東北満州工作に転じ、東満の武装抗日闘争で犠牲となる。

董天民　トン・ティエンミン　とうてんみん　一八九三～一九六六　浙江紹興人。戯曲表演芸術家。袁雪芳らの戯曲改進会発起人の一人。華東軍政委文化部で旧戯改革班副主任。

は行

馬寒冰　マア・ハンピン　ばかんひょう　一九一六～一九五七　福建海澄人。鼓浪嶼育ち。一九三二年、滬江大。三七年、緬甸《ビルマ》『仰光日報』編集。『興商日報』総編集。華僑文芸界救国後援会で宣伝担当。三八年、帰国して陝北公学、八路軍文芸工作隊。抗戦勝利後は南征北戦、新疆軍区文化部長。新中国で解放軍総政文化部文芸処長。

巴　金　パア・チン　はきん　一九〇四～二〇〇五　本名：李尭棠。四川成都人（原籍は浙江嘉興）。二〇世紀に最大の影響力を持った作家／翻訳家／編集者。一九二七～二九年、フランス留学。三三年、小説『家』は中国知識青年のベストセラー。三四年、日本遊学。上海文化生活出版社、平明出版社総編集。

馬天水　マア・ティエンシュイ　ばてんすい　一九一二～一九八八　原名：馬登年。河北唐県人。唐県政府財経科長。中共冀晋五分区地委書記。一九三八年、延安抗大。華東局財経委副書記、上海市委書記。

梅蘭芳　メイ・ランファン　ばいらんほう　一八九四～一九六一　江蘇泰州人。中国を代表する京劇女形。北京梨園世家の出。一九一三年、上海で初公演。青衣／花旦などに「梅派」芸術を確立した。新中国で京劇院長、戯曲研究院長。著作：『舞台生活四十年』『我的電影生活』『梅蘭芳文集』。

パウエル（鮑威爾）　Powell, John Benjamin　一八八六～一九四七　アメリカ人ジャーナリスト。第一次大戦後に来華、上海『ミラーズ・レビュー』（密勒氏評論報）紙記者。やがてトーマス・ミラードから本紙を譲渡されて主幹として『チャイナ・ウイークリ・レビュー』と改題・続刊。日米開戦で逮捕・拘禁。一九四二年、外交官／新聞記者交換で帰国時は担架で搬送。戦後その子息が同紙を復刊し五三年に停刊。

白　楊　パイヤン　はくよう　一九二〇〜一九九六　湖南湘陰人（生まれは北京）。女優（映画演劇界四大名女優の一人）。女作家楊沫の妹。一九二九年、余上沅、丁西林らの小劇院に参加。苞莉芭《ボーリバ》（闘争）劇社、中旅劇団。三六年、明星映画で『十字街頭』を撮る。抗戦期は重慶で『ファッショ細菌』『屈原』劇で人気沸騰。戦後は崑崙映画『一江春水向東流』など。

潘漢年　パン・ハンニエン　はんかんねん　一九〇六〜一九七七　江蘇宜興人。無産階級革命家／文化統一戦線工作／左翼文化運動指導陣の一人。創造社『洪水』主編。『革命軍日報』総編集。一九二九年、中共中央文化委書記。〈左連〉の書記。抗戦中は国共間の難解な裏工作（逆スパイ、二重特務まがい）を手がける。新中国で華東局社会部長、上海市常務副市長。五五年、下獄。名誉回復がかなり遅れた。

潘震亜　パン・チェンヤア　はんしんあ　一八八九〜一九七八　江西南城人。法学者／弁護士。一九〇八年、同盟会。一一年、武昌起義に新軍参加。一六年、『申報』『新聞報』南昌特約通信員。二〇年、国民党員。三四年、中共党員。三七年、党との連絡杜絶。四六年、重慶〈校場口事件〉で史良と弁護に立つ。復旦大で教学。上海解放で復旦法学院長。五〇年、中央人民政府監察委副主任。

范長江　ファン・チャンジアン　はんちょうこう　一九〇九〜一九七〇　四川内江人。著名なジャーナリスト。一九三二年、北京大哲学系卒。抗日救国の論陣をはる。三六年、『大公報』特約記者、紅軍長征を報道。抗日期には陳同生と漢口で青年記者会。胡愈之と国際新聞社。四一年、蘇北で新四軍に。華中版『新華日報』。解放後は新華社総編集。『解放日報』・『人民日報』社長。著作に『中国の西北角』。

ファジェーエフ（法捷耶夫）　アレクサンドル・アレクサンドロヴィッチ・ファジェーエフ　一九〇一〜一九五六　ソビエトロシア作家。極東育ち。ウラジオストック商業学校。内戦に赤軍従軍。一九二三年、処女作『氾濫』。二七年、『潰滅』（魯迅訳あり）で評価高し。四六年、『若き親衛隊』でスターリン賞。四九年、新中国の開国大典にソビエトロシア文科芸術科学工作者代表団長。フルシチョフのスターリン批判、ショーロホフのファジェーエフ批判で自殺。

傅　雷　フ・レイ　ふらい　一九〇八〜一九六六　フランス文学研究／翻訳家。上海持志大（私立、上海外国語学院の前身）からフランス留学。パリ大、ルーブル美術史学校、帰国して上海美専教授。劉海粟、倪貽徳らと『芸術旬刊』。一九三四年、『時事匯報』総編集。南京中央個物保管委科長。抗戦時期は翻訳に集中。訳書：『ジャン・クリストフ』『トルストイ伝』『ベートーベン伝』。

馮亦代　フォン・イイタイ　ふうえきだい　一九一三〜二〇〇五　浙江杭州人。散文家／翻訳家。一九二六年、上海滬江大卒。中国保険公司。抗日期は香港で英文『中国作家』『電影与戯劇』編集。四一年、重慶で古今出版社、美学出版社経営。新中国で国際新聞社秘書長。『読書』雑誌経営。

馮　鏗　フォン・チエン　ふうけん　一九〇七〜一九三一　広東潮州人。女流詩人。左連五烈士の一。中学より詩作。一九二八年、上海復旦大。三〇年、魯迅の後押しで〈左連〉で文化活動。三一年逮捕、龍華刑場に散る。

馮　弦？（**馮鉉**で記述）　フォン・シュエン　ふうげん　一九一五〜一九八六　江蘇武進人。外交官。原名：馮鼎鉉、又名：肖立。一九三三年、モスクワ、レーニン学院。新疆新兵営政治処主任。四〇年、延安で中央社会部主任。四六年、北平軍事調解処執行部中共代表団秘書長。四七年、東北局社会部副部長。新中国で軍事駐天津辨事処主任、軍委連絡部天津局局長。五〇年、スイス公使、大使。

馮雪峯　フォン・シュエフォン　ふうせっぽう　一九〇三〜一九七六　浙江義烏人。文芸理論／作家／詩人／翻訳家。筆名：画室。学生時代に潘漠華らと湖畔詩社を結成して文壇登場。一九二九年、マルクス文芸理論の翻訳紹介、魯迅と知り合う。〈左連〉の党団書記。三三年、瑞金へ。中央党校副校長。〈長征〉参加。三六年、国防文学論争を終結させる。皖南事変で逮捕投獄。上饒集中営で精力的に詩作・執筆。新中国で華東軍政委委員、上海市文連副主席、『文芸報』

主編、人民文学出版社社長など。

馮　定　フォン・ティン　ふうてい　一九〇二～一九八三　浙江慈渓人。一九二〇年、寧波師範卒。商務印書館へ。大革命期に中共入党。二七年、モスクワへ。三〇年、帰国して地下工作。抗日期に新四軍、また華中局・華東局で宣伝部副部長。五二年、中央マルクス・レーニン学院副院長。著作に『中国共産党怎様領導中国革命』。

馮徳培　フォン・トオペイ　ふうとくばい　一九〇七～一九九五　浙江臨海人。神経生理（筋肉）学。一九二六年、復旦大生物学院。三〇年、シカゴ大。三三年、ロンドン大ノーベル賞学者ヒル教授に師事。三四年、北京協和医学院、北師大。四三年、上海医学院。四五～四六年、欧米遊学。新中国で科学院生理生化学研究所長。華東分院／上海分院も兼務。

馮文彬　フォン・ウェンビン　ふうぶんひん　一九一一～一九九七　浙江諸暨人。上海で童工。五三〇に参加。一九二八年、共産主義青年団。延安で中共中央青年部長。共青団中央書記、上海工会連合会。

浦熙修　プウ・シイシュウ　ほきしゅう　一九一〇～一九七〇　江蘇嘉定人。女流記者／民主同盟メンバー。一九三三年、北師大中文。三八年、南京『新民報』記者、香港『文匯報』南京特派記者。建国後は上海『文匯報』副総編集。浦家三姉妹の長女（潔修）は羅隆基夫人、三妹（安修）は彭徳懐夫人。

茅以升　マオ・イイション　ぼういしょう　一八九六～一九八九　江蘇鎮江人。橋梁工学のエキスパート。英名：Thomson Eason Mao。唐山路礦学堂からコーネル大へ。一九二一年、カーネギー工程学院で工学博士。帰国して天津北洋大校長。三三年、銭塘江大橋を建造。四九年、上海科学者連盟主席、交通大学校長、鉄道科学研究院長など。

龐薫琴　パン・シュンチン　ほうくんきん　一九〇六～一九八五　江蘇常熟人。洋画家／美術工芸教育。パリでジュリアン美術学校、グラン・シュミエール研究所に学ぶ。帰国後は上海美専、北京芸専で教職。一九三九年、昆明で装飾紋様、民間工芸美術研究。四九年、中央美術学院華東分院。

方　行　ファンシン　ほうこう　一九一五～二〇〇〇　江蘇常州人。学者／主編／教授。一九三七年、上海文化界救亡協会。四一年、淮南根拠地で大学設立／移転工作。四三年、上海地下党。解放期、上海工商局主任秘書。『図書館雑誌』『上海文献叢書』『中国文化』主編。五七年、上海文化局副局長。全国古籍善本書目編委副主任。

茅　盾（沈雁冰）　マオトン　ぼうじゅん　一八九六～一九八一　浙江桐郷人。作家／文芸評論。「傑出せる語言大師（言葉の世界の第一人者）」の評あり。創作『春蚕』『林家舗子』は夏衍によって映画化された。中国の新文学運動に積極参加した一人。鄭振鐸、葉聖陶らと文学研究会を発起。西欧の各ジャンルの文学や被圧迫民族の文学を翻訳紹介した功績は大きい。新中国で国務院文化部長、『人民文学』初代の主編など。

龐大恩（呉永康）　パン・ターエン　ほうだいおん　一九〇〇～一九三七　革命活動家。一九一九年、日本留学、明治専門学校（冶金）。資料：「孫中山先生大事表」。東京帝大（政経）中退。二六年、李富春の指導下に上海で活動（呉永康に改名）。三二年、鄂豫皖根拠地、紅四方面軍秘書。三四年、川陝根拠地工農民主政府の財経担当。三七年、西路軍（紅四方面軍の主力）の西征中に祁連山で犠牲となる。

ま行

毛岸英（楊秘書）　マオ・アンイン　もうがんえい　一九二二～一九五〇　湖南湘潭人（長沙生まれ）。毛沢東（楊開慧夫人）の長子。抗米援朝軍人烈士／〈新中国でもっとも感動的な人物百人の一〉。楊開慧と共に逮捕、赤い牧師董健吾にたすけられ、一九三六年モスクワへ。独ソ戦のころレーニン軍政学院から、不ルンゼ（キルギス）軍事学院。戦車連隊で白ロシア、ポーランド、チェコを転戦。四六年に延安帰着。五〇年、李克農訪ソの通訳。十月に彭徳懐秘書として朝鮮へ。米軍機の空爆で犠牲。平安南道の烈士陵園に埋葬。

毛沢東　マオ・ツオトン　もうたくとう　一八九三～一九七六

新中国の奠基人（「創業に功あり国家経営に誤りあり」）／詞人。一九一八年、蔡和森と新民学会を組織。二六年、中共中央農委書記。三四年、〈長征〉。三五年、遵義会議で中共での指導権を確立。

や行

熊中節　シオン・チョンジエ　ゆうちゅうせつ　一九一一～一九六七　四川開県人。一九三三年、上海南洋無線伝習所。三八年、延安抗大へ。特科担当。抗戦勝利で李先念に随いて新四軍代表として武漢へ。解放戦時期は華東区情報処、参謀処。上海解放で市人民政府行政処長。

熊佛西　シオン・フオシイ　ゆうふつせい　一九〇〇～一九六五　江西豊城人。劇作家。一九二一年、茅盾、欧陽予倩らと民衆戯劇社を立ち上げ。二四年、コロンビア大で演劇研究。二六年、国立芸専、燕京大、北京大で演劇教学。三二年、河北定県試験区戯劇研究委主任、農民劇場主任。三八年、成都四川省立戯劇音楽実験学校校長。また重慶『戯劇崗位』『戯劇教育』主編。新中国で上海劇専校長、中央戯劇学院院長。

余心清　ユイ・シンチン　よしんせい　一八九八～一九六六　安徽合肥人。南京神学院、コロンビア大。馮玉祥の配下（開封訓政学院長）。チャハル抗日同盟軍総務。国民革命軍第三集団軍政訓処長。逮捕（中共が救出）。

楊蘊玉（女）　ヤン・ユインユイ　ようういんぎょく　一九一九～　河南鄧県人。一九五一年、訪ソ・訪独代表団。三六年、中華民族解放先鋒隊、中共大行地委婦女部長、中共華北局婦委第一副書記。新中国で北京民主婦連副主席、教育部副部長。エスペラント（世界語）事業を推進。

楊衛玉　ヤン・ウエイユイ　ようえいぎょく　一八八八～一九五六　江蘇嘉定人。女子の職業教育を提唱。一九二一年、中華職業教育社で黄炎培の助手。やがて副理事長、総幹事。二九年、日本視察。上海工商専科学校創設。四三年、民主建国会結成に参画。新中国で国旗・国徽・国都・紀年方案審査委員、政務院軽工業部副部長。

陽翰笙　ヤン・ハンション　ようかんしょう　一九〇二～一九九三　四川高県人。劇作家／映画・演劇の指導者。筆名：華漢。南昌起義に参加。上海に出て創造社の文芸活動に加わる。左連の準備段階から参加し、〈左連〉〈文総〉の党団書記。国防文学論争で〈四条漢子〉の一人に擬され〈文革〉で激しく批判される。一九三一年、映画に進出。抗戦下の重慶で第三庁主任秘書、文化工作委で副主任。新中国で電影芸術工作者協会主席、総理辦公室副主任など。

楊　剛　ヤン・カン　ようごう　一九〇五～一九五七　女流作家／ジャーナリスト。一九二八年、燕京大英文科。謝冰瑩らと北方左連結成。スノー訳現代中国短編小説『活的《いきている》中国』（英文）に蕭乾と共に協力（自作英文創作も編入）。三八年、毛沢東『持久戦論』を英訳。三九年、香港『大公報』副刊「文芸」主編。四四年、『大公報』アメリカ特派員。上海解放で『大公報』接管軍代表。新政府で外交部政策研究室主任秘書、周恩来辦公室主任。

楊秀瓊　ヤン・シウチオン　ようしゅうけい　一九一八～一九八二　広東東莞人。水泳選手／〈美人魚〉の称あり。香港―九龍渡海水泳で優勝二回。私生活で悲運。バンクーバーで客死。

姚　溱　ヤオ・チン　ようしん　一九二一～一九六六　江蘇南通人。文化工作者。一九三八年、皖南で新四軍へ。三九年、上海で文化工作。『学習』主編。四二年、解放区へ。新華社華中分社編集副主任。四六年、上海で『消息』三日刊、『文萃』周刊、地下文委の責任者。上海解放で上海市委宣伝副部長、新聞出版処処長。

楊　帆　ヤンファン　ようはん　一九一二～一九九八　江蘇常熟人。原名：石蘊華。上海文化界救亡協会。一二九に参加。三九年、新四軍で項英副軍長秘書。新四軍軍法処処長で保衛・連絡・調査。四四年、華中局敵区工作部長。建国後は上海市公安局長。五五年、潘漢年・楊帆反革命のかどで誤逮捕。

楊秘書　→毛岸英

楊銘功　ヤン・ミンコン　ようめいこう　一八九四～一九七四

河北東鹿人。抗戦期に西安機器廠の技師長。一九四九〜五一年、フランス租界の上海国立高級機械職業学校校務委員会主任。

ら行

羅宗洛　ルオ・ツォンルオ　らそうらく　一八九八〜一九七八
浙江黄岩人。植物生理学者（斯学の開拓者）。一九一七年、日本留学。二二年、北海道大農学部。三〇年、日本で二人目の博士。中山大、曁南大、南京中央大。四四年、重慶、中央研究院植物研究所長。四五年、台湾へ。戻って新中国で科学院実験生物研、植物生理研所長。

駱耕漠　ルオ・コンモオ　らくこうばく　一九〇八〜二〇〇八
浙江于潜人。著名な経済学者。一九三四年、上海で銭俊瑞らと中国経済情報社を起業、新知書店も。抗日統戦に尽力し『民族日報』『抗建論壇』『東南戦線』編集。蘇北根拠地から華中区に入って財経工作。解放後に華東財経委副主任。

藍　馬　ラン・マア　らんば　一九一五〜一九七六
浙江余杭人（北京生まれ）。映画演劇俳優。一九三〇年、左翼演劇の新球劇社。劇連北平分盟入り。三三年、北平美専。苞莉芭劇社、中旅劇団。『名優の死』でプロデビュー。四〇年、香港で中華劇芸社。中国救亡劇団、旅行劇人協会に参加。四二年、重慶中国芸術劇社で『陞官図』など。四七年、上海崑崙影業公司で映画『万家灯火』出演。

李亜群　リイ・ヤアチュイン　りあぐん　一九〇六〜一九七九
四川井研県人。革命家／詩人／文芸界リーダー。一九三九年、北碚中心県委書記。『新華日報』副刊組長。解放後『解放日報』『人民日報』副刊主任。

李亜農　リイ・ヤアノン　りあのう　一九〇六〜一九六二
四川江津人。経済学者。京都大哲学卒。日本で入党・逮捕・連絡杜絶。一九四一年、蘇北根拠地へ。新四軍敵工部副部長、華中建設大校長、華東研究院長。新建国後は上海社会科学院歴史研究所所長。

李一氓　リイ・イイマン　りいちぼう　一九〇三〜一九九〇
四川彭州人。革命家。早年、フランスに〈勤工倹学〉。創造社の古いメンバー。北伐時に国民革命軍政治部で郭沫若の秘書。〈長征〉参加。新中国でミャンマー大使、国務院外事辨公室副主任。本『懶尋旧夢録』は氏の宋詞集聯に由来する（揮毫も）。

李健吾　リイ・チエンウー　りけんご　一九〇六～一九八二
山西安邑（雲城）人。作家／劇作家／翻訳家。小学で話劇。中学で『語絲』に投稿。清華大。フランス留学でフローベール研究。以後は創作（劇作多数）と翻訳。黄佐臨と上海実験戯劇学校の運営。新中国で上海戯劇専科学校。訳書：『ボバリー夫人』。

李堅真　リイ・チエンチェン　りけんしん　一九〇七～一九九二
広東梅州人。〈童養媳〉の出。一九二六年、彭湃のすすめで農民運動へ。三四年、中共中央婦女部長。〈長征〉参加（民運科長）。抗日期は東南局婦女部長、江西安徽で救亡活動。四九年、華東婦女代表団を率いて北京へ。山東省婦女連合会主任。

李克農　リイ・コオノン　りこくのう　一八九八～一九六二
安徽巣県人。軍人（革命家／社会活動家／外交家）。「隠蔽戦線の卓越したリーダー」（特科工作のボス）。一九二八年以来、党中央の保衛工作を担当。新四軍の上海／南京／桂林辨事処処長。解放後は外交部副部長、人民解放軍副総参謀長など。

李済深　リイ・チイシェン　りさいしん　一八八五～一九五九
広西蒼梧人。字は任潮。北京陸軍大学卒。北伐時に国民革命軍総司令部参謀長。一九三三年、福建で十九路軍との反蒋抗日組織に参加。抗戦中は中共の愛国市政に呼応、柳亜子らと広西で抗戦動員宣伝工作委員会を組織。四八年、国民党革命委員会主席。新中国で中央人民政府副主席。

李伯龍　リイ・ポオロン　りはくりゅう　一九〇七～一九八九
演劇人。早年に上海芸術劇社（のち上海劇芸社）、聯華、崑崙など映画会社入り。「劇場芸術」など執筆。新中国でも一貫して上海映画界にあり。長江影業公司経理、上海影協秘書長など。

李　湄　リイ・メイ　りび　一九三二～　電影協会員／翻訳業。廖夢醒（何香凝の長女）の娘。周恩来夫妻と義親子。宋慶齢基金会理事。北京人芸演技者。一九五四年、北京外語でロシア語。新華社の露文翻訳、欧米映画研究。

李平心　リイ・ピンシン　りへいしん　一九〇七～一九六六　江西南昌人。歴史学者。若くして上海中華ソビエト大会準備会議機関で工作。労働運動の林育南秘書。生活書店で編集。一九三七年～『自修大学』『現実周報』主編。四五年、馬叙倫、周建人、許広平らと民主促進会を組織。新中国で華東師範大教授。〈文革〉初期に自殺。

陸阿狗　ルウ・アコウ　りくあく　一九五一年、訪ソ代表団。上海工人。上海国営第二紡績機械廠の労働生産性の飛躍的な向上によって労働模範。参考：連環画『陸阿狗和陸阿狗小組的成長』『向陸阿狗叔叔学習』。

陸万美　ルウ・ワンメイ　りくまんび　一九一〇～一九八三　雲南昆明人。一九三二年、〈左連〉に参加、出版部部長、武漢公的演劇五隊隊長、山東軍区文工団団長、華東局宣伝部文芸科科長。建国後は雲南省委宣伝部文芸処処長。

柳亜子　リウ・ヤアツ　りゅうあし　一八八七～一九五八　江蘇呉江人。清末の秀才。南社の憂国詩人。詩作は一万首を超え熱烈な愛国精神が迸る。毛沢東との唱和詩で知られる。華麗な経歴を辿れば――中国教育会、愛国学社、同盟会、光復会、「復報」主編、南社発起、主任、「警報」主編、孫中山臨時大総統領秘書、……。抗戦勝利後に国民党革命委員会では監察委員会主席。建国後は人民政府委員、華東行政委員会副主席。

劉蔭福（女）　リウ・インフ　りゅういんふく　天津人？　天津婦女解放特等労働模範。一九五一年、訪ソ・訪独代表団。十一歳から紡績工場の童工。国営天津第三綿紡績廠工会副主席兼女工委員。

劉開渠　リウ・カイチュイ　りゅうかいきょ　一九〇四～一九九三　安徽蕭県人。彫刻家／美術教育家／中国美術館の奠基人。北京美専から杭州芸術院図書館長。パリ遊学。常書鴻らと在パリ芸術研究会。一九三九年、成都で李劼人・蕭軍らと抗日救亡宣伝活動。四九年、杭州芸専校長。五一年、中央美術学院華東分院長。

劉　暁　リウ・シアオ　りゅうぎょう　一九〇八～一九八八

湖南辰渓人。化名に林庚漢（周恩来の筆名の一つで、一九三七年、上海地下党再建時に借用）。二七年、上海人民起義に参加。三四年、〈長征〉参加、延安で西征紅軍政治部主任。四六年、江蘇省委、上海教区書記。上海解放で華東局常委兼組織部長、上海市委第二書記兼組織部長。

劉　群　リウ・チュイン　りゅうぐん　一九五一年、訪ソ代表団。

劉順元　リウ・シュンユエン　りゅうじゅんげん　一九〇三〜一九九六　山東博興人。五四期に日貨排斥など愛国運動。一九二八年、北師大英文卒。革命運動に入り入獄三回。抗戦期に中共長江局で華中地区の組織工作。解放戦期は東北旅大（旅順大連）でソ連軍の盲目的愛国主義と対立（中ソ紛争）。解放後は華東軍政委計画局副局長、華東局宣伝部副部長。

劉少奇　リウ・シャオチ　りゅうしょうき　一八九八〜一九六九　新中国で国家元首。湖南寧郷人。〈文革〉で迫害死。党内きっての理論家。必読文献『共産党員の修養について』。中国労働運動の先駆者。一九二二年、鉄路・鉱山ストを指導。三二年、江西中央根拠地で全国総工会委員長。三四年、〈長征〉参加。

劉少文　リウ・シャオウエン　りゅうしょうぶん　一九〇五〜一九六七　河南信陽人。革命家／軍人（中将）。一九二五年、モスクワ中山大学。土地革命期に中共中央通訳科長。察哈爾《チャハル》抗日同盟軍秘書長。軍事雑誌『革命与戦争』編集。抗日期に八路軍上海辨事処、南方局交通処長。解放戦争期に上海工作委副書記。新中国で上海軍管委軽工業処長、華東紡績工業部長。

劉　丹　リウ・タン　りゅうたん　一九〇九〜一九八九　安徽肥東人。教育家。浙江大学名誉校長。愛国学生運動で投獄二回。新中国で省政府秘書長、浙江師範学院長。一九五二年、浙江大第一副校長。理系再建（数学、物理、化学、力学、科学研究）に尽力。

劉長勝　リウ・チャンション　りゅうちょうしょう　一九〇三〜一九六七　山東海陽人。労働運動の組織者／全国総工会副主席。一九二二年、ウラジオストックの波止場労働者。三三年、モスクワのレーニン学院。三七年、上海地下党組織の再建。四二年、華中局城工部。四六年、上海十万人デモを組織。解放後は上海市委書記。五〇年、上海総工会主席。

劉伯承 リウ・ポオチョン りゅうはくしょう 一八九二～一九八六 四川開県人。軍人。開国十大元帥の四。朱徳らと順慶で起義。南昌起義で指導者（前敵委員会参謀団参謀長）。一九三四年、〈長征〉参加。抗日戦では晋北に転戦、晋冀魯豫根拠地を拓き、解放戦では中原軍区、第二野戦軍司令員。四七年、鄧小平と黄河渡河。淮海戦役参加。新中国で軍事学院院長。著作：『遊撃戦与運動戦』。

劉民生 リウ・ミンション りゅうみんせい 一八八八～一九七八 山東臨沂人。中医中薬研究から一九二〇年、弁護士志望へ。三五年、北平で烈性毒品審判処副処長。出身地で抗日活動。四九年、中国解放区救済総会山東省分会副主任。建国後は省政府副主席、副省長、華東軍政委委員、最高人民法院華東分院院長。

柳無忌 リウ・ウーチイ りゅうむき 一九〇七～二〇〇二 江蘇呉江人。文学者。愛国文人柳亜子の長子。清華学校からアメリカ留学。天津南開大／重慶中央大で教職。戦後は上海から渡米。「南社（大江南北の革命文学提唱団体）叢書」の総主編。著作：『英国文学史』など。

柳無垢 リウ・ウーコウ りゅうむこう 一九一四～一九六三 江蘇呉江人。柳亜子の次女。ローレンス大留学。抗戦期に香港で保衛中国同盟（宋慶齢）秘書。抗戦後期は桂林でアメリカ新聞処。解放後は外交部新聞司。

龍躍 ロンユエ りゅうやく 一九一二～一九九五 江西万載人。原名：龍兆豊。上海市政協副主席。一九三〇年、工農紅軍参加時に改名。抗戦期は新四軍閩浙辺留守処副主任。解放戦では浙南遊撃縦隊司令員。新中国で浙江省委員、温州市軍管会副主任、華東軍政委員。

梁思成 リアン・スウチェン りょうしせい 一九〇一～一九七二 広東新会人（東京生まれ）。著名な建築学者／古代建築研究。梁啓超の息子。清華学校からアメリカ留学。ペンシルバニア大ハーバード大。一九二八年、東北大に建築系を創設。四六年、エール大教授。四七年、清華大に建築系を創設。国連ビル設計顧問。国の徽章をデザイン。人民英雄記念碑設計に参画。

梁従学 リアン・ツォンシュエ りょうじゅうがく 一九〇三〜一九七三 安徽六安人。軍事指導員／解放軍中将。一九三〇年、工農紅軍に参加、黄崗遊撃隊長。抗日期に新四軍遊撃隊長、第二師四旅旅長。解放戦期に淮南軍区副指令員、皖北軍区副司令員。新中国で皖北軍区司令員。

廖承志 リアオ・チョンチイ りょうしょうし 一九〇八〜一九八三 広東恵陽人。革命活動家。母は何香凝。一九二七年、早稲田高等学院。二八〜二九年、ドイツで海員労働運動。三二年、海員総工会党団委員。三三年、川陝革命根拠地へ。「無線暗号解読術」をもたらす。三四年、叛徒張国燾に蔣介石特務の容疑で逮捕。三六年、任弼時が救出。抗戦期に南京八路軍辦事処、香港の八路軍・新四軍辦事処、のち中央南方局香港駐在も兼ねる。海外華僑・国際友人との連絡・資金援助・物資供給の窓口も。四二年、国民党中統に逮捕され軍統に回され、四六年、国共交渉で釈放。統戦部副部長、青年芸術劇院院長。上海解放後も引きつづき統戦部と対外連絡部で副部長。

呂　復 リュイフ りょふく 一九一四〜一九九二 上海人民芸術劇院副院長（夏衍院長、副院長は黄佐臨と二名）。抗敵演劇宣伝第九隊長。『三江好』（翻訳演劇、集体創作）など『好、一計、鞭子』物を、二万五千里の戦野を駆けめぐって公演。

林徽因 リン・フイイン りんきいん 一九〇四〜一九五五 福建閩州人。詩人／建築史家／建築家。祖父は進士。父は北洋政府の司法総長。英国留学中の徐志摩の詩作に多大な影響を与えた女性。新月に参加。一九二四年、梁思成（梁啓超の息）とペンシルバニア大美術学院へ。中国古代建築研究。新中国で梁思成とともに人民英雄記念碑や国徽の設計に参画。

林伯渠 リン・ポオチュイ りんはくきょ 一八八六〜一九六〇 湖南常徳人。革命家／教育家／中共五老（董必武、徐特立、謝覚哉、呉玉章、林伯渠）の一。一九〇四年、日本弘文学校留学、東京で同盟会参加。孫中山大元帥府参議。二七年、南昌起義でモスクワ中山大

へ。三四年、〈長征〉参加。建国後は政府委員兼秘
書長。

「上海会師《ごうりゅう》」――〈非延安派〉がデザインした上海文化の実験

『上海解放』「夏衍自伝・終章」は「夏衍自伝」三部作（『日本回憶』『上海に燃ゆ』『ペンと戦争』）につづく四冊目の編訳書で、自伝はこれでようやく完結する。思えばその間に二十八年という四半世紀をこえる長い歳月が便々と過ぎ去った。編訳者の怠慢は責められよう。実のところはいささか故あっての遅疑逡巡とはいえ、われながら情けない。夙《つと》にそれを察知された炯眼の評者もいて、「何故か、この三冊に最後の第七章が含まれていないのは、かなり重い内容を持つ章だけに、些か惜しまれる」（伊藤虎丸「〈非延安派〉党員知識人の精神史」、『東方』一九八九年八月）と、わたしの胸のうちを見透かされた。的確な指摘だった。まさにそのとおりであった。当時、いい訳がましく、この最終楽章のみを「私家版」風の史料として活字化してはみたが、どうにも収まりがつかず、居心地のよいものではなかった。

夏衍は中国革命の聖地延安の土を踏んだことがない。中国共産党の人材登用のなか、「惨勝」後の南京で一九四六年七月、いちどは周恩来に同行しての夏衍の延安行き（転勤である）もきまっていたが、国共内戦の全面展開が予想以上に早まったとあって、潘漢年と夏衍というホンコン方面の統戦工作に欠かせない二人を、急遽、南下させる。だから、解放区の風土・気風を体験していない、延安行きを望んで果たせなかった作家としては、胡風も同じ。因縁とでも云うべきか。〈非延安派〉党員知識人ということにもなろう。今回、あらたに翻訳原本とした《懶尋旧夢録・増補本》では、「わたしは延安に行ったことがなく、新四軍に行ったこともない、国統区それ一筋の文化工作者です」と記す。皖南新四軍の名前が挙がっているあたり、なにか工作にあたる機会があったのかとも推測されるが、調べる手だてはない。勝手な推測ながら、一九四一年冬、阿英（銭杏邨）が陳毅の要請に応じて江西根拠地入りしているが、あの場面は夏衍でも阿英でも、それまでの二人の相似形のような活動歴からして、どちらが応じてもおかしくないケースである。（さて、本題に戻る）

増補本には「新たな跋渉」と「武訓伝批判と私」の二章が増補されて、さきの「終章」を含めたとき、解放区と大後方（蔣管区）の、北京と上海の、文化・文芸の諸般に渉る情況がおおきく、ほぼ俯瞰できてくる。この三篇の文章をひっくるめて日本語に置きかえて、「あのころ」の上海の、そして中国文芸界のありようを、鳥瞰するよすがとしたい。題して『上海解放』「夏衍自伝・終章」とした。

「あのころ」とは、一九四九年五月の内戦勝利、上海入城にはじまる。あのとき上海は、そして上海の文化・文芸界は、果たしてほんとうに解放されたのだろうか、そういう問いを夏衍は「終章」で思いきって発信した。周恩来の信頼があり、陳毅という文武に通じた儒将の後ろ盾があり、桂林、重慶の国統区での統一戦線、いわば重慶での国共合作を熟知する夏衍が描いた、解放上海のデザインや如何に？

そこに陥し穴なんぞあるはずがないのに、夏衍は深みにはまって苦悩した。これは何故だと立ち止まり、沈思し、新たな跋渉を開始する。そんな決意をしたかれの新たな跋渉を、黙ってただただ日本語に書き移すわけにもいかず、夏衍の脳裡に去来したらしいものを、ぼくは独り合点し、「訳注」部分でそれなりに解釈して、理解を深めるべく工夫し編訳書としたつもりではある。

＊　＊　＊

四月に南京を解放し、五月には武漢、西安、上海の解放を視野に入れて、農村（西柏坡）から都市（北京）へと政権中枢の拠点（所在地）を遷した中共中央は、政権運営の支持基盤をとりあえず従来どおりに労働者、農民、知識份子、人民解放軍だとした。まずは七月に北京で開く文代会（中国文学芸術工作者代表大会）で全国大合流の筋道をつくり、九月末の「新」政治協商会議を十月の「開国大典」に先行させて、すんなりと新国家への移行をはかる。

「すんなり」と移行する準備工作として、夏衍らが中南海に招集され、深夜から未明まで夜通し周恩来を囲んで熟議する描写は、本書冒頭から回憶の文章が躍動する。夏衍は「文革」で押収されながら幸いにも無傷で返還された雑記帳《ノオト》でその部分を復元する。これが中共中央文献研究室が編纂した周恩来年譜の記述（文章）と重なって、これまた「感あり」なのだが、周恩来はここで「会師」（合流集結）といい、七月の大会では「大会師」といったという。ぼくはこのことばに立ち止まり、その重みを味わい直す。「会師」の今日的な引申義は、ある壮大な事業のためにおおくの人びとが結集することをいう。ことばの拡がった用法は、これがはじめてではないか。

七月六日　中華全国文学芸術工作者代表大会に出席し、大革命の失敗からこのかた、解放区と、国民党統治区に離ればなれにされた文芸工作者の大会師《だいごうりゆう》を慶祝する。

（『周恩来年譜　一八九八―一九四九』より）

周恩来の口から伝達される党中央の政策は「単に解放区の文芸工作者と、大後方の文芸工作者が団結するにとどまらない……」し、「いま現在、反共反ソでないかぎり団結してもらいたい」ための、緩やかな大合流が示された。重慶で統戦工作をしてきた夏衍には心から頷ける方針だったにちがいない。抗戦重慶で周恩来の筋のとおったしごとぶりを見てきた夏衍は、もともと一九三〇年代の上海文化界を熟知する。「上海解放」「上海文芸の接管」にこれ以上の適材は見あたらない。えらばれた夏衍にしても、そのあたり、意のあるところは阿吽の呼吸で受けとめたと思う。そして工作にあたっての規範である『文芸講話』『連合政府論』と、もういちどきっちりと向きあった。この「終章」はそれをきっちりと、さらに「新たな跋渉」ですこし余分に語っている。

『文芸講話』の受け止め方をめぐって、たしかに講話は「われわれの文学・芸術」は「第四には、長期にわたってわれわれと協力できる、やはり革命の同盟者である都市ブルジョア勤労大衆および知識人のためのものである」と規定してはいるが、夏衍はあまりにも杓子定規に過ぎる、書生っぽ読みで、講話の真諦・本質を摑んでいない、いや刻々変化する新中国の置かれている国際情況への対応とずれている、といった声が北京方面であがった。知識份子をほんとうに革命の同盟者の側に組み入れていたのか、それとも……という「講話の文言」の拡大解釈についてである。「労農兵」が華やかな脚光を浴びる場面がくると、同盟者としての順位が四番目の「知識份子」の影は薄くなったし、抗戦重慶から孤島上海で、歯を食いしばって節を曲げなかった文化人に大合流を呼びかけるとなると、見るからに緊張度の足りない緩さやら間怠《まだる》っこさがみえる上海の映画制作陣など、労農兵派にはなんとも歯がゆかったかも知れない。「労農兵知」は「労農兵・知」という対立項なり、ある特殊なぶら下がりものと読まれ、ついに「知」は振り落とされてしまう。良知のひと夏衍はすこしあせる、あせって労農兵の知的向上をねがう一般教養テストなどでエネルギーを浪費して、かれらからそっぽ向かれてめげるさまが、なんともそぐわない。上海はすこしぎくしゃくした。

「文芸講話」につづいてだが、わたしの書生っぽ論議は、いまでもあのころ（一九四五年四月）、「新民主主義の中国」を志向した『連合政府論』の理念を評価する。毛沢東は「中国がさしせまって必要としているのは、各党各派や無党無派の代表的人物を結集して、民主的な臨時の連合政府を樹立することである、それによって民主改革をおこない、……」「日本の侵略者をうちやぶって、中国人民を日本侵略者の手から解放」し、そうしたのちに「広汎な民主主義の基礎のうえに、国民代表大会を招集し、各党各派や無党無派のより広範囲な代表人物をふくむ、おなじ連合的性格の民主的な正式な政府を樹立する」ことを表明した。そして惨勝後の重慶に延安から毛沢東がハーレー大使と飛来して国共談判があって、決裂して、つづいてこの重慶で、一党独裁を指弾された国民党政府が、まやかしに招集した政治協商会議の無様な姿があって、その反省のうえに「新」中国人民政治協商会議が構想されたはずである。すこししつこく書いておく。これこそが上海解放へつながる唯一のテーゼではなかったかと、夏衍は自信を持って民主人士に「会師」を呼びかけ、文芸創作をうながし、この路線は新生中国につながるのですと、上海「会師」で、躊躇する文化人を前にして保障した。もしかすると夏衍が、非延安派だから、なんの疑いもなく、なんのしがらみもなく、躊躇わずに言えたことばだったろうか。

あれやこれや無責任な感想・忖度はもう止めにする。延安行きを志願しながら、延安という雰囲気を身体にしみこませる機会が得られなかったから、夏衍は〈非延安派〉という立ち位置《スタンス》で、上海に立った。そこに重苦しくのしかかったのが「朝鮮動乱」という狂瀾怒濤で、新生中国は国運を賭した。国運を賭し、生き死にを分け、勝ち負けで峻別する「戦争の論理」をまえにして、「労・農・兵」に光があたり、「知」が浮かぶ瀬はなかった。「連合政府」は遠い未来の画餅となった。云ってみれば狂瀾怒濤の前に、文芸講話も連合政府論も、解釈の変更が求められ、読み替えられることに異を唱える側はすでにごく少数でしかなかった。騒ぎがあって国中が緊張しきっていて、そういうときこそ意見・立場を越えた緩い連合が「ゆとり」と「智慧」をもたらすというのが劇作家夏衍の、いわば作風でもあるのだが。にもかかわらず、上海解放のデザイン設計は、北京の仲間の懸念をよそに、連合政府論という、やや薹のたった旧理念のまま進められた。政協という実験も行われたが、いまひとつ協商民主にまで熟成されないままに推移してきた。かえすがえすも無念が残る。そうとしかいいようもない。

＊　＊　＊

余計なことながら、「武訓伝批判」問題のその後についても、もう少し付け足しておきたい。平べったく、あからさまにいえば、こうした国じゅうを捲きこむ政治運動《キャンペーン》なんか「もうやめようよ」と、胡喬木でさえもが事態収拾、つまりは上海の映画グループの「名誉回復」を主導した。一九八五年のことであり、『胡喬木文集』から該当する文章を訳載した。胡喬木は中共中央の書記であり、毛沢東の秘書を兼ねた。秘書は文書係というより、行住坐臥、起居を共にし（胡喬木は中南海は居仁堂内の来福堂に居を構えた）、その人を知り尽くして、その人の考え、表現する文体まで熟知して、筆をはしらせる凄い人だとおもっている。その当人が、武訓本人の歴史的評価はともかくとして、当時のようなキャンペーンの一面性と粗暴さを認め、詫びるが如くに非を認めた。時をへだてて、かくも評価が喰いちがうさまに、ただ啞然とするばかり。その翌年、国務院はこれを追認して、「武訓伝の名誉回復問題についての批復《つうたつ》」をだした。上級の判断を下部に通達する文書を「批復」というから、これでたしかに「冤罪は晴れた」と思ったのだが、その先でやはり燻《くすぶ》った。新中国成立後のこの国における思想・政治・経済の果てしないキャンペーンの出発点であっただけに、すっきり処理させてしまえないものが、どうも残ったとしか思えない。二〇〇〇年は孫瑜監督の生誕百年、あまり派手でなければ上映できるよと声もあったが実現せず。上海の若い映画マニア（民間クラブ組織）の集団「電影一〇一工作室」が、できあがったビデオ版を上海虹口図書館で映写した。長さにしてほぼ三時間（一九七分）という。二〇〇五年になると、ようやく全面解禁の動きが出てきた。主演趙丹の九十周年回顧展に、各方面の批准《どうい》を取りつけ、中国電影資料館からコピーが提供されて、上海電影城で上映。マスコミは「五十年ぶりに陽の目を見る」と歓迎した。そして二〇一二年三月、広東大聖文化伝播という会社からDVDを制作・出版・発行したという。正版というからだれでも入手できるらしい。

＊　＊　＊

『終章』の「人物雑記」には二百七十八名を掲出した。潘漢年といい、廖承志といい、夏衍といい、あのころ、とにもかくにも人と人が触れあうことで成立する共感・納得を出発点とする国共合作・統一戦線工作の最前線ではたらくかぎり、知己が多いのは当然だろう。かなりの人数である。苦楽を共にしたいわば無名の戦士の在りし日の姿を、たとえ名前ひとつだけでも後世に伝えたい……。「夏衍自伝」の三部作で『日本回憶』に付した「中国人名訳注」では八十九名に登場ねがった。幼少期から日本留学までだから、まだ知人は少ない。ついで『懶尋旧夢録・左翼十年』の人物雑記として『三十年代上海の人びと』をまとめておいたことがあったが、ここでは二百七十一名を数えた（『第七、夏衍と丁玲』所収、一九九〇年三月）。これは自伝でいえば『上海に燃ゆ』にあたる。そのあと、活字に纏めてはいないが『ペンと戦争』の人物紹介をすれば、優に三百五十名の雑記《ノオト》を残さなくてはならない。あわせて、ざっと一千名である。夏衍さんは人生の半ばで、わたしの四十九年はいったいなんだったのかと、やれやれと吐息をもらしたが、そこから心を立て直して「新たな跋渉」をした。「文革」(文化大革命)のあと、「六四」(いわゆる天安門事件)のあと、巴金と二人して節を曲げず。……という次第で、わたしもせめて「夏衍自伝四部曲」の「人物雑記」くらいは纏め直しておきたいと考えている。

＊　＊　＊

さて、この「夏衍自伝・終章」はごく当たり前のこととして、加藤浩志さん(木曜舎主人)の手が加わって、世に送られる。おもえば三十年くらい前の中国映画を鑑賞しまくる中国の旅にいっしょして以来、夏衍本といえば彼、余人の入りこむ余地がないのだから。で、ひと言、ありがとう。東方書店どのへは、三十年、渝《かわ》らぬご厚誼に感謝。一九四五年八月のただただ暑かった日、侵略戦争という悪行《あくぎょう》にのめり込んだ日本が、あげく、中国に「惨敗」してから七十周年という節目に出したい旨お願いした。この出版不況のなかでのご決断に、ただ深謝あるのみ。「夏衍自伝」つまり『懶尋旧夢録』の日本語版を完結できたことに、思いはひとしおである。

阿部幸夫

原　著

『懶尋旧夢録（増補本）』夏衍著　生活・読書・新知／三聯書店　二〇〇〇年九月（初版本は一九八五年七月刊）

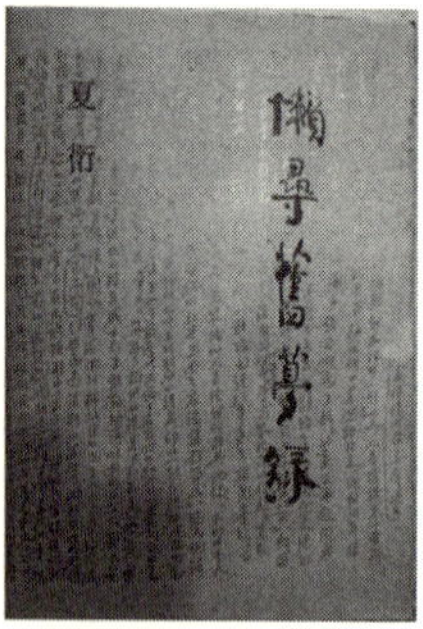

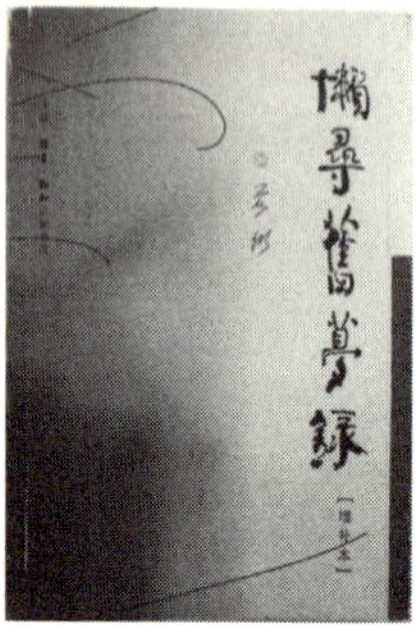

原著書影
上：1985 年初版
下：2000 年増補版

参考文献（日文書＊／中文書）

『中南海　知られざる中国の中枢』＊　稲垣清著　岩波書店、二〇一五年四月

『上海与延安　異質空間下的小説民族化』張謙芬著　人民出版社、二〇一四年十一月

『毛沢東年譜　一九四九―一九七六（全六巻）』第一巻　中共中央文献研究室編　中央文献出版社、二〇一三年十二月

『中国民主改革派の主張　中国共産党私史』＊　李鋭著　小島晋治編訳　岩波現代文庫、二〇一三年三月

『武訓画伝合集』孫之俊絵／孫燕華編　学苑出版社、二〇一二年六月

『上海歴史ガイドマップ（増補改訂版）』＊　木之内誠編著　大修館書店、二〇一一年十二月

『解放大上海 1946-1949　国共生死決戦全紀録』李雷著　長城出版社、二〇一一年四月

『周揚伝』羅銀勝著　文化芸術出版社、二〇〇九年五月

『名家書札与文壇風雲』徐慶全著　中国文史出版社、二〇〇九年五月
『北京再造　古都の命運と建築家梁思成』＊　王軍著　多田麻美訳　集広舎　二〇〇八年十一月（原著『城記』三聯書店、二〇〇三年十月）
『如烟如火話周揚』郝懐明著　中国文聯出版社、二〇〇八年十月
『潘漢年的一生』張雲著　上海人民出版社、二〇〇八年四月
『中国話劇百年図文史』劉平編　武漢出版社、二〇〇七年
『夏衍全集』全十六巻　夏衍著　《夏衍全集》編輯委員会編（主編：周巍峙、副主編：王蒙／楊仁山、編集委員：劉厚生／李子雲／陳堅／林縵／姜徳明／袁鷹／程季華／葉暁芳）浙江文芸出版社、二〇〇五年十二月（①②戯劇劇本、③戯劇評論、④⑤電影劇本、⑥⑦電影評論、⑧⑨文学、⑩⑪新聞時評、⑫⑬⑭訳著、⑮懶尋旧夢録、⑯書信日記）
『世紀行吟―夏衍伝』陳堅／張艶梅著　浙江人民出版社、二〇〇五年七月
『近代・中国の都市と建築』＊　田中重光著　南風舎編輯　相模書房、二〇〇五年四月
『不成様子的懐念』王蒙著　人民文学出版社、二〇〇五年一月
『中国知識人的選択与探索（世紀之光叢書）』裴毅然著　湖南人民出版社、二〇〇四年四月
『胡風三十万言書』胡風著　湖北人民出版社、二〇〇三年一月
『抗戦時期的上海文化（上海抗日戦争史叢書）』斉衛平／朱敏彦／何継良著　上海人民出版社、二〇〇一年五月
『夏衍論　紀念夏衍誕辰百年学術研討会論文集』中国電影家協会編　中国電影出版社、二〇〇〇年九月
『手稿（「夏衍手迹之一」）』紀年夏衍誕辰百周年礼品　沈寧・沈旦華提供（二〇〇〇年九月）
『夏衍伝』陳堅／陳抗著　北京十月文芸出版社、一九九八年八月
『憶周揚』王蒙・袁鷹主編　内蒙古人民出版社、一九九八年四月

『夏衍評伝』陸栄椿著　山東教育出版社、一九九七年九月
『周恩来年譜　一九四九―一九七六年（全三巻）』上巻　中共中央文献研究室編　中央文献出版社、一九九七年五月
『潘漢年在上海』中共上海市党委史研究室編　上海人民出版社、一九九五年十二月
『巨人的情懐　毛沢東与中国作家』武在平編著　中共中央党校出版社、一九九五年十一月
『中国電影図誌』中国電影芸術研究中心／中国電影資料館編　珠海出版社、一九九五年十月
『抗戦時期的上海文学』陳青生著　上海人民出版社、一九九五年二月
『胡喬木文集（全三巻）』人民出版社、一九九四年五月
『夏衍〈画冊〉』浙江摂影出版社、一九九三年十二月
『近代上海繁華録』唐振常主編　商務印書館、一九九三年七月
『上海百年掠影（1840's-1940's）』上海市歴史博物館／上海美術出版社編　上海美術出版社、一九九二年二月
『上海・都市と建築　一八四二―一九四九年』＊　村松伸著　PARCO出版局、一九九一年二月
『鄭振鐸　轉変中的中国（1840-1949）叢書』鄭爾康編著　文物出版社、一九九〇年七月
『胡風集団冤案始末』李輝著　人民日報出版社、一九八九年二月（邦訳：『囚われた文学者たち　毛沢東と胡風事件』上下＊　千野拓政／平井博訳　岩波書店、一九九六年十／十一月）
『中国当代電影（上）　当代中国叢書』〈当代中国〉叢書編集部編輯　中国社会科学出版社、一九八九年一月
『銀海泛舟　回憶我的一生』孫瑜著　上海文芸出版社、一九八七年五月
『千古奇丐』孫瑜・柏水著　漓江出版社、一九八六年五月（孫瑜著『電影劇本「武訓伝」』、柏水著『千古奇丐』、孫瑜著『電影小説「武訓伝」』――いずれも一九五一年既刊を再録するもの）
『夏衍的電影道路』中国電影芸術研究中心／中国電影家協会／北京電影学院合編　中国電影出版社、一九八五年

十二月
『夏衍伝』会林／紹武著　中国戯劇出版社、一九八五年六月
『北京地名志』多田貞一著　張紫晨・陳秋帆訳　書目文献出版社、一九八五年
『中国近現代史』上下＊　姫田光義／阿部治平／上原一慶／高橋孝助／前田利昭著　東京大学出版会、一九八二年七月
『江青』上下＊　ロクサーヌ・ウイトケ著　中嶋嶺雄・宇佐見滋訳　パシフィカ、一九七七年十一月（Roxane Witke, *Comrade Chiang Ch'ing*, Boston, Little, Brown & Co.1977）
『考験』夏衍著　人民文学出版社、一九五五年四月
「胡風対文芸問題的意見　附「文芸報」一九五五年第一、二号附発」一九五五年一月　中国作家協会主席団
『在延安文芸座談会上的講話』毛沢東著　人民出版社、一九五三年三月　北京第一版
『論連合政府』毛沢東著　人民出版社、一九五三年三月　北京第一版
『人民手冊 1952』張篷舟・張儀鄭編　上海大公報社、一九五二年七月（二四開　人民幣三萬元）（一九七八年十月、龍渓書舎のリプリント版あり）
『評白皮書』東北新華書店遼東分店印行、一九四九年九月初版

装幀——加藤浩志（木曜舎）

著者略歴

夏衍（かえん、Xia Yan）

本名は沈乃熙、字は端先。1900年生、1995年没。浙江省抗県出身。1920～27年、日本留学。帰国後、魯迅とともに左翼作家連盟の指導にあたる。抗日戦争時期はジャーナリストとして活躍。新中国では、文化部副部長はじめ、文学芸術界の要職を歴任。また中日友好協会会長として友好と相互理解に貢献。代表作：「包身工」（報告文学）、「上海屋檐下」「法西斯細菌」（戯曲）、「祝福」「林家舗子」（映画脚本）、「春寒」（小説）など。

訳者略歴

阿部幸夫（あべ　ゆきお）

1929年生。実践女子大学大学院元教授。中国近現代文学専攻。主な著訳書に『幻の重慶二流堂――日中戦争下の芸術家群像』（東方書店、2012）、『魯迅書簡と詩箋』（研文出版、2002）、『杭州月明――夏衍日本留学日記・一九二五』（研文出版、2008）、夏衍自伝シリーズ『日本回憶』（東方書店、1987）、『上海に燃ゆ』（同、1989）、『ペンと戦争』（同、1988）ほか。

上海《しゃんはい》解放《かいほう》　夏《か》衍《えん》自《じ》伝《でん》・終章《しゅうしょう》

二〇一五年七月一五日　初版第一刷発行

著　者●夏衍
編訳者●阿部幸夫
発行者●山田真史
発行所●株式会社東方書店
東京都千代田区神田神保町一―三　〒一〇一―〇〇五一
電話〇三―三二九四―一〇〇一
営業電話〇三―三九三七―〇三〇〇
印刷・製本●（株）シナノパブリッシングプレス
編集協力●加藤浩志（木曜舎）

定価はカバーに表示してあります

ISBN978-4-497-21506-2　C3098